KB024027

SALES
MANAGEMENT
최고의 영업조직은 어떻게 만들어 지는가?

SALES
MANAGEMENT

최고의 영업조직은 어떻게 만들어 지는가?

김상범 · 이태헌 지음

푸른영토

$\vee$

세일즈 코칭 : 영업 전략과 현장을 한 방향으로 이끄는 리더십 스킬!

세일즈 코칭은 한마디로 "영업 전략과 영업 현장을 한 방향으로 이끄는 영업 관리자의 리더십 스킬"이다. 코칭은 영업환경의 변화에 따라 2000년대 초반부터 기업들을 중심으로 영업 관리자들의 필수 역량으로 인식되어 왔다. 그러나 코칭은 성공적인 영업 관리자의 필요조건이긴 하나 충분조건은 아니다. 성공적인 영업 관리자가 되려면 세일즈 코치가 되기 전에 먼저 영업 전문가가 되어야 한다.

성공적인 세일즈 코칭은 영업전략, 영업 관리 시스템, 과학적인 활동관리에 대한 명확한 그림과 상호관계에 대한 이해를 바탕으로 한다. 특히 영업 전문가들이 코칭을 보는 것과 외부 코칭 전문가들이 코칭을 보는 관점은 많은 차이가 있다.

이 책을 쓰게 된 목적은 영업 관리자들의 세일즈 코칭에 대한 명확한 이해와 코칭이 영업조직 내에서 어떻게 적용되는지를 소개하기 위해서다. 따라서 성공적인 세일즈 코칭을 위해서 영업 관리자에게 필요한 세 가지 관점 즉, 전략적Strategic, 시스템적Systematic, 과학적Scientific이라는 "3S" 모델을 중심으로 이야기를 전개하였다.

일반적이거나 추상적인 이야기가 아니라 현장에서 직접 확인하고 느낀 이야기, 영업 관리자들이 참고해서 활용할 만한 실질적인 콘텐츠를 제공하고자 하였다.

이 책은 영업 현장의 문제와 통찰을 중심으로 우리에게 당면한 새로운 변화의 개념과 현실을 정리한 것이다. 영업 전략 수립에서부터 목표 달성을 위한 세일즈 코칭까지 영업의 전 과정을 현실에 맞게 설명하기 위해 노력했다.

2000년대 초반에 '코칭신화'가 기업들의 영업 조직 내에도 여과 없이 퍼지는 바람에 영업사원들은 필요한 내용을 배우지 못해 곤란을 겪는 한편, 영업 관리자들은 코칭을 도입했는데도 부하가 성장하질 않으니 난감하기만 하다. 아무리 영업 환경이 변하고 영업 관리자들이 했던 영업 방식이 더는 통하지 않는다고 하지만 가르치려 들지 말고 질문하고 듣기만 하라니, '과연 그게 영업 실적 향상에 도움이 될까?' 하는 영업 관리자들의 의구심과 불평만 듣게 된다. 이런 상황에서 세일즈 코칭은 도입 단계부터 삐걱거리게 된다. 영업 관리자들이 협조하지 않는다.

영업 조직에서 이루어지는 영업 관리자에 의한 세일즈 코칭은 영업 전략과 특성에 맞게 새롭게 정의되어야 한다. 그리고 나서 새롭게 정의된 코칭의 정의에 맞게 코칭의 목적, 코칭 대상, 코칭 니즈파악, 코치 육성, 코칭 프로그램의 설계, 코칭 결과의 평가와 같은 프로세스에 따라 코칭 계획을 세우고 실행에 나가는 것이 바람직하다.

ICF국제코치연맹나 KCA한국코치협회 기반의 코칭 개념과 스킬을 여과 없이 받아들여 영업 관리자들을 대상으로 코칭 스킬 교육부터 했다가는 기존의 많은 영업조직들이 그랬던 것처럼 큰 낭패를 볼 것이다.

도입 초기에 코칭은 한마디로 '질문을 통해 대상자의 성장과 발전을 지원하는 기술'로 정의되며 기업들의 엄청난 관심을 받았다. 상사가 던진 질문을 통해 부하는 현재 상황과 목표 지점 사이의 간극을 스스로 돌아보게 된다. 그리고 그 간극을 메우려면 무엇을 해야 하는지 부하의 이야기에 귀를 기울여 가며 부하 안에 있는 답을 끌어내는 방법이다. 상사가 일방적으로 답해주는 방법이 아니다.

코칭이 도입되기 전에는 상사가 부하에게 일방적으로 가르치는 '티칭'이 현장 지도의 주류였다. 코칭처럼 '자신의 힘으로 깨닫는 방법'이 나왔다는 것 자체는 전혀 나쁜 방법이 아니다. 일방적인 가르침만으로는 부하를 효과적으로 육성하기 어렵기 때문에 코칭을 잘 활용한다면 굉장한 위력을 발휘한다.

문제는 코칭이 소개되고 확산하는 방식에 있었다. 화려한 등장 때문인지 '코칭이야 말로 최고의 부하 육성 방법이며 티칭은 시대에 뒤떨어졌다.'라는 극단적 이항대립으로 잘못된 이미지가 생기고 말았다. 그 결과 '코칭신화', '깨달음의 신화'가 퍼져나갔다. '코칭깨닫게 하는 것은 좋고, 티칭^{지적하고 가르치는 것}하는 것은 나쁘다.', '부하가 말하는 것은 좋고, 상사가 떠드는 것은 나쁘다.', '상사는 부하를 가르치려 하면 안 된다. 정보 제공도 바람직하지 않다.'……. 결국 가르치지 않는 상사, 이야기하지 않는 상사, 아무 정보도 가르침도 주지 않고 무턱대고 깨닫게 하려는 상사만 늘어났다. 이처럼 한쪽으로 치우친 방식으로는 무엇이 됐든 잘될 리가 없다.

영업사원 육성에는 티칭이 좋을 때도 있고 코칭이 좋을 때도 있다. 예를 들어, 영업 경험이 전혀 없는 신입 영업사원에게 "자네는 어떻게 하면 실적이 오를 것이라 생각하나?"라며 질문해봤자 자기 안에 업무에 대한 기준이 아무것도 없는 상태이니 대답할 도리가 없다. 이럴 때 티칭이 중요하다. 또 상대가 아무리 베테랑이어도 자신의 실수를 전혀 깨닫지 못하고 있다면 상사가 분명하게 지적해 줘야 한다.

영업 조직에서 코칭은 영업 관리자나 임원 등 경영진의 목표와 전략을 명확히 하고 잠재적 장애물을 해결하며 영업성과를 개선하도록 돕는 것을 말한다. 또한 영업사원의 지식, 기술, 태도에 초점을 맞추고 개인이 목표를 설정하고 달성하며 대인관계를 개선하고, 갈등을 해소하거나 영업 관리자의 리더십 스타일을 개선시킨다. 하지만 현실은 국내 많은 영업 분야의 임원들과 HR전문가들이 수년간 영업 조직에서 임원이나 리더들에게 코칭 기회를 제공하거나 코칭 역량을 습득할 수 있는 다양한 프로그램을 접할 기회를 제공했으나, 효과적인 면에서 개인적인 만족도 외에 그것이 조직으로 전이된 경우는 매우 드물다는 평가다. 특히 코칭의 철학, 조직 내 코칭 운영 프로세스, 조직 문화, 코칭스킬의 부족 등 여러 가지 이유와 더불어 영업 조직에서 코칭의 효과성에 강한 의문을 제기해 왔다.

이처럼 영업조직에서 세일즈 코칭이 직면하고 있는 도전을 극복하기 위해서는 영업 관리자들이 코칭스킬을 배우는 것도 중요하지만, 그에 앞서 세일즈 코칭의 성공요소 즉, 영업 전략Strategy, 영업 관리시스템System, 과학적인Science 영업활동 관리에 대한 철저한 이해를 바탕으로 전략과 영업 현장을 한 방향으로 이끄는 영업 전문가로 거듭나야 할 것이다. '영업력Sales Force 향상'이라는 거시적 관점에서의 접근 방법도 마찬가지다. 코칭이라는 한 가지 방법에 의존하기보다는 영업력 진단과 디 브리핑, 검증된 영업 관리자 리더십 개발교육과정, 교육과정과 코칭의 통합적 활용, 그리고 전략적 사고와 문제 해결을 위한 컨설팅 역량이 개방적으로 통합될 때, 훨씬 효과가 크고 영업 현장에 바로 적용할 수 있다.

모쪼록 이 책이 영업 관리자들이 영업 전문가이자 세일즈 코치로 도약하는데 작은 밑거름이 되길 바랄 뿐이다.

세일즈 코칭은 "영업 전략과 영업 현장을 한 방향으로 이끄는 영업 관리자의 리더십 스킬"이다.

2019년 1월

김상범 · 이태헌

∨

영업 관리자의 수준이
곧 영업력이다

수십 년간 현장에서 영업 관리자들과 함께 해왔다. 경영자로서 오랜 경험을 통해 얻은 결론은 '유능한 영업 관리자가 탁월한 영업사원을 만든다.'는 것이다. 유능한 영업 관리자와 함께 일하게 된 영업사원은 전보다 실적이 많이 향상된다. 그러나 그저 그런 영업 관리자와 일하게 되면 오히려 실적이 떨어진다.

전설적인 영화감독이 배우들에게서 뛰어난 연기를 이끌어내듯 유능한 영업 관리자는 영업사원들의 재능을 발현시켜 생산성 높은 책임감 있는 인재로 변모시킨다. 더 중요한 것은 영업사원들에게 직업적 자부심과 만족감을 고양시킨다는 사실이다. 그래서 어떤 위기도 능히 극복할 수 있는 회복탄력성을 갖게 만들며, 회사의 목적과 자신의 목적을 일치시켜 동반 성장해나갈 수 있게 한다.

해마다 뛰어난 실적을 기록하는 영업사원과 그들의 관리자 사이에 아주 긴밀한 상관관계가 있다. 즉, 뛰어난 영업사원들에게는 언제나 그들 가까이에서 격려하고 동기부여를 해주는 훌륭한 영업 관리자가 있다는 것이다. 또한 운 좋게 유능한 영업 관리자 밑에서 일하게 된 영업사원들조차도 그렇지 않은 영업사원들보다 실적이 올라간다.

다른 경영자들과 영업에 대해 대화를 나누다 보면 자연스럽게 영업 관리자들에 대한 이야기가 나온다. 그런데 경영자들이 영업 관리자들에 대해 그다지 높은 점수를 주지는 않는다. 매일같이 얼굴을 맞대는 영업 관리자에 대해 CEO들이 좋은 평가를 내리지 않는다는 뜻이다. 영업 교육도 많이 하고 관리체계도 비교적 잘 잡혀 있는 미국에서 경영자들이 영업 관리자들에게 10점 만점에 6.8점을 주었다고 한다. 우리나라는 과연 어떨까? 의문을 갖게 된다.

많은 기업들이 관리자의 역량을 향상시키기 위해 고민하고 있지만, 어떻게 해야 하는지에 대한 명확한 답을 가지고 있지 않은 듯하다. 영업 관리자의 수준이 영업사원들의 수준을 높이는 데 가장 중요한 요소임은 알고 있지만, 그것을 높이기 위해 무엇을 해야 하는지는 잘 모른다는 것이 문제다. 게다가 이러한 현실 속에서 미래지향적 마인드를 갖고 있는 경영자들의 실망은 클 수밖에 없다. 이러한 현실을 감안할 때 이 책은 가뭄에 단비와도 같다.

영업 관리자는 "전략과 현장을 한 방향으로 이끄는 리더십을 발휘해야 한다."는 대목이 특히 가슴에 와 닿는다. 경영자로서 제일 답답한 순간은 경영자가 생각한 대로 영업조직이 움직여주지 않을 때이다. 어떤 영업 혁신이든 영업 관리자들이 적극적으로 참여하지 않으면 실패하고 만다. 사장이 일일이 영업사원들을 상대하기도 어렵고, 영업 관리자가 제 역할을 하지 못하면 난감한 상황이 발생하고 만다. 영업 전략과 실행 사이의 가장 중요한 연결 고리가 바로 영업 관리자이기 때문이다. 지속적인 성과 창출을 위해서는 영업사원도 중요하지만 영업 관리자의 역할에 대한 새로운 인식을 바탕으로 그들의 역량을 육성하는 일이 절실하다. 이 책은 경영자로서 영업 관리자들이 꼭 읽고 실천해주었으면 하는 내용을 담고 있다.

　기업의 영업력은 영업 관리자의 수준을 넘지 않는다. 이 책이 영업 관리의 새 지평을 여는 전환점이 되기를 바란다. 영업 관리자들이 실적에 급급한 무분별한 모방으로부터 자유로워져, 새로운 시각과 기회를 갖게 되었으면 한다. 그에 따라 시장의 상황과 조직의 여건에 부합하는 과학적이고 합리적인 강한 영업조직을 구축하여 지속적으로 성과를 창출해갈 수 있기를 바란다.

(주)인젠트 회장

남석우

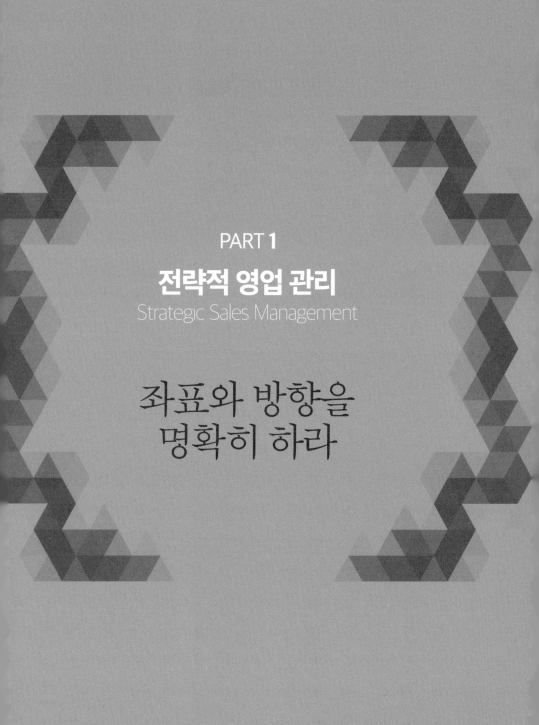

PART **1**

전략적 영업 관리
Strategic Sales Management

좌표와 방향을
명확히 하라

영업 관리의 핵심

영업 관리의 핵심은 한마디로 "전략과 영업을 한 방향으로 이끄는 Aligning Strategy and Sales 리더십"이다. 즉, 〈그림 1-1〉에서와 같이 영업 관리자는 영업이 나아가야 할 좌표와 방향Strategic을 정하고 성과에 영향을 미치는 다양한 영업 관리수단채용, 교육훈련, 성과관리, 보상, 동기부여 등을 시스템Systematic화하고 측정과 예측이 가능하도록 영업 활동 과정을 과학적Scientific으로 관리해야 한다. 이 세 가지 요소알파벳 첫 글자를 따서 '3S'를 한 방향Aligning으로 이끄는 역량이 영업 관리의 핵심이자 영업 관리자에게 요구되는 리더십이다.

무한 경쟁 속에서 각 기업의 영업 전략은 다양해지고 있다. 어떤 상황에서든 성장해야 하기 때문이다. 영업 조직의 평가는 전략을 성과로 만들어 내는 실행력에서 차이가 난다. 그러므로 영업 관리자들은 조직의 나아갈 방향에 대해 분명한 비전을 제시하고 이를 실현하기 위한 성공적인 전략을 실행하도록 노력해야 한다. 그러나 우리는 전략이 제대로 실행되지 않아 실패하는 경우를 많이 접한다. 많은 관리자들이 허술한 전략으로 인해 비난을 받아왔고, 결국 대부분은 자신의 자리에서 물러나기도 한다. 사실 진짜 문제는 전략 때문만은 아니다.

아무리 훌륭한 전략이 있더라도 현장에서 일어나는 일을 알지 못하면 실패할 수밖에 없다. 전략을 성공적으로 실행하는 데 필요한 가장 중요한 열쇠는 전략과 영업을 한 방향으로 균형 있게 일치시키는 것이다. 즉, 어떻게 물건을 파는지와 달성하고자 하는 목표가 같은 선상에서 서로 연결되어야 한다. 그렇다면 영업 관리자들은 성공적인 전략 실행을 위해 무엇을 해야 할까?

첫째, 상시로 외부 환경을 파악하고 그것이 영업에 미칠 영향을 분석해야 한다. 모든 가치는 회의실이 아닌 시장에서 결정된다. 시장의 흐름과 변화, 고객의 이슈 등을 면밀히 들여다보고 그에 따른 파장을 세심히 살펴야 한다.

둘째, 분석한 외부 환경을 바탕으로 영업 방식을 정해야 한다. 고객에게 가치를 전달하고 성과를 내기 위해 무엇을 어떻게 하고 있는가를 물었을 때 제대로 답하는 기업들이 거의 없다. 무조건 영업 담당자들에게 부딪쳐서 성과를 올리라고만 한다. 그런 방식으로는 아무것도 이룰 수 없다. 자사의 전략에 부합하는 특별한 방식을 알려주어야 한다. '전략의 힘은 여러 분야에서 어느 정도 잘하는 것보다 경쟁사가 따라 할 수 없는 어느 한 가지를 뛰어나게 잘하는 것'이라는 말을 명심해야 한다. 나만의 강점을 살려야 한다.

셋째, 영업팀이 목표를 달성할 수 있도록 역량을 끌어올려야 한다. 그러기 위해서는 능력을 갖춘 사원을 채용하여 적절하고 충분한 트레이닝을 받게 해야 한다.

업무 방향도 확실히 해두어야 한다. 그래야 실행이 빨라져 더 많은 수익이 생긴다. 지속적인 커뮤니케이션으로 영업 담당자들의 업무 태도를 개선하는 일에도 소홀함이 없어야 한다.

넷째, 전략과 영업을 한 방향으로 이끄는 리더십을 발휘해야 한다. 영업 관리자가 전략을 수행하는 영업 담당자들과 함께 현장에 나가 정보를 수집하고 끊임없이 소통해야 한다. 영업 담당자들과 대화를 나누어 필요한 부분을 지원하고, 고객들과도 만나 제품에 대한 평가를 들어야 한다. 고위 영업 관리자들이 고객을 만난 지 오래되었다면 직접 현장에 나가 고객들과 제품에 관해 이야기를 나누면서 누가 이 제품을 구매하는지, 왜 구매하는지, 또는 왜 구매하지 않는지 등 회사 제품에 대한 평가를 얻어야 한다. 이러한 현장의 리더십이 전략과 영업을 동일 선상에서 한 방향으로 이끌어 가는 방법이다. 이것이 세일즈 코칭이다.

전략을 실행하는 과정에서는 고객의 생각과 시장을 이해하며 환경 변화에 대한 대응력을 키워야 한다. 책상머리는 영업의 세계를 바라보기에는 매우 위태로운 곳이라는 점을 명심하라. 성공적으로

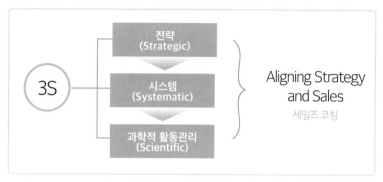

〈그림 1-1〉 3S 영업 관리 TREE

전략을 실행하는 것은 결코 쉬운 일이 아니다. 이와 관련한 성공 사례가 흔치 않은 현실만 봐도 그것을 알 수 있다. 무엇보다 영업 관리자가 적극적으로 나서야 한다. 경영자의 의지와 뒷받침이 중요한 것은 두말할 필요도 없다. 이를 통해 전략이 현장의 실행으로 나타나면 영업성과는 자연스럽게 창출된다. 전략과 현장을 한 방향으로 이끌어라.

chapter
2

전략과 현장의 일치

영업! 성패의 관건은 전략과 실행의 일치 여부다. 특히 영업에서는 전략과 현장의 연결이 성패에 결정적이라 해도 과언이 아니다.

시장이 급변하고 경쟁이 날로 심화되는 가운데 기업들은 새로운 성장 전략을 세우느라 노심초사하고 있다. 때로는 허술한 전략 때문에 큰 낭패를 겪기도 하고, 전략은 훌륭한데 실행이 되지 않아 실패로 끝나기도 한다.

하버드 비즈니스 스쿨에서 경영학을 가르치는 프랭크 세스페데스 Frank V. Cespedes 교수는『영업 혁신 Aligning Strategyand Sales, 2016』을 통해 전략과 영업 현장의 조화를 강조했다. 그의 연구에 따르면, 기업들이 수립한 전략 중에서 성공적으로 수행되는 경우는 극히 일부에 지나지 않았다. 또한 전략 수행에 따른 재무성과도 기업들이 최초에 내세운 목표치의 평균 50~60% 수준인 것으로 나타났다.

왜 이런 문제가 나타나는 것일까? 가장 큰 이유는 고객들을 상대해 본 지 오래된 전략가들이 실제 현장에서 필요한 전략의 핵심을 제대로 파악하지도 못한 채 낡은 비전과 전략을 제시하기 때문이다. 당연히 영업 담당자들은 현실과 동떨어진 전략을 이해하기도 수행하기도 어렵다. 이른바 전략과 영업의 단절 때문이다. 세스페데스 교수는 이를 '전략의 성직자영업 관리자'와 '영업의 죄인영업사원'으로 빗대어 표현했다.

영업 현장은 기업의 가치가 만들어지기도 하고 소멸하기도 한다. 그러나 영업사원들의 고객 응대 활동과 기업의 전략이 어떻게 연결되는지 명확하게 설명해주는 전략기획안을 찾아보기가 힘들다.

전략과 현장이 따로 노는 것이다. 전략기획안이 만들어지는 절차를 들여다보면 그 이유를 알 수 있다. 기획하는 사람들과 실행하는 사람들이 서로 다른 쪽을 바라보고 있기 때문이다. 시간이 갈수록 그 간극은 점점 더 벌어진다.

일반적으로 기업들이 일을 추진하는 절차는 이렇다. 먼저 세일즈 킥오프 미팅kick-off meeting, 사업 착수 회의을 열고, 이어서 본사가 각 지점에 이메일을 보내 지침을 하달한다. 그리고 지점들로부터 보고를 받아 취합한다. 그 과정에서 '소통'은 거의 이루어지지 않고 대부분 일방적이다. 실적 부진 등의 문제가 발생해도 근본적인 원인을 파악하지 못한 채 그대로 넘어가기 일쑤다. 다른 이슈는 말할 것도 없다. 영업사원들을 대상으로 한 교육에서도 비슷한 문제가 나타난다. 상담이나 협상과 관련한 스킬만 알려줄 뿐 달성할 목표의 우선순위나 전략적 의미와 같은 포괄적 차원의 맥락은 공유해 주지 않는 경우가 대부분이다. 이는 회사의 전략이 명확하지 않거나 외부로 유출될지도 모른다는 걱정 때문일 수도 있다.

시장에서 경쟁력을 갖기 위해서는 경영진이 나서서 전략을 구체화하고 공유해야 한다. 회사의 영업 전략을 모든 영업사원이 공유하지 못해서 생기는 문제가 전략의 노출로 인한 문제보다 훨씬 더 큰 손실을 야기한다는 사실을 알아야 한다.

세일즈 코치는 현장에서 영업사원들과 함께 전략을 성과로 구현해 내는 사람이다.

chapter

3

영업 조직의 역할

군대에서 전투대형은 군대 전체의 각 부대에게 병과를 분할하고 편성하는 것이며 모든 대규모 전투나 전쟁에서 표준이 되는 병과와 병력의 배치 형태를 의미한다. 병력에 따라, 공간의 넓이에 따라, 전략은 다양해지며 전투 대형 또한 전략과 밀접한 상호작용을 한다.

위대한 전투에는 반드시 지휘관의 탁월한 전략과 전략에 따른 전투대형의 운영이 있었다.

영업에 있어서 조직의 배치와 운영 또한 영업 전략에 적합한 형태로 만들어지지 않으면 전략 실행이 어려워진다. 따라서 영업 조직이 어떤 구조를 갖는가는 매우 중요한 의미를 지닌다.

〈그림 3-1〉에서와 같이 영업 조직의 구조는 기업의 전략과 전략의

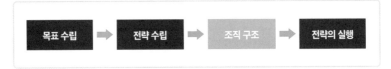

〈그림 3-1〉 조직의 가교 역할

구체적인 실행을 연결하는 가교역할을 한다고 할 수 있다.

　영업조직의 구조는 영업 전략의 실행을 뒷받침할 수 있어야 한다. 영업 전략과 영업 조직의 구조가 조화를 이루지 못하면 영업사원들의 활동이 조직이 추구하는 영업 전략과 일치하는 방향으로 이루어지지 않게 된다. 이렇게 되면 조직이 추구하는 목표달성을 할 수 없게 된다. 예를 들어 어떤 영업조직이 "시장점유율 20% 증가"라는 목표를 달성하기 위해 지역별로 "신규 대리점 개설 10건 이상 개설"을 전략으로 정했다고 하자. 그런데 영업 조직은 지역별로 균등하게 담당 구역이 정해져 있어 영업사원의 활동이 모든 지역에서 균등하게 이루어진다면 영업 전략이 효과적으로 전개될 수 없게 된다. 이러한 경우에는 지리적 구조보다는 대리점 신규개설을 주로 담당하는 영업팀을 중심으로 신규대리점 개설에 집중하는 영업조직 구조가 적합하다.

　영업 조직의 구조는 채용, 교육훈련, 보상, 성과평가, 동기부여, 영업 관리자의 선발 등의 여러 가지 영업 관리 수단들의 의사결정 방향에 영향을 미치게 된다. 영업 조직이 지역적 구조인지, 제품이나 특정 고객중심 구조인지, 기능을 중심으로 하는 구조인지에 따라 영업사원의 업무 내용도 달라지고, 영업사원에게 필요한 영업지식이나 기술도 달라진다. 따라서 영업 조직의 구조는 어떤 영업사원을 채용할 것인지. 어떠한 교육훈련이나 코칭을 실시할 것인지, 성과평가나 보상을 어떻게 할 것인지 등의 모든 영업 관리 수단을 운영하는 데 영향을 미치게 된다. 그러므로 영업 관리 수단들에 대한 의사결정을 하기 전에 영업조직에 대한 결정이 우선적으로 이루어져야 한다.

chapter
4

전략에 따른 영업 조직의 구축

전략과 조직의 관계에 대한 연구의 대부분은 챈들러A.D Chandler, Jr가 미국 기업의 발전사를 70개 기업을 대상으로 연구한 결과, '조직의 구조는 전략에 따른다.'라는 가설에 영향을 받아 이루어졌다. 챈들러는 이러한 연구를 기반으로 조직의 구조는 기업의 성장 전략을 따르는 경향이 있다고 주장했다. 이러한 관점에 따르면 조직이란 전략을 효과적으로 수행하기 위한 도구이다. 이렇게 볼 때 가장 효과적인 영업 조직 구조를 이루려면 기업의 영업 전략 수행에 맞는 골격을 갖추는 것이 중요하다.

조직을 만드는 이유는 업무 수행력을 높여 목표를 달성하기 위한 것이다. 따라서 사람이 아닌 업무 중심으로 조직을 구성하는 것이 당연하다. 목표는 사람 자체가 아니라 그 사람이 수행하는 업무를 통해서 달성되기 때문이다. 마찬가지로 영업 조직도 목표 달성을 위한 영업 전략에 부응할 수 있는 구조를 갖추어야 한다. 영업 전략과 조직이 조화를 이루지 못하면 자연히 조직이 추구하는 목표에 도달할 수 없게 된다.

현실의 조직은 어떤가? 영업 담당자들이 느끼는 어려움 가운데 하나는 다른 부서 동료들과 신뢰를 구축하는 일이다. 자주 갈등과 마찰을 빚는다. 영업 담당자들이 업무적인 도움을 요청했을 때, 재무, 관리 등 지원부서는 신속하게 움직이지 않는다. 재무부서와 영업 부서 사이에 마찰이 자주 일어나는 대표적인 경우로 가격 정책을 들 수 있다. 영업 부서에서는 고객사에 유리한 가격 조건을 제시하기 위해 빠른 결정을 하지만, 재무 부서에서는 매우 신중하고 보수적으로 접근하기 때문에 의사결정이 상대적으로 느린 편이다.

궁극적으로 경쟁에서 이기기 위해서는 관련 부서들이 하나의 팀처럼 운영되어야 한다. 경영진은 각 부서의 실무자들이 얼마나 친숙하고 긴밀하게 협력하는지 유심히 살펴야 한다. 때로는 영업 담당자들을 대상으로 설문조사나 인터뷰를 통해 어느 부서와 협력이 잘 이루어지는지, 어느 부서와 그렇지 못한지를 파악해야 한다. 새로운 가치를 창출해서 고객에게 제공하는 과정 가운데 어떤 곳에서 병목 현상이 발생하는지 살펴보아야 한다.

그렇다면 고객이 원하는 속도감과 전문성을 갖춘 조직은 어떤 모습일까? 또한 표면적으로 드러난 고객의 니즈needs뿐만 아니라 잠재적인 욕구wants에도 대응할 수 있는 조직은 어떤 구조를 갖추고 있을까?

영업 조직은 영업사원이 특정 고객이나 시장을 전담하고 회사의 모든 제품을 판매할 수 있는 구조를 갖추어서 고객의 다양하고 복잡한 구매 프로세스와 니즈에 대응해야 한다. 고객들은 저마다 다른 특성을 지니고 있다. 어떤 고객은 가격에 민감하지만, 어떤 고객은 자신의 니즈에 맞는 제품이라면 가격에 비교적 관대한 편이다. 또 어떤 고객은 회사에 많은 이익을 가져다주지만, 이익과 무관한 고객도 있다. 이럴 경우 고객들 간의 차이를 설명하는 변수를 선택하여 이를 기준으로 고객을 세분화한 뒤 각기 다른 영업사원에게 분배하여 활동하게 하면 고객에게 더욱 적절하게 대응할 수 있다. 따라서 특정 고객에 특화된 영업사원을 배치하고, 그로 하여금 고객에게 적합한 지식과 영업 기술을 축적해나가도록 할 필요가 있다.

이미 발 빠른 회사들은 이러한 영업 전략을 강화하면서 영업 조직을 지역 중심과 제품 중심에서 고객 중심의 구조로 전환시키고 있다. 즉, 내부 지향적인 조직 구조를 외부 지향적인 구조로 재편하고 있다. 은행이 영업 부문을 개인영업, 기업 영업, PBprivate banking 본부 등으로 구분하여 운영하는 것이나, 제약회사가 종합병원, 중소병원, 의원, 약국 등으로 나누어 영업 조직을 운영하는 것 등이 대표적인 사례다. 이러한 경향의 근본적인 원인은, 고객이 단순히 제품이나 서비스를 공급받는 데서 벗어나 자신이 안고 있는 문제를 공급사가 적극적으로 해결해주기를 바라고, 공급사 또한 이러한 요구에 부응하기

	Bussiness Life Cycle Stage			
	시작기 (Start-up)	성장기 (Growth)	성숙기 (Maturity)	쇠퇴기 (Decline)
강조의 수준				
영업 조직과 영업 파트너의 역할	★★★★	★★	★	★★★
영업 조직의 규모	★★★	★★★★	★★	★★★★
전문화의 수준	★	★★★	★★★	★★
영업 자원 배분	★★	★	★★★★	★
대 고객 전략				
대 고객 관리 전략	고객 지각을 만들어 내는 것 신속한 시장 흡수	기존 및 신규 세분 시장에 깊이 침투	고객유지 및 효율적인 서비스에 집중	효율성에 더욱 집중, 핵심 고객을 보호, 비 수익시장에서 철수

〈그림 4-1〉 비즈니스 라이프사이클에 따른 영업조직의 변화

위해 고객 밀착적인 조직 구조를 채택할 필요가 커졌다는 데에 있다.

켈로그Kellogg 비즈니스 스쿨의 졸트너스Andris A. Zoltners 교수와 2명의 연구자가 25년간 68개국 2,500개 사업체를 연구한 결과를 발표했다. 연구의 요지는 제품이나 사업의 수명주기life cycle에 맞추어 영업 조직을 변화시킨 곳의 성과가 더 좋았다는 것이다. 그들은 "영업 조직을 비즈니스 라이프 사이클에 따라 변화시켜야 한다."고 주장하며 반드시 고려해야 할 네 가지 사항을 〈그림 4-1〉과 같이 제시했다.

이와 같이 영업 조직을 비즈니스 라이프사이클에 따라 집중해야 할 대상 고객의 니즈에 맞게 구축했을 때 영업의 효과성을 증가시킬 수 있다. 영업사원은 자신이 담당하고 있는 고객과의 잦은 접촉을 통

해 고객과 고객이 속한 산업에 대한 전문적인 지식을 쌓게 되고 관계를 유지할 수 있다. 니즈와 문제를 더욱 깊게 이해할 수 있게 되며, 이런 과정을 거치면서 자연히 영업사원은 고객 니즈의 변화에 보다 신속하고 유연하게 대응할 수도 있게 된다. 또한 고객과 항상 밀착 관계를 유지할 수 있기 때문에 고객의 니즈의 변화나 외부의 변화에 신속하고 유연하게 대응할 수 있는 장점이 있다.

"영업 조직의 구조는 영업 전략에 따른다."

영업 조직구조의 넓이와 깊이

영업 관리자는 영업사원의 채용, 교육, 실적관리, 평가, 동기부여, 이직 등 거의 영업 전반에 걸쳐 영향을 미치게 된다. 따라서 효과적으로 영업 조직을 관리하기 위해서는 '한 사람의 영업 관리자가 몇 사람의 영업사원을 관리할 것인가?' 하는 관리의 넓이와 '몇 단계의 위계를 두어 관리할 것인가?' 하는 관리의 깊이에 대한 결정이 매우 중요하다. 여기서 '넓이'는 영업 관리의 범위, '깊이'는 위계의 수라고 할 수 있다.

영업 조직 구조의 넓이와 깊이는 의사결정의 집중화 및 분권화와 밀접한 관련이 있다. 이는 영업사원 직무의 내용, 영업사원의 숙련도, 커뮤니케이션의 난이도, 성과측정의 정도와 통제수단의 유무 등에 영향을 미친다. 직무 내용이 단순할수록, 영업사원들의 숙련도가 높을수록, 커뮤니케이션이 원활하게 이루어질수록, 성과 측정이 잘 이루어지고 관리 수단이 강력할수록 영업 관리자는 영업사원들의 행동을 일일이 관리할 필요가 줄어든다. 때문에 관리의 범위가 늘어날 수 있고, 위계의 깊이 또한 적어진다.

이와 같이 영업 조직 관리의 넓이와 깊이는 서로 상반되는 경향이 있다. 즉, 같은 숫자의 영업사원이 있을 경우에 위계의 숫자가 늘어나면 한 사람의 관리자가 관리해야 하는 영업사원의 숫자는 줄고 위계의 숫자가 줄어들면 관리해야 하는 영업사원의 숫자는 늘어난다. **〈그림 5-1〉**는 이러한 현상을 나타내고 있다. 좌측의 그림은 위계의 수는 크지만 관리의 범위는 좁다. 반면에 우측의 그림은 관리의 범위는 넓지만 위계의 수는 적다.

관리의 범위가 넓어지면 영업사원 관리가 제대로 이루어지지 않는 단점이 있다. 위계의 수가 많아지면 의사결정 과정이 길어지고 간접비용이 과다하게 소요되며, 조직이 관료화되는 단점이 있다. 따라서 관리의 넓이와 깊이를 결정하는 것은 쉬운 일이 아니며 장·단점을 고려하여 조직의 전략과 목적을 뒷받침할 수 있는 방향으로 결정되어야 한다.

영업 관리의 넓이와 깊이를 결정할 때 경영진은 다음 두 가지 사항을 고려해야 한다. 첫째는, 영업 관리자에게 개인 영업 활동 목표를 부과할 것인지 말 것인지의 여부이다. 영업 팀의 영업 목표_{영업사원 개인 목표의 합}와는 별개로 영업 관리자에게도 개인이 달성해야 할 영업목표

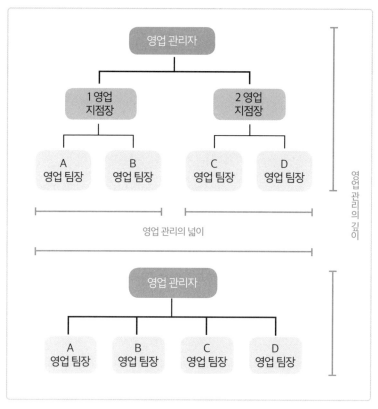

영업 관리자

1 영업
지점장

2 영업
지점장

A
영업 팀장

B
영업 팀장

C
영업 팀장

D
영업 팀장

영업 관리의 넓이

영업 관리의 깊이

영업 관리자

A
영업 팀장

B
영업 팀장

C
영업 팀장

D
영업 팀장

〈그림 5-1〉 영업 조직 관리의 넓이와 깊이

를 부과하는 경우, 영업 관리자는 자신의 영업 목표달성에 집중하게
되므로 영업사원관리나 팀 관리에 소홀해질 수밖에 없다. 실제로 많
은 기업들이 영업 관리자에게 과도한 개인영업 목표를 할당함으로
써, 영업 관리자들이 이름만 관리자이지 사실상 하는 일은 영업사원
과 다를 것이 없는 경우를 흔히 볼 수 있다. 이런 경우 중·장기적으로
영업사원의 성장이나 팀 영업력 향상을 기대하기 어렵다. 영업 관리

자에게는 팀 실적 목표를 부여하고, 관리자 개인은 관리자로서 영업 기회 확대, 생산성 향상, 영업사원역량개발과 같은 관리와 지원업무에 집중하게 하는 것이 효과적이다.

둘째는, 영업 관리자의 역량이다. 영업 관리자의 역량을 초과하는 관리의 넓이와 깊이는 영업 조직 운영에 많은 부작용을 발생시킨다.

국내 기업들의 특성 중 하나는 영업 관리자들을 위해 시간과 예산을 투자하지 않는다는 것이다. 영업사원들의 역량 개발을 위해 지출되는 비용에 비해 영업 관리자들을 위해 투자한 비용과 시간은 지극히 적다. 심지어 국내 기업들 중에 일 년에 단 한 번도 영업 관리자들의 전문성과 역량 개발을 위한 교육이나 워크숍을 하지 않는 기업들이 많다. 영업사원 시절 성과가 좋았던 영업 관리자가 반드시 우수한 영업 관리자가 되는 것은 아니다. 우수한 영업 관리자가 되려면 전략적 마인드는 물론 다양한 영업 관리 수단에 대한 이해와 전략과 영업을 한 방향으로 이끌 수 있는 리더십을 갖추어야 한다. 그런데 아이러니하게도 많은 경영자들이 영업 관리자들이 관리자로서 역할을 가르쳐 주지 않아도 잘 수행할 것이라고 믿고 있다.

영업 관리의 깊이와 폭은 영업 전략을 뒷받침할 수 있어야 함은 물론 영업 관리자의 역량에 맞게 결정해야 한다.

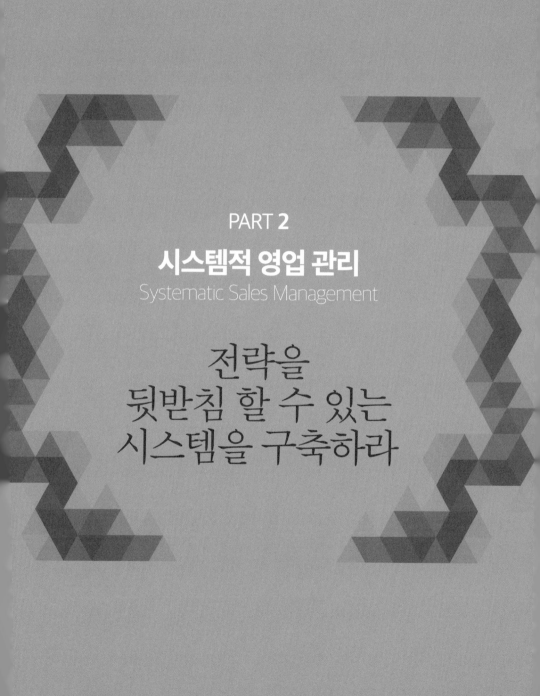

PART **2**

시스템적 영업 관리
Systematic Sales Management

전략을
뒷받침 할 수 있는
시스템을 구축하라

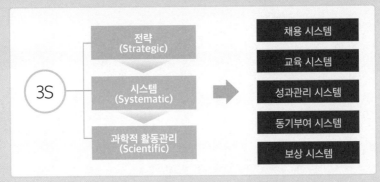

〈그림 II-1〉 Systematic Sales Management

경영진이나 고위 영업 관리자의 핵심적인 역할이 영업 전략을 수립하는 일이라면 중간 계층 영업 관리자의 역할은 영업 전략에 맞게 영업사원들이 제대로 된 역할을 수행할 수 있도록 시스템과 문화를 구축하는 것이라 할 수 있다.

위계에 따른 영업 관리자들의 역할은 스포츠 조직에서의 그것과 유사하다. 축구나 야구팀을 예로 들면, 감독은 경쟁 상대를 이기기 위한 전략을 수립한다. 중간 관리자에 해당하는 코치들은 감독이 수립한 전략에 따라 선수들이 최적의 역량을 발휘할 수 있도록 체계화된 교육 훈련 시스템을 구축한다. 이를 통해 전략을 커뮤니케이션 하고 전략을 뒷받침할 수 있는 역량을 향상시킨다. 또한 개인의 강점과 부족한 역량을 평가하고 개별 코칭을 통해 동기부여 시킨다.

영업 조직의 운영 또한 이와 매우 유사하다. 〈그림 II-1〉은 이러한 중간 관리자들의 역할을 그림으로 나타낸 것이다. '3S'에서 첫 번째 단계인 전략가로서의 역할Strategic Sales Management 고위 영업 관리자의 주된 역할이라면, 두 번째 단계인 시스템 구축 및 운영자로서의 역할Systematic Sales Management은 중간 영업 관리자의 주된 역할이라 할 수 있다. 제 2장 시스템적 영업 관리Systematic Sales Management에서는 이 다섯 가지 시스템에 대해 자세히 살펴볼 것이다.

채용 시스템
─교육 훈련의 한계와 채용의 중요성

"유능한 영업사원은 만들어지는 것인가 혹은 태어나는 것인가?"라는 주제는 영업 관리에 있어서 대단히 중요한 의미를 지닌다. 만들어지는 측면이 강하다면 교육훈련이 매우 중요한 의미를 지니게 된다. 반면 타고나는 측면이 강하다면 교육훈련보다는 채용이 훨씬 중요한 의미를 지니게 된다.

유능한 영업사원의 특성에 대해서 많은 연구가 이루어졌다. 그중 영업사원의 특성과 영업 성과와의 관련성에 대한 기존의 연구들을 종합적으로 분석한 한 미국의 연구Zoltners, et al., 2001는 영업사원의 특성을 28가지로 구분하고, 이 변수들이 영업사원들 간의 성과 차이를 얼마나 잘 설명하는지를 보여주고 있다. 이 연구에 따르면 가장 많은 성과 차이를 나타내는 변수들은 다음과 같다.

- 개인의 이력 및 성장 배경

- 결혼 유무와 자녀의 수 및 연령

- 영업기술(소속된 산업 및 회사의 특성과 관련된 기술) 및 지식(제품지식, 회사지식 등)

- 리더십

- 인지적 능력

- 경제적 능력

- 고객 커뮤니케이션 관련 기술(니즈 파악, 프레젠테이션, 반론극복, 클로징 등)

이 변수들 가운데 교육 훈련을 통해 강화할 수 있는 특성은 영업기술 및 지식과 고객 커뮤니케이션 관련 기술 정도이다. 나머지 변수들은 모두 교육 훈련과 전혀 관련이 없는 특성이거나개인의 이력 및 가족배경, 결혼 여부와 자녀의 수, 연령, 인지적 능력, 경제적 능력혹은 관련이 적은 특성리더십이라 할 수 있다.

우리나라에서는 영업사원의 특성과 성과와의 관련성에 대해 보고하고 있는 연구가 그다지 활발하게 이루어지지 못하였지만 몇몇 연구들은 영업사원의 성과 지향성, 학습지향성, 고객지향성, 감정조절 능력, 개념적 사고능력, 분석적 사고능력, 솔선성, 자신감, 타인을 이해하는 능력, 질서에 대한 관심 등의 다양한 특성들이 성과에 영향을 미치고 있음을 밝히고 있다. 이러한 영업사원의 특성들도 부분적으로는 교육훈련을 통해 양성할 수도 있지만 대부분은 영업사원이 되

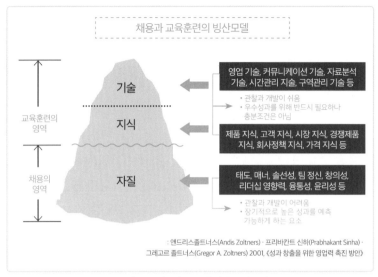

: 앤드리스졸트너스(Andis Zoltners) · 프리바카트 신하(Prabhakant Sinha) ·
그레고르 졸트너스(Gregor A. Zoltners) 2001, 《성과 창출을 위한 영업력 촉진 방안》

〈그림 6-1〉 채용과 교육 훈련의 빙산모델

기 이전부터 가지고 있는 특성이라 할 수 있다.

결론적으로 성공적인 영업활동을 수행하기 위해서는 유능한 영업
사원으로서의 자질을 갖춘 영업사원을 채용하는 것이 대단히 중요
하다. 교육훈련을 통해 영업기술이나 지식을 배양하는 것도 중요하
지만, 유능한 영업사원이 되기 위해 갖추어야 할 특성들을 타고나거
나, 혹은 성장하는 과정에서 자연스럽게 길러지는 것이기 때문이다.
〈**그림 6-1**〉은 영업사원의 능력을 기술, 지식, 자질 등의 3개의 차원으
로 구분하고, 그 가운데 빙산 위의 부분에 대해서는 교육훈련을 통해
서, 보이지 않는 부분에 대해서는 채용을 통해서 충족시키는 것이 타
당하며 빙산 위의 부분보다는 빙상 아랫부분의 중요성이 성공적인
영업 활동을 위해 중요하다는 점을 표현하고 있다.

영업 관리자라면 누구나 한 번쯤 "잘할 줄 알고 뽑았는데 실망이야!" 라는 혼자 말을 해 본 적이 있을 것이다. 지속적으로 최고의 성과를 낼 수 있는 영업사원을 채용하고, 붙잡아 두기란 쉬운 일이 아니다.

많은 영업 관리자들에게 탁월한 영업사원이 될 만한 인재를 선발하는 데 고려해야 할 사항들에 대한 지원과 교육이 제대로 이루어지지 않고 있다. 그 때문일까? 많은 영업 관리자들이 채용 문제는 운에 달렸다고 믿는 경향이 있다. 그러나 실제로는 전혀 그렇지 않다. 그렇다면 왜 탁월한 영업사원으로 성장할 가능성이 큰 인재를 채용하지 못하는지 알아보자.

어떤 사람들을 찾아야 하는지 모른다

많은 영업 관리자들이 자신의 이력과 경험 때문에 영업 조직을 이끄는 경우가 많다. 대부분의 영업 관리자들은 한때 실적이 뛰어난 영업사원이었을 가능성이 크다. 과거에 실적이 좋았던 영업사원에게 조직은 전혀 다른 성격의 일을 해야 하는 관리자라는 직책을 맡겼을 것이다. 그러나 조직 행동이나 성과, 리더십에 관한 전문 교육을 받아 본 경험이 없는 경우가 대부분이다. 그러다 보니 안타깝게도 그들이 채용한 사람들 중 많은 이들이 조직에서 원하는 결과를 보여 주지 못한다. 문제는 많은 영업 관리자들이 정작 영업사원에게 무엇을 기대하고 있는지조차 명확하게 이해하고 있지 못한다는 것이다. 또한 영업 관리자들은 어떤 영업사원이 왜 탁월한 성과를 나타내는지에 대해서도 정확히 모르는 경우도 많다. 영업 관리자들이 어떻게 하면 유능한 영업사원을 육성할 수 있는지 잘 알고 있다면 이 문제를 고민할 필요가 없다. 즉, 어떤 영업사원들이 뛰어난 실적을 보이고, 어떤 영업사원들은 저조한 실적을 보이는지를 영업 관리자들이 명확하게 분석하지 못하는 게 바로 문제인 것이다. 그 이유 중 하나는 바로 많은 영업 관리자들이 영업사원의 역량에 관해 명확한 그림을 갖고 있지 않기 때문이다. 영업 관리자들은 어떤 이들을 영업사원을 채용해야 하는지 잘 모른다. '인재 발굴'이라는 문제가 어떻게 그리고 실제로 얼마나 깊이 개인의 내면과 연관되어 있는지 모를 경우, 보통 '감'으로 채용하게 된다. 이력서와 면담을 통해 주관적 느낌으로 결정한다. 때로는 성격 검사를 참조하여 채용이 진행되는 경우도 있지만, 단순히 영업 관리자의 '감'에 의해 결정하는 것보다 나을지는 몰라도 여전히 후보자의 잠재적 역량에 관해 전체적인 그림을 보기는 쉽지 않다.

실제로 인간은 매우 복잡하다. 이러한 채용 절차나 도구들이 때로는 도움이 될지 몰라도 항상 최고의 실적을 올리는 영업사원을 발굴해 주지는 못한다. 영업 관리자가 어떤 이들을 채용해야 할지를 모른다면 채용에 성공할 가능성은 희박하다.

무엇을 평가하고 개발해야 하는지 모른다
영업 관리자가 무엇을 평가하고 교육해야 하는지 모른다면 영업사원들에 대한 제대로 된 평가나 훈련도 이루어질 수 없다. 영업사원들이 성과를 내는 데 필요한 자질이나 구성요소들 사이의 상관관계를 분석하고, 그 연관성을 찾아낸다면 영업사원들의 성장과 실적에 큰 영향을 미칠 것이다. 이런 평가 기준들이 마련되지 않아서 많은 영업사원들이 조직 내에서 성과를 내는 데 어려움을 겪는 경우가 많다. 따라서 영업 관리자들은 학습과 경험을 토대로 영업사원들에게 무엇을 교육하고 훈련하며 어떤 방법으로 그들의 역량을 평가하고 개발해서 성공에 다가갈 것인지에 대한 아이디어가 있어야 한다. 이것은 단순히 그 사실을 알고 있고, 영업사원들에게 전달할 수 있다고 해서 해결되는 것은 아니다. 조직의 명확한 평가 기준을 바탕으로 영업사원들을 관찰하고, 피드백을 통해 지속적으로 개발·개선할 때 좋은 결과로 이어질 수 있다.

결국 영업 관리자가 무엇을 평가하고 개발해야 할지 명확하게 알지 못한다면 실적 저조, 의욕부진, 높은 이직률과 같은 문제들에 직면할 수밖에 없다. 대부분의 영업 관리자들은 실제 이러한 평가와 개발을 위한 기준이 있는지조차 모르고 있다.

가장 절박할 때 사람을 채용한다

사업을 확장하거나, 예측하지 못한 상황으로 인해 급히 영업사원을 필요로 하는 경우가 많다. 이러한 경우 빈자리를 채우기 위해 영업 관리자는 최대한 빠른 시일 내에 누군가를 고용해서 누수를 막으려 한다. 그러다 보니 절박한 심정으로 채용을 결정한다. 심지어 영업사원 모집에 큰 어려움을 겪는 개인사업자들이 운영하는 방문판매 대리점의 경우, 자질이나 경험에 상관없이 무조건 출근부터 시키기도 한다. 이로 인해 차후 경제적 손실은 물론 여러 가지 문제를 수반하게 된다. 단순히 영업사원의 수가 많을수록 높은 실적을 창조할 것이라는 막연한 업계의 정서나 개인적인 믿음 때문에 채용을 결정하는 경우, 한정된 후보자들 가운데서 채용하거나 그들을 설득하는 경우까지 발생하기도 한다. 이런 경우, 구직이 절박한 사람들이나 영업에 대한 의지도 없으면서 막연히 뭔가를 해보려는 사람들을 채용할 가능성이 매우 크다.

이런 상황에서 최고의 성과를 낼 수 있는 자질을 가진 인재를 선발할 가능성은 매우 낮다.

성급한 채용은 좋지 않은 결과를 가져오게 마련이다. 단순히 영업 관리자의 기대에 부합할 것 같은 사람을 채용한다면 제대로 된 적임자를 채용했을 때보다 훨씬 더 많은 대가를 지불하게 될 것은 불을 보듯 뻔하다.

개인적 취향이나 직감으로 채용한다

어떤 일에서건 한 면에 치우치지 않고 공정성을 유지한다는 것은 쉬운 일은 아니다. 객관적이 되려고 마음먹기는 쉽지만, 실제로 객관적이기는 참 어려운 일이다. 인간은 사람을 판단할 때 쉽게 환경의 영향을 받는다. 가령, 영업 관리자가 영업사원을 채용할 때 개인적인 취향에 기준을 둔다면 성공적인 채용은 기대하기 어렵다.

인터뷰에서 사람들은 자신을 포장해 영업 관리자에게 좋은 인상을 남기려고 한다. 때로는 자신이 회사가 찾고 있는 인재라며 면접관을 설득하기도 한다. 그 순간에 영업 관리자는 자신의 감정이나 직관에 의지해 잘못된 결정을 내릴 수도 있다. 그 결과, 영업 관리자는 몇 개월 후에 자신이 뽑은 영업사원을 내보내지 못해 고민에 빠질 수도 있다. 면접 당시 느꼈던 참신함은 온데간데없어지고, 실망스러운 진짜 모습이 드러난 후에야 자신이 원하던 사람이 아니었음을 깨닫고 후회해 봤자 그때는 돌이킬 수가 없다. 개인적 취향이나 직감에 의해 영업사원을 채용한 영업 관리자는 혹독한 대가를 치르게 된다.

명확한 채용 절차가 없거나 기준이 모호하다

영업사원을 선발할 때 명확한 채용 절차가 없거나 기준이 모호하다면 사후에 문제가 발생할 수 있다. 대부분의 영업 관리자들은 정상적인 선발 절차를 거쳐 채용했다고 하겠지만, 실제로 그런 회사들은 많지 않다. 근본적으로 정의되지 않은 채용 절차는 만족스럽지 않은 결과를 초래할 수밖에 없다. 향후 어떤 성공적인 채용도 보장하지 못한다.

허술한 채용 절차는 심각한 문제를 야기할 수 있다. 그럼에도 많은 회사들이 허술한 채용 절차를 통해 평범한 실적만 내는 영업사원들을 반복해서 채용하고 있다.

동기부여가 되지 않는 영업사원들이 존재한다

영업조직이 지속적으로 동기부여 될 수 있다면, 더 좋은 결과를 기대할 수 있겠지만, 이는 쉬운 문제가 아니다. 영업사원들에게 동기를 부여하고 활력을 불어넣는다는 것은 단순히 그들을 위해 무엇을 해 준다는 것을 의미하는 것은 아니다. 동기부여가 잘된 사람들은 기본적으로 성취감에 충만해 있어서 열정적이다. 인센티브 등으로 단기간 열심히 일하게 할 수는 있을지 모르지만, 결국 동기부여는 개인의 자질이 결정한다. 그렇다면 사람에 따라 동기부여가 되지 않는 원인은 무엇일까? 어떤 사람은 충분한 에너지가 없어서 동기부여가 되지 않을 수 있고, 어떤 사람은 적은 보수 때문에 그럴 수 있으며, 심지어 어떤 사람은 영업 관리자가 자신이 성장하는 데 도움이 되지 않기 때문인 경우도 있다. 이러한 내적인 원동력과 관련된 부분은 인터뷰 과정에서는 쉽게 파악되지 않는다. 영업 관리자가 동기부여가 잘되어 있고 잠재적인 영업 능력을 갖춘 영업사원을 원하는 것은 당연하다. 무엇이 특정 개인의 동기유발 요인인지 안다면 그들을 동기부여 시켜 더 좋은 실적을 올리게 하는 데 아주 유용할 것이다.

이러한 이유들 중 한두 가지 혹은 몇 가지 이유는 당신에게도 익숙할지 모른다. 비록 명확히 인식하지는 못해도 자신들이 직면해 있는 문제들에 관해 어느 정도 감은 잡혔을 것이다. "잘할 줄 알고 뽑았는데 실망이야!"라는 독백을 다시 하지 않으려면 먼저 '탁월한 영업사원이란 어떤 사람인가?'를 명확히 인지해야 한다. 그리고 그런 사람들을 어떤 방식으로 선발할 것인지 점검해야 한다.

경력사원의 함정

훌륭한 경력을 인정받아 선발된 영업사원이 입사 후 역량을 제대로 발휘하지 못하는 경우를 경험한 적이 있을 것이다. 한껏 부풀었던 주변의 기대가 무너지고 영업사원 자신도 힘겨운 시간을 보내게 된다. 원인이 뭘까? 왜 그와 같은 현상이 발생하는 걸까? 한 가지 이유로 설명할 순 없지만, 인터뷰 과정의 문제가 크다고 볼 수 있다. 흔히 영업 관리자들은 지원자와 얼마간 대화를 나눠보면 그가 어떤 사람인지 '감'이 온다고 말한다. 자신의 직관에 따라 지원자를 평가하는 것이다. 하지만 직관에만 의존하면 서로에게 불행한 결과를 맞을 수 있다.

필자 역시 영업책임자 시절, 직관에 따라 경력사원을 채용했다가 낭패를 본 경험이 몇 번 있었다. 다음은 그중에서 기억에 남는 사례다.

인사팀의 서류심사와 팀장들의 1차 면접을 거쳐 최종 후보에 올라온 3명의 지원자가 있었다. 모두가 나름 화려한 경력과 배경을 갖추고 있었다. 필자는 한 사람씩 개별 인터뷰에 들어갔다. 보다 정확한 파악을 위해서였다.

첫 번째 지원자 A는 앉는 자세부터 자신감과 여유가 있어 보였고, 눈 맞춤도 아주 자연스러웠다. 자기소개서에 따르면 영업 경험도 풍부했다. 필자는 주로 그의 영업성과를 중심으로 몇 가지 질문을 했고, A는 자연스럽게 자신의 이야기를 꺼냈다. 영업 경험과 관련한 질문에도 거침없이 답변을 이어갔다. 사용하는 단어나 표현이 영락없는 영업 진문가였다. 모든 반응이 민족스러웠다. 한 시간 정도 인터뷰를 하면서 큰 호감을 느끼게 되었고, 이 정도라면 충분히 채용할 만하다는 생각이 들었다.

두 번째 지원자 B와의 인터뷰도 시작은 거의 비슷했다. 부드러운 미소와 친절한 태도, 화려한 수상과 승진 이력 등은 좋은 실적에 대한 기대를 갖게 하기에 충분했다. 대답은 직설적인 편이었지만 자신감 있는 말투로 핵심을 잘 정리해서 전달했다. 적극적이고 활동적인 태도로 보아 잠시도 사무실에 앉아 있을 사람이 아니었다. 어쨌든 실적을 올리는 영업사원으로 손색이 없어 보였다.

세 번째로 지원자 C도 준비가 잘되어 있었다. 막힘없이 자기소개를 했고 대답하기 곤란한 질문에도 당황하는 기색 없이 열정적으로 대답했다. 필자가 듣고 싶어 하는 말들이 많았다. 자신의 최근 실적은 물론, 앞으로 무슨 일을 어떻게 할 것인지도 상세히 밝혔다. 그의 계획과 열정이라면 실적은 걱정할 것도 없고 영업팀까지 화끈하게 자극시켜 줄 수 있겠다는 기대감이 생겼다.

인터뷰를 끝내고 나서 성격 테스트를 거쳐 지원자들 가운데 한 사람을 선택할 시점이 되었다. 인터뷰와 테스트 결과는 큰 차이가 나지 않았다. 세 지원자 모두 외향적이고 에너지가 넘치는 등 완벽해 보였다. 선택이 쉽지 않았다. 필자는 검토 끝에 A를 채용하기로 했다. 개인적으로 좀 더 호감이 갔기 때문이다. 그런데 그것은 '잘못된 선택'이었다.

채용 후 3개월 동안 A가 보여준 모습은 필자의 기대와 달랐다. 회사는 A에게 회사의 매뉴얼과 제품에 관한 교육을 받게 하고 같은 팀의 최고 영업사원까지 붙여주면서 업무에 익숙해지도록 안내하는 등 나름의 지원을 아끼지 않았다. 초기에는 잘 적응해나갔다. 교육을 받고 나서 제출한 보고서는 무척 훌륭했고, 팀원들도 그의 능력을 인정하며 좋아했다. 문제는 고객과의 관계였다. 고객들을 잘 리드하지 못했다. 그 결과, 기본 실적도 채우지 못하는 실망스러운 모습을 보여주고 말았다.

어떤가? 익숙한 상황 아닌가? 채용 과정에서 신중에 신중을 기한다고 했는데도 결과는 종종 기대에 어긋날 수 있다. 이처럼 직관에 의존한 결정은 실망을 안겨주곤 한다.

이러한 문제가 발생하는 첫 번째 이유는 면접관이 인터뷰를 하면서 지원자에게 미혹 당하기 쉽기 때문이다. 지원자는 면접관에게 가장 좋은 모습만을 보이려고 애쓴다. 자신의 성과를 강조하며 어떻게 해서든 좋은 인상을 심어주려고 노력한다. 대답은 준비되어 있고 면접관을 설득하는 미사여구로 포장되어 있다. 누구도 자신의 실수나 약점을 언급하지 않는다. 할 수 있는 것은 모두 말하지만, 스트레스처럼 다루기 힘든 부분은 대개 말하지 않는다. 따라서 아무리 훌륭한 인터뷰라 하더라도 주관적 인상의 지배를 받게 마련이고, 채용 결정도 그에 따라 이루어지게 된다. 면접관에게 사람을 볼 줄 아는 타고난 재능이 있을지 모르지만, 인터뷰만으로 한 사람을 온전히 평가하기에는 한계가 있다. 어쩌다 최고의 영업사원을 채용할 수는 있겠지만, 그것은 운이 좋았던 경우가 대부분이다. 사람을 제대로 알아보지 못하는 두 번째 이유는 성격이나 행동 검사 결과를 필요 이상으로 믿기 때문이다. 친절하고 외향적이며 추진력이 있어 보이는 등의 전형적인 영업사원 스타일은 각종 검사를 통해 쉽게 파악될 수 있다. 하지만 그것만으로는 영업사원의 성장 가능성을 보장할 수 없다. 다른 조건들이 따라주지 않으면 아무리 적극적이고 목표 지향적인 사람이라도 한계가 있는 영업사원으로밖에 성장하지 못한다.

경력사원 채용 시 인터뷰와 검사 결과는 참고하는 정도로만 활용하는 것이 바람직하다. 어떤 인재를 채용할 것인가, 지원자의 어떤 측면을 어떻게 평가해야 하는가에 관한 기준과 방법이 제대로 정립되어 있지 않은 현실에서, 제한된 정보만을 알려주는 2가지 경로를 통해 지원자의 자질이나 영업사원으로서의 가능성을 판단하기에는 한계가 있기 때문이다.

인터뷰 결과와 업무 능력은 비례할까? 기업들의 채용 실태를 살펴보면 임의적인 경우가 많다. 제대로 된 채용과 훈련에는 많은 비용과 시간이 들기 때문에 단기간에 경력사원을 채용하여 현장에 바로 투입하거나 누군가가 퇴사했을 때 인력을 보강하곤 한다. 채용 여부는 지원자의 과거 경력을 중심으로 결정된다. 따라서 화려한 경력의 지원자가 주로 채용된다. 문제는 그가 새로 입사한 곳에서 성공할 확률이 기대만큼 높지 않다는 것이다.

판매효율성 전문 연구조사업체인 CSO 인사이트Insights의 연구 결과에 따르면, 인터뷰 결과와 업무 능력 간 상관관계는 14% 정도인 것으로 나타났다. 아주 낮은 수준이다. 인터뷰 무용론이 제기된다 해도 이상할 것이 없을 정도다. 이는 인터뷰 자체의 문제라기보다 인터뷰의 질에 따른 문제라고 할 수 있다. 기업들은 최고의 영업사원을 최대한 많이 확보하자는 간단한 채용 원칙을 갖고 있다. 면접관들 또한 한두 차례의 면접을 통해 얼마든지 지원자를 평가할 수 있다고 생각한다. 결국 자신의 직관에 따라 평가하고 임기응변식으로 채용하는 방식이 기대 이하의 실적을 낳게 하는 것이다.

영업직의 교체 비율이 평균 30%에 달한다고 한다. 영업부서 전체가 3년마다 교체되는 셈이다. 인터뷰를 포함한 채용 절차를 좀 더 정교하게 체계화할 필요가 있다.

인터뷰가 가진 이러한 단점들을 최소화하고 실제 성과에 대한 예측력을 높이기 위해서는 면접관들에 대한 사전 교육이 선행되어야 한다. 즉, 면접관의 개인적인 특성과는 관계없이 지원자들의 자격요건을 판단하기 위해 적절한 질문이 이루어질 수 있도록 사전 준비와 교육을 철저히 할 필요가 있다. 또한 평가를 표준화하기 위한 평가 양식을 사용하는 것도 면접관들 간의 편차를 줄일 수 있는 좋은 방법이다.

이러한 면접관에 대한 사전 교육의 중요성은 지원자가 많아서 면접관들이 서로 다른 지원자들과 인터뷰를 해야 하는 경우에 더 커지게 된다. 인터뷰가 이렇게 여러 가지의 단점을 지니고 있지만 잘 계획되고 실행되는 인터뷰는 영업 인재 선발을 위한 필수적인 도구라는 점에는 변함이 없다. 저성장으로 대표되는 이 시대에 이만큼 중요한 과제도 없다.

경력 사원 vs 비 경력 사원

영업사원 채용과 관련하여 회사가 결정해야 할 또 한 가지 중요한 사항은 영업경력을 가지고 있는 사람을 채용할 것인지 혹은 그렇지 않은 사람을 채용할 것인지에 대한 것이다. 경력사원과 비 경력 사원은 소요비용, 새로운 조직문화에의 적응, 고객반응, 기존 영업사원의 사기, 영업 관리, 등 여러 가지 측면에서 많은 차이가 있다. 따라서 회사는 이 두 가지 대안의 장·단점을 분석하여 두 개의 대안을 어느 정도의 비율로 활용할 것인지를 결정할 수 있어야 한다.

비 경력 사원은 경력사원과 비교하면 급여 등의 보수수준은 낮지만, 영업에 대한 경험, 기술이나 지식이 부족하기 때문에 교육훈련이나 코칭을 하는 데 더 많은 비용이 소요되고, 생산성이 낮아서 단시일 내에 좋은 성과를 내기는 어렵다. 특히 영업사원에게 필요한 지식, 스킬 태도 등 자사의 영업에 필요한 역량을 체계적으로 습득하게 할 수 있는 교육훈련 시스템을 갖추고 있는 회사라면 모르지만 그렇지 않은 경우라면 많은 시간과 비용을 소모하고도 역량 있는 영업사원을 양성하는 데 한계가 있다. 따라서 영업사원에 대한 체계적인 교육훈련 시스템을 갖추지 못했다면 비 경력사원을 채용하는 것은 심각하게 고려해 봐야 한다. 반면에 경력사원은 비 경력사원과 비교하면 급여 등에 있어서 더 많은 비용이 소요된다. 성과가 좋은 경력사원을 채용하기 위해서는 회사는 영업사원이 현재 받고 있는 보상수준보다 더 높은 수준의 보상 수준을 제시해야 하고 그렇지 못할 경우에는 승진 등을 약속해야 하기 때문이다.

조직 문화 적응 면에서 경력사원은 전 직장 등과의 비교를 통해 현 직장의 조직문화에 대한 단점을 자연스럽게 느끼게 되고 자신에게 불리하거나 불편한 부분에 대해서는 비판적인 입장을 취할 수 있다. 이러한 현상이 심화되면 동료 영업사원은 물론 영업 관리자나 경영진과도 갈등을 겪게 되고 조직전체에 부정적인 영향을 주는 경우도 발 생 할 수 있다.

반면에 비 경력 사원은 처음으로 영업사원으로서 조직생활을 시작하는 것이기 때문에 성공적인 영업사원이 되고자 하는 욕구가 강하고, 회사 문화에 가능한 한 빨리 적응하려는 노력을 기울인다. 따라서 회사가 지금까지와는 다른 영업 문화의 정착을 도모하고 있다면 비 경력 사원의 채용에 무게를 두는 것이 바람직하며, 경쟁력 있는 외부의 시각을 받아들여 회사의 체질을 강화하는 계기를 마련하고자 한다면 경력사원의 채용에 무게를 두는 것이 바람직하다. 따라서 영업 관리자는 이러한 사항들을 고려하여 경영진에 제안함으로써 영업 조직력을 강화하거나 혁신할 수 있다.

영업사원의 유지비용

영업사원을 일정 수준 이상 유지하는 데 발생하는 비용은 직접비용과 기회비용 두 가지로 나누어진다.

직접비용은 이직하는 영업사원의 퇴사절차와 관련된 비용, 결원으로 인한 충원 및 새로운 인원에 대한 교육훈련에 소요되는 비용이다. 반면에 기회비용은 〈그림 6-2〉에서와 같이 영업사원이 이직하는 시점과 새로운 영업사원이 채용되어 배치되는 시점 사이에서 발생하는 영업기회의 상실에서 오는 기회비용이다. 후퇴 기간은 영업사원이 이직을 생각하기 시작한 시점부터 이직 시점 가지를 의미한다. 즉, 매출 손실은 이직 시점부터 발생하는 것이 아니라 퇴사를 고려하

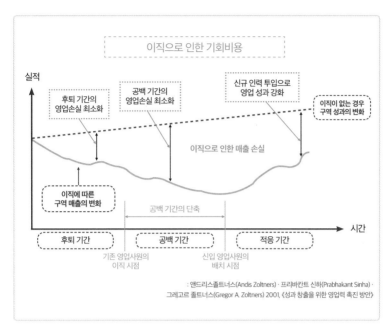

: 앤드리스졸트너스(Andis Zoltners) · 프리바칸트 신하(Prabhakant Sinha) ·
그레고르 졸트너스(Gregor A. Zoltners) 2001, 《성과 창출을 위한 영업력 촉진 방안》

〈그림 6-2〉 이직으로 인한 기회비용

는 시점부터 발생한다. 영업사원은 이직을 고려하는 시점부터 영업
을 평소와 같이 집중하기 어렵기 때문이다. 공백 기간은 영업사원의
퇴사 시점부터 신입 영업사원이 채용되어 적응하는 시점까지를 의
미한다. 후퇴 기간에도 매출은 평소에 비해 점차 감소하다가 공백 기
간이 되면서 본격화되고 새로운 영업사원이 배치되는 시점부터 회
복세를 보이게 된다.

영업사원 유지를 위한 관리자의 역할

유능한 영업사원을 채용하는 것도 중요하고 영업사원들이 각자의 재능을 계발하여 성과를 내게 하는 것도 중요하지만, 영업사원의 수를 적정하게 유지하는 것도 그에 못지않게 중요하다. 영업 관리자는 평소에 이직과 관련한 업무를 우선적으로 수행하여야 한다. 영업사원 수를 효과적으로 유지 하기 위해 영업 관리자는 어떻게 해야 할지 살펴보자.

상황에 따라 일정 정도의 이직은 정상적일 뿐 아니라 영업조직을 위해서도 바람직할 수 있다. 예를 들어 성과가 부진한 영업사원이 이직을 하고 그 자리를 새로운 아이디어와 역량을 가진 영업사원이 채워준다면 조직에 활기를 불어넣을 수 있다. 그러나 이직률이 필요 이상으로 높아지면 영업적 손실이 커지므로 이를 방지하기 위한 조치를 취해야 한다. 특히 실적이 우수한 영업사원이 이직하게 되면 다시 원래 상태로 회복하는 데 오랜 시간이 걸리기 때문에 이직하지 않도록 특별히 더 많은 노력을 기울일 필요가 있다.

영업사원이 이직하면 매출이 감소할 뿐 아니라 대체 인력 투입에 따른 비용이 증가하여 수익성이 악화한다. 따라서 영업 관리자는 평소에 이직과 관련한 업무를 우선적으로 수행하여야 한다. 어떻게 해야 할까? 이직과 관련한 영업 관리자의 역할은 후퇴 기간, 공백 기간, 적응 기간 등으로 나누어 살펴볼 수 있다.

후퇴 기간

영업 관리자는 평상시에 다양한 루트를 통해 이직 가능성이 높은 영업사원을 파악하려는 노력을 계속해야 한다. 정보원은 같은 회사의 영업사원일 수도 있고, 다른 회사의 사원일 수도 있다. 때에 따라서는 경쟁사의 영업 관리자나 고객이 될 수도 있다. 또한 영업 실적의 추이를 통해 이상 징후를 감지한 후 영업사원 본인이나 주변인들을 통해 확인해볼 수도 있다.

이직을 고려하고 있는 영업사원이 실적이 좋지도 않고 발전 가능성도 희박한 경우라면 아무런 조치를 취하지 않을 수 있다. 하지만 실적이 우수하거나 지금은 평범하지만 발전 가능성이 큰 영업사원이라면 신속한 조치를 취해야 한다. 그가 최종 결정을 하기 전에 불만 요인을 찾아 해결해줌으로써 이직하지 않도록 해야 한다.

공백 기간

이직으로 인한 매출 감소와 기회비용을 생각할 때 공백 기간은 최대한 단축해야 한다. 이직이 발생하고 나서 채용 절차를 시작하면 신입사원을 교육하고 배치하기까지 시간이 많이 소요될 수밖에 없다.

영업 관리자는 과거의 이직 관련 통계자료를 분석하여 일정 기간에 발생하는 이직 규모를 예측하고 이를 바탕으로 평소에 일정 규모의 신입사원을 채용하여 교육훈련을 시키고 이직이 발생하면 바로 배치할 수 있도록 만들어야 한다. 프로야구 구단에서 운영하는 2군에 비유할 수 있다. 1군 선수의 부상, 성적 부진, 갑작스러운 은퇴 등에 대비하여 2군을 적절히 활용하는 것이다.

공백 기간에 특히 유의할 부분은 주요 고객에 대한 관리다. 고객들은 영업사원의 부재로 인해 소홀히 대우받고 있다고 생각되면 이 기회에 더 좋은 거래 조건을 제시하는 업체로 옮기는 것이 좋겠다고 판단할 수 있다. 특히 우수 고객의 경우에는 경쟁사가 공백 기간을 틈타 유치에 심혈을 기울일 가능성이 높으므로, 해당 구역을 담당하는 영업사원이 없어도 주요 고객에 대한 관리가 소홀해지지 않도록 해야 한다.

적용 기간

영업 관리자는 새로 배치된 영업사원이 잘 적응할 수 있도록 적절한 도움을 주어야 한다. 잘 설계된 교육훈련 프로그램을 통해 신입사원이 조직문화에 적응하도록 돕는 한편, 영업에 필요한 지식이나 기술 등을 습득할 수 있게 관심을 기울여야 한다. 또한 영업 현장에서의 세심한 코칭으로 현장 감각을 끌어올려 해당 구역에서의 매출이 최대한 빨리 회복될 수 있도록 노력해야 한다.

국내 방문판매 업계나 보험업계를 보면 영업사원들의 정착률이 매우 낮은 실정이다. 쉽게 들어오고 쉽게 나가기 때문이다. 이러한 회사들에서 영업 관리자의 주된 업무는 채용이다. 영업사원 확보 능력에 따라 평가와 보상을 받는다. 그런데 영업사원의 유지나 육성에는 소홀하다. 회사의 관심 부분이 아니기 때문이다. 그러니 사원들이 들어와서는 마음을 붙이지 못하고 쉽게 나갈 수밖에 없다. 관리자가 채용에만 정신이 팔려 있는데, 누가 사원들을 이끌어준단 말인가. 그러다 보니 악순환이 멈출 줄을 모른다. 해법은 의외로 간단하다. 영업 관리자 역할의 우선순위를 재정비하고 영업사원의 유지나 육성을 중심으로 보상 제도를 개선하는 것도 좋은 방법이다.

chapter
7

교육 시스템
[영업 교육 훈련의 가치]

제품의 수명주기가 짧아지고 고객의 니즈 또한 빠르게 변화하고 있다. 이러한 상황에서 영업사원의 전문성은 그 어느 때보다 중요해지고 있다. 영업사원에 대한 교육은 영업사원의 전문성을 향상시키고, 지속적으로 성과를 낼 수 있도록 하는 수단이라 할 수 있다. 영업사원의 제품에 대한 지식, 고객의 니즈 이해, 그리고 영업 스킬은 그들이 받는 교육의 질과 양에 직접적으로 연결되어 있기 때문이다.

연구에 따르면 영업사원 교육은 영업 생산성의 증대, 조직몰입, 책임감의 증대, 직무만족, 이직률 감소 등에 영향을 미친다. 대부분의 영업 경영진은 교육이 영업사원의 성공을 확신하는 중요한 요소라는 것에 동의한다. 그럼에도 불구하고 교육 훈련의 효과에 대해서는 경영자들뿐 아니라 교육전문가들조차 의구심을 갖는다. 즉, 교육 예산을 현명하게 쓰지 않고, 교육도 효과적이지 않다는 것이다. 교육 대상자인 영업사원들이나 영업 관리자들 또한 실망스러운 영업교육 경험에 대해 자주 언급하곤 한다. 이러한 이유는 크게 세 가지로 볼 수 있다.

첫째, 많은 회사들은 영업사원영업사원, 영업 관리자들의 교육 니즈를 충분히 파악하지 않은 채 교육 프로그램을 설계한다.

둘째, 이러한 영업 교육 프로그램의 설계단계에서 영업사원에 대한 평가가 무시된다.

셋째, 영업사원이나 영업 관리자들은 교육 때 배운 역량들을 지속적으로 강화시키지 않는다. 이러한 지속적인 강화 과정의 부재는 영업사원의 행동에 변화를 일으키기 어렵다.

제록스Xerox Corporation는 성공적인 영업 교육 프로그램으로 인정을 받지만, 이들은 영업사원 교육과 관련해서 영업사원들이 영업 교육 이후 30일이 지나면 13%밖에 기억하지 못한다고 밝힌 바 있다. 바꿔 말하면, 영업 교육에 많은 돈을 투자하는 회사들조차도 투자 대비 큰 효과를 내지 못한다는 것이다.

영업 교육 프로그램 개발과 운영

제대로 된 적합한 영업 교육 프로그램이 없으면, 영업사원들을 구

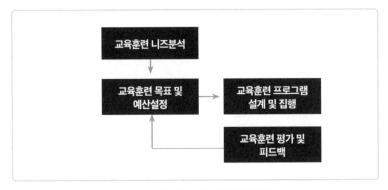

교육훈련 니즈분석

교육훈련 목표 및 예산설정

교육훈련 프로그램 설계 및 집행

교육훈련 평가 및 피드백

〈그림 7-1〉 교육 훈련 프로그램운영 4단계

인 및 채용하는 데 쓰이는 비용들이 낭비될 수 있다. 또한 경험이 축적된 숙련된 영업사원들이라 할지라도 변화하는 고객의 니즈와 시장 상황에 따라 지속해서 교육을 받지 않을 경우, 그들의 생산성을 증진시키거나 유지할 수 없다. 따라서 제대로 된 영업사원 교육 프로그램의 개발과 운영은 영업 관리에 있어서 매우 중요한 요소이다.

이 장에서는 영업사원 교육 프로그램을 개발하고 운영하는 방법에 대해 살펴볼 것이다.

성공적인 영업사원 교육훈련 프로그램의 운영은 교육훈련 〈그림 7-1〉과 같이 교육 니즈 분석, 교육훈련 목적 및 예산 설정, 교육훈련 프로그램 실행 및 집행, 교육훈련의 평가 및 피드백 등의 4가지의 단계로 구성되어 있다. 또한 영업 교육은 신입들을 위한 초기교육과 숙련자들을 위한 강화 프로그램으로 구분해 볼 수 있다.

교육훈련 니즈분석

교육훈련 니즈분석 단계에서 영업 관리자는 다음과 같은 4가지의 질문을 스스로에게 던져보아야 한다.

- 교육 목적은 무엇인가?
- 교육 대상은 누구인가?
- 교육 니즈는 무엇인가?
- 얼마나 많은 교육이 필요한가?

교육의 목적은 무엇인가?

영업 교육의 가장 중요한 목적은 영업사원의 생산성 향상이지만, 사기 진작, 이직률 감소, 고객 관계 증진, 원활한 커뮤니케이션 등이 포함된다.

생산성 향상

영업 교육의 일차적인 목적은 영업사원의 생산성 향상을 통해 보다 많은 수익을 창출하는 것이다. 따라서 어떤 교육은 영업사원 1인당 매출 증진을 목적으로 실시되고, 어떤 교육은 지출 감소를 목적으로 실시된다. 하지만 또 다른 측면에서 보면 영업 활동의 효율성이나 효과성을 증진시키기 위해 실시된다고 할 수도 있다.

총 업무 시간에서 영업 활동이 차지하는 시간의 비중을 의미하는 효율성을 향상시키기 위한 교육훈련은 시간 관리 기술, 구역관리 기술, 모바일기기의 사용 능력 등을 중심으로 이루어지며, 활동 시간당 영업성과를 의미하는 효과성을 확보하기 위한 교육훈련은 잠재 고객 확보기술, 프레젠테이션 기술, 상담 기술 등에 초점이 맞추어진다. 최근에는 생산성 향상 방법으로 SFA^{sales force automation, 영업자동화} 같은 IT 시스템의 도입이 늘어나고 있으므로 이에 대한 별도의 교육훈련도 요구된다.

사기 진작

교육훈련은 영업사원의 사기를 증진시킨다. 사기는 업무에 대한 열정, 영업사원으로서의 자부심 등을 의미한다. 교육훈련을 통해 잘 준비된 영업사원은 현장에서 무엇을 어떻게 해야 할지에 대해 잘 알기 때문에 문제 상황을 해결하여 성공할 확률이 높다. 그에 따라 자부심도 갖게 되고 영업직에 대한 만족감도 느끼게 된다. 반면에 교육훈련이 덜 된 경우에는 고객의 질문에 답하지 못하는 등 업무를 제대로 처리하지 못하고 당황하는 일이 빈번히 발생한다. 당연히 실적이 오르지 않고 수입도 적어 실망감을 느끼거나 자신감을 상실할 수 있다.

이직률 감소

교육훈련은 이직률과도 밀접한 관련이 있다. 좋은 교육훈련은 성공적인 영업 활동을 가능하게 하고, 이직률을 줄여준다. 한 조사 결과에 따르면 잘 설계된 교육훈련은 영업사원, 특히 신입 사원의 실패로 인한 실망이나 동요를 줄여주는 효과가 있는 것으로 나타났다. 이는 교육훈련을 통해 경험과 지식이 쌓여 가면 현재 겪고 있는 어려움도 자연스럽게 해소될 수 있다는 사실을 깨닫게 되기 때문이라고 할 수 있다.

고객 관계 증진

고객은 미숙한 영업사원과 일하기를 원치 않는다. 영업사원에게 일일이 설명을 해주면서까지 거래를 해야 하는 상황을 좋아할 고객은 아무도 없다. 시간이 갈수록 관계만 악화된다.

영업사원은 고객과 좋은 관계를 유지하기 위해 고객의 제품과 업무 프로세스, 산업 동향 등에 대해 잘 알고 있어야 한다. 단순히 제품이나 서비스를 제공하는 것을 넘어 자사의 문제에 대한 해결책을 제시해주기를 원하는 고객들이 늘어나고 있으므로 이와 관련한 문제해결 능력을 갖추어야 한다. 또한 점점 복잡해지는 고객들의 구매 과정에 맞추어 구매 부서뿐 아니라 생산, R&D, 마케팅, 재무회계 등 다양한 부서의 구매 요인을 파악하는 데 지속적인 노력을 기울여야 한다.

원활한 커뮤니케이션

영업사원이 제공하는 고객이나 시장 상황에 대한 정보는 회사의 매출 증대는 물론 영업 활동 지원을 위해서도 매우 중요하다. 그러나 현실은 정보의 공유가 잘 이루어지지 않는 경우가 허다하다. 교육훈련을 통해 커뮤니케이션에 대한 인식과 활성화를 위한 실천을 제고해야 한다. 회사의 지속적인 성장과 건전한 조직 문화 형성을 위해 반드시 필요한 일이다.

교육의 대상은 누구인가?

신입사원

회사에 새로 입사한 영업사원들은 교육을 필요로 한다. 신입 영업사원들은 일반적으로 회사가 판매하는 제품뿐만 아니라 기본적인 영업 테크닉에 대해서도 배워야 한다. 신입 영업사원들에 대한 교육 훈련은 주로 입사 초기에 이루어지며, 이때 많은 예산이 소요된다. 영업 형태가 복잡하고 취급하고 있는 제품이나 서비스가 더 많은 전문성을 필요로 할수록 교육 기간은 길고 예산도 많이 소요된다.

숙련된 사원

숙련된 영업사원이라 할지라도 교육은 항상 필요하다. 오늘날의 영업 환경은 끊임없이 변화한다. 숙련된 영업사원도 단기 재교육을 통하여 효과를 얻을 수 있다. 영업교육은 사원들이 무언가를 배우겠다는 큰 열망과 책임감이 있을 때 극대화된다. 숙련된 사원들에게는 교육이 어떤 효과를 줄지 정리되어야 한다.

SEC Sales Executive Council Research, 2013의 연구에 따르면 일반적으로 영업 교육은 평균이상의 실적 분포를 보이는 중간의 60%가 교육 효과가 가장 크고, 그다음으로 상위 20%의 영업 인력이 효과가 크다. 반면에 하위 20%의 영업사원은 아마도 잘못된 직종에 있으며, 교육을 통해서도 문제가 해결되지 않을 가능성이 높다.

고객

회사의 직원이 아닌 사람들을 교육하는 게 중요할 때도 있다. 독립적인 제조업자들, 유통 업자들, 그리고 사용자들이다. 예를 들어, 제조업자가 자신의 제품을 파는 것이 가장 쉬운 방법이거나, 가장 높은 수익을 내는 일일 수 있다. 영업사원들이 가장 잘 아는 제품이 제일 잘 팔린다. 영업 대리인들과 유통 업자들은 본사차원의 교육 훈련 지원을 기대한다. 화장품 유통 대리점, 건강식품 유통 대리점 등이 좋은 예이다.

영업 관리자

영업 관리자 또한 교육이 필요하다는 사실은 명확하다. 그러나 많은 기업들이 영업 관리자들에게는 교육훈련 프로그램을 제공하지 않는 오류를 범한다. 영업 관리자에게 경영관리나, 리더십 등과 관련된 교육 기회와 경험을 제공하는 것은 매우 중요하다. 영업 관리자들에게 필요한 교육으로는 영업자동화파이프라인, CRM시스템 운영, 영업 관리, 인재채용 및 육성, 영업 전략, 인사관리, 경영, 리더십 및 팀 빌딩, 그리고 코칭스킬 등이 있다.

교육 니즈는 무엇인가?

교육 프로그램의 목적이 영업 생산성을 높이는 것이라고 말하는 것은 가장 일반적인 말임과 동시에 교육 프로그램을 설계하는데 가장 모호한 말이기도 하다. 영업 관리자는 포괄적인 영업 교육의 목적을 세부 교육 목표로 파악하고 정리해야 한다. 영업 교육 니즈의 파악은 영업 교육의 성패를 좌우하는 가장 중요한 출발점이다. 회사는 전략을 뒷받침할 수 있는 영업 역량의 장, 단점을 파악해야 하며 강점을 강화하고 약점을 보완할 수 있는 프로그램을 설계해야 한다.

이러한 교육 니즈 파악을 통해 교육 목표를 정리하는 과정이 교육자와 교육받는 사람이 교육 목표에 집중하도록 돕고, 교육의 우선순위, 교육 방법, 교육의 효과를 측정하는 기준을 제공해 준다.

얼마나 많은 교육이 필요한가?

교육의 양은 교육 목적에 달려있다. 영업사원의 정신무장을 위해서라면 반나절 동안 진행되는 사내 프로그램 정도로 충분할 것이며, 새로운 제품이나 서비스의 이익이나 특성을 설명하는 것은 1일에서 2일의 시간이 소요될 것이다. 영업사원의 고객 지향적 성향을 증진하는 목적을 가진 프로그램은 2일에서 3일이 걸릴 것이지만, 실적이 저조한 영업사원들에게 기본적인 영업 능력을 가르치도록 설계된 프로그램은 6개월까지도 걸릴 수 있다.

일반적으로, 실적이 저조한 영업사원들은 회사가 판매하는 제품 뿐만이 아닌 기본적인 영업 테크닉과 커뮤니케이션에 대해서도 배워야 한다. 영업 경험을 가지고 있는 숙련된 영업사원들은 많은 교육 시간이 필요 없지만, 특정한 영업 테크닉에 대해서는 역량이 떨어질 수도 있다. 이러한 상황은 숙련된 영업사원이라 할지라도 더 많은 교육 시간이 필요하다.

교육으로부터 얻는 이익과 교육으로 인해 발생하는 판매기회 상실로 이어지는 기회비용을 비교해 볼 때, 장기적으로 교육으로 인해 생기는 이득이 더 크다. 그러나 교육 훈련의 질, 그리고 영업사원들을 얼마나 교육에 동원할 수 있느냐에 따라 한계는 있다.

교육 프로그램 설계

영업 교육 프로그램 설계 시, 다음과 같은 사항들을 정리해야 한다.

- 누가 교육을 진행할 것인가?
- 언제 교육을 진행할 것인가?
- 어디에서 교육을 진행할 것인가?
- 교육의 내용은 무엇을 포함할 것인가?
- 어떤 교육 방법을 사용할 것인가?

누가 교육을 진행해야 하는가?

교육 훈련은 영업 관리자나 베테랑 영업사원과 같이 내부의 인력에 의해 실시 될 수도 있고, 영업 교육훈련팀과 같은 스태프 부서의 인력에 의해서도 이루어질 수도 있으며, 외부의 영업훈련 전문가에 의해서도 이루어질 수 있다. 물론 이들이 혼합된 형태로도 이루어질 수 있다. 각각의 특징에 대해 살펴보면 다음과 같다.

내부 인력

영업사원에 대한 교육훈련은 영업 관리자나 경험이 많은 영업사원에 의해 가장 빈번하게 이루어진다. 현재 영업을 하고 있지는 않더라도 과거에 영업에서 상당한 실적을 올렸던 경험이 있는 영업 관리자가 강사로 나서는 것이 보통이다. 강의의 실제 내용과는 관계없이 강사의 영업에 대한 경험에 따라 교육대상자인 영업사원들의 강의 수용도가 달라지기 때문이다.

특히 지역관리자나 고객관리와 같이 현장에서의 영업 활동과 직접적으로 관련이 있는 분야라면 이러한 경향은 더 심해진다. 때에 따라서는 동료 영업사원을 강사로 활용하는 경우도 있다. 즉, 우수한 자질을 갖춘 영업사원으로 하여금 자신의 경험을 다른 영업사원들과 공유함으로써 비슷한 경력을 가지고 있는 영업사원들이 자신들도 당면하고 있는 비슷한 영업현장에서의 어려움을 극복하는 데 도움을 줄 수 있다.

장점
· 외부 전문가보다 영업조직의 내부 인력은 영업에 대한 성공적인 경험을 가지고 있기 때문에 교육대상자들의 수용도를 높일 수 있다.
· 영업 관리자가 강사로 나서는 경우, 영업사원과 관리자 간의 돈독한 관계 형

성의 기회가 될 수 있다.

| 단점 | • 영업사원이나 영업 관리자나 교육훈련 준비과정에 소요되는 시간을 빼앗기게 되어 본연의 업무에 소홀해질 수 있다. |
| | • 강사의 역량에 따라 교육 효과나 몰입도가 떨어질 수 있다(교육 역량이 떨어지는 경우). |

스태프 인력

스태프 인력은 영업조직의 영업활동을 지원하는 역할을 수행하는 회사 내부 부서의 직원으로 교육훈련 업무를 전문적으로 수행하기 위해 채용된 직원이 이에 해당된다. 국내의 대기업들은 대부분 연수원과 같은 별도의 교육훈련 시설을 가지고 있는데, 여기에 소속된 직원들이 바로 내부인력이 된다.

별도의 조직이 없다한다 해도 교육훈련 전문 인력을 인사부서 등에 소속시켜 교육훈련을 전담하도록 하는 것도 이러한 경우에 해당된다. 또한, 교육훈련 담당 부서나 전문 인력을 별도로 두지 않고 인사부서나 생산, R&D 여타 부서에 근무하는 직원을 교육훈련 강사로 활용할 수도 있다. 그러나 여타 부서의 직원들은 우선 본연의 업무가 있고 또한 영업에 대한 경험이 없거나 일천할 뿐 아니라, 교육 훈련의 전문가가 아니기 때문에 대부분 강사로서 적합하지 않다. 인사부서의 인력도 교육훈련 프로그램을 기획하고 진행하는 책임을 맡을 수는 있지만 영업에 대한 교육 훈련 강사로서는 적합하지 않다.

| 장점 | • 교육훈련을 전담하는 인력은 교육훈련에 모든 시간을 집중하기 때문에 체계 |

적인 교육훈련을 수행할 수 있다.

단점	• 교육전문가를 채용하는 데 많은 비용이 발생하므로 규모가 작은 기업에서는 실행에 옮기기가 어렵다. • 스태프 부서의 인력은 영업 라인의 인력이 아니므로 교육 대상자인 영업사원에 대한 통제나, 협조가 어려울 수 있다.

외부 교육 전문가

외부 교육 전문가를 통한 영업 교육은 세 가지 형태로 나누어진다.

첫째, 사내에서 자체적으로 개발한 교육훈련 프로그램을 외부 강사를 통해 진행하는 방법. 둘째, 교육훈련 프로그램을 모두 외부기관에 위탁하는 교육방식. 회사의 규모가 작아서 교육훈련을 위한 인프라가 부족한 경우 외부 전문회사를 통해 의뢰하는 방법. 셋째, 사외교육 방식으로 영업사원들이 외부에 나가서 다른 회사의 직원들과 함께 교육을 받는 방법이다. 각각 장, 단점이 있으며 회사의 인프라나 특성을 고려하여 선택적으로 운영할 수 있다.

국내 영업 조직들의 경우 대기업들은 주로 자체 인프라와 내부전문가들을 통해 영업사원들에 대한 교육을 진행한다. 반면에 중소기업들은 주로 외부 교육 전문가를 이용한다. 중소기업들은 내부적으로 교육을 제공할만한 자원이 없기 때문에 주로 그들 사원들의 교육의 전부를 외부에게 맡긴다.

국내에는 영업사원들을 대상으로 교육훈련 서비스를 제공하는 전문 강사는 많이 있지만, 대부분의 경우 영업스킬이나 정신교육이 주를 이루고 있으며 체계적으로 교육훈련을 계획하고 운영할 수 있는 강사들은 극소수에 불과하다. 그렇지 않으면 대기업이나 글로벌 기업에서 근무 시 배운 영업기법이나 시스템을 가지고 나와, 중견, 중소기업을 대상으로 교육 사업을 하는 경우가 대부분이다.

가장 시급한 문제는 영업 관리자를 대상으로 하는 교육훈련 과정이나 강사가 없다는 것이다. 국내 기업들의 경우, 사장에서 팀장까지 영업성과 향상을 위한 영업 관리자들의 프레임이 과도하게 영업담당자의 역량과 실적 개선에 초점이 맞춰져 있다. 영업 관리자들은 개선 과제로 영업사원들의 신규 거래선 개척에 대한 노력 부족, 니즈 파악 및 클로징 스킬 부족, 전문성 부족, 목표의식, 활동량 등과 같은 문제들을 언급한다. 이에 비해 변화하는 고객의 니즈를 반영한 경쟁력 있는 솔루션의 개발, 전략 수행에 적합한 영업 조직의 개편, 영업 관리자의 리더십, 관리 역량 개발 등 영업 전략이나 영업 관리자의 전문성에 초점을 맞추고 있는 경우는 상대적으로 매우 적다. 영업사원의 역량 개발을 위해 지출되는 비용에 비해 영업 관리자들을 위해 투자한 비용과 시간은 지극히 적다. 이러한 문제는 향후 국내 기업들과 교육전문가들, 그리고 대학이 관심을 가지고 해결하지 않으면 안 될 무거운 과제이다.

어디에서 교육이 진행되어야 하는가?
영업사원 교육을 소규모 단위로 각 지역에서 독립적으로 할 것인가, 한곳에 모아놓고 집중적으로 할 것인가에 따라 분산 교육과 집중 교육으로 나누어 생각해 볼 수 있다.

영업사원 교육은 지역적 상황에 적합한 교육 훈련이 요구되는 경우가 많기 때문에 특별한 이유가 있지 않은 이상, 교육 장소는 분산 교육이 바람직하다. 독립적으로 지역별로 이루어지는 교육에 비해 한곳에 모여서 하는 집중 교육은 비용과 시간이 많이 들고 스태프들의 체계적이고 조직적인 노력이 필요하다.

분산 교육(현장 교육)

분산 교육은 현장 코칭, 지역 영업 관리자^{지점장} 교육, OJT, 세미나, 과제 수행 등 다양한 형태로 운영할 수 있으며, 장단점은 다음과 같다.

장점
- 집중 교육보다 보통 비용이 덜 든다. 교육받는 사람들은 현장에서 일하는 동시에 교육을 받을 수 있다.
- 이동 시간이나 숙박 등으로 인한 영업 기회 손실이 적다.
- 교육 효과가 크다(한 장소에서 강의 형식으로 진행되는 집중 교육에 비해 분산 교육은 영업사원의 수준이나 능력에 따른 맞춤 교육이 가능하고 일대일의 쌍방향 교육이 이루어질 수 있다).

단점
- 분산 교육의 가장 큰 주요 단점은 지역 영업 관리자가 적절한 교육 훈련을 제공하지 못할 수도 있다는 것이다. 이는 교육훈련에 대한 기술이 부족하거나, 시간부족, 의욕저하, 또는 교육 장비나 시설의 부족 등이 원인이 될 수 있다.

중점 교육(본사 교육)

중점 교육은 영업사원을 한 장소에 모아놓고 실시하는 형태로 이루어진다. 큰 기업들은 주로 연수시설을 갖추고 최고의 전문가를 초빙해 교육을 진행할 수 있으며, 경영진이 교육현장을 일일이 순회할 필요가 없기 때문에 시간을 절약할 수 있다.

장점	• 경영진과의 교류 기회
	• 본사 및 타 부서 직원들과의 교류 기회
	• 장비, 시설 등 교육 환경 측면에서 유리
단점	• 이동과 숙박 등에 소요되는 높은 비용
	• 영업기회의 상실, 영업 기회 상실로 인한 불안감으로 집중력 저하

많은 회사들은 이러한 중점 교육과 분권화 교육을 적절히 섞으려고 한다. 일반적으로 기업들은 보통 년 초나 말에 중점 교육을 제공하고, 보조적으로 현장 교육을 진행한다.

교육내용은 무엇을 포함할 것인가?

미국의 한 조사하버드 비즈니스 스쿨, 프랭크 세스페데스, 'Aligning Strategy and Sales , 2014에 의하면 1년에 한 번도 영업사원을 교육하지 않는 기업들이 3분의 1이 넘는다. 또 대부분이 광고 예산과 마찬가지로 교육 예산은 매출이 증가에 따라 증가하고, 매출 감소에 따라 감소한다. 또한 영업교육은 잡화점과 같이 되기 쉽다. 제품관리자는 영업교육에서 제품 정보를 중요하게 취급해야 한다고 생각하고, 마케팅관리자는 인구통계, 사이코그래픽스psychographics. 수요조사 목적으로 소비자의 행동양식, 가치관 등을 심리학적으로 측정하는 기술, 고객의 구매기준 등을 반영해야 한다고 생각하기 때문에 보통의 영업교육 프로그램을 보면 모든 분야를 조금씩 다 다루는 것이 거의 원칙처럼 되어 있다.

영업은 많은 변수들이 영업 실적과 효과에 영향을 미친다. 따라서 효과적인 영업교육이 되기 위해서는 이벤트처럼 한두 번으로 그치는 것이 아니라, 영업사원들에게 필요한 보강, 정기적 업그레이드, 새로운 환경에의 적응 능력, 동기부여 등의 교육이 지속적으로 이루어져야 한다.

기업들은 대부분 업무 수행에 필요한 역량 리스트를 갖고 있지만, 이것이 특정 영업 과제와 정확하게 맞아떨어지는 경우는 드물다. 따라서 영업 교육 계획을 수립할 때는 항상 영업 활동의 목표와 더불어 결과를 좌우하는 변수들을 염두에 두어야 한다. 예를 들면 판매경쟁, 신제품 도입, 협상 또는 거래를 매듭짓는 기술, 고객 선택과 방문 패턴의 개선 방안과 같은 것들이다. 때로는 이미 만들어진 교육프로그램이 바람직한 결과를 이끌어낼 수도 있지만, 실제로는 목표에 맞는 프로그램이 요구되는 경우가 더 많다. 신입 영업사원은 회사의 영업 환경과 전략 등 알아야 할 것이 많다. 회사에 대해서는 물론이고, 다른 부서가 영업 활동에 어떻게 영향을 미치는지, 또 영업 활동에 의해 어떤 영향을 받는지에 대해서도 알아야 한다. 영업이 아닌 다른 업무들을 하는 방법까지 알 필요는 없지만, 그런 업무가 무엇인지, 영업에는 어떤 영향을 미치는지는 알아야 한다. 구매자들은 영업사원을 만나기 전에 온라인을 통해 제품 기능과 가격 등을 알아본다. 제품 정보를 얻기 위해 영업사원에게 덜 의존하고 있다. 따라서 영업교육도 달라져야 한다. 영업 과제와 스킬뿐만 아니라 영업사원이 고객을 만나는 동안에 발생시키는 부가가치에 더 집중해야 한다.

영업 교육은 역할 훈련을 통해 행동으로 배우고 배운 것을 표현할 수 있게 해야 한다. 이는 개인이 즉흥적으로 할 수 있는 것이 아니라 꾸준한 연습으로 체득되었을 때 비로소 가능한 일이다.

영업 교육 훈련 내용에 어떤 것들이 포함될 수 있는지 항목별로 자세히 살펴보자.

제품 관련 지식 및 적용

대부분의 영업교육은 주로 판매하는 제품지식이나 서비스에 관한 지식의 향상을 위해 이루어진다. 제품에 대한 단순한 특징을 설명하는 것이 아니라, 해당 제품을 통해 고객의 문제를 어떻게 해결할 수 있으며 고객을 위한 가치를 어떻게 창출할 수 있는지를 가르칠 목적으로 운영된다. 최근에는 대부분의 제품 설명은 영업사원이 쉽게 활용할 수 있는 노트북이나 스마트폰을 통해 고객과 상담 시에도 언제든지 꺼내볼 수 있는 장점이 있다.

경쟁 제품 관련한 지식

영업사원은 자사 제품뿐 아니라 경쟁사의 제품에 대해 그들의 제품만큼 잘 알고 있어야 한다. 경쟁 제품에 대해 구체적인 정보를 가지고 있을 때, 영업사원들은 그들의 제품의 장점을 강조하기 위한 프레젠테이션을 설계할 수 있다.

고객에 관한 지식

거의 모든 산업 부문에서 공급이 수요를 초과하는 고객 중심의 시장이 형성되어 있다. 따라서 영업사원은 고객에 대해 잘 이해하고 있어야 한다. 고객들은 각기 다른 우선순위와 문제들을 가지고 있으며, 영업사원은 이를 명확히 인식하고 대응해야 한다. 고객사에는 영업사원이 함께 일해야 하는 다양한 사람들이 있다. 영업사원은 고객의 의사결정에 영향을 미치는 모든 사람의 우선순위와 선호도를 인식해야 하며, 고객에 대한 상세한 정보를 가지고 있어야 한다.

회사에 관한 지식

영업사원들은 회사의 목표, 전략과 방침, 조직구조, 업무 프로세스 등에 대해 잘 알고 있어야 한다. 즉, 원활한 영업업무 수행을 위해서 회사의 누구를 접촉하여 어떠한 업무를 어떠한 절차에 따라 수행해야 하는지 등에 대해 알고 있어야 한다. 또한 원활한 고객과의 커뮤니케이션을 위해서는 회사의 가격정책, 고객 서비스 정책, 생산주기, 배달 프로세스 등의 다양한 방면에 대한 지식을 가지고 있어야 한다.

법률 지식

고객이 자사가 판매한 제품이나 서비스에 대해 회사에 직접 손해배상을 요구하거나 소송 등을 제기하는 경우, 이를 처리하기 위해 상당한 노력을 기울여야 한다. 건강식품의 과대광고, 효과에 대한 과대설명, 기능성 화장품의 부작용에 대한 피해 고발, 유해 물질의 검출, 기계의 이상 등 흔히 발생하는 일이다. 경우에 따라서 회사는 엄청난 경제적 손실을 볼 수 있음은 물론 더 나아가서는 시장에서 존립하기 어려운 상황에 처하기도 한다. 따라서 영업사원은 판매과정에서 불공정 거래 행위로 인한 고객들의 불만이 발생하지 않도록 최소한의 법률지식을 가지고 법의 테두리 안에서 영업 활동을 전개할 수 있어야 한다.

영업 스킬

영업스킬은 판매과정과 관련된 가망고객 발굴 스킬, 고객니즈파악 스킬, 반대극복 스킬 등 다양한 주제들이 포함 된다. 이 책은 영업 관리자들을 위한 지침서로 영업사원 스킬과 관련해서는 다루지 않는다. 물론, 영업 관리자들이 영업사원에게 필요한 영업 스킬을 몰라도 되거나 중요하지 않다는 말은 아니다. 국내에서 출간된 영업 관련 서적들의 대부분이 영업스킬과 관련된 내용으로 채워져 있고 영업 관리자들을 위한 지침서의 내용으로 세부적으로 다루기에는 적절치 않다는 판단하에 생략하기로 했다.

영업 관리자가 판매 과정을 이해하지 못한 채 영업, 인력을 현명하게 교육하고 관리하는 것은 상상하기 힘든 일이다.

관계 형성 스킬

단순 거래 관계를 뛰어넘어 고객과의 관계를 중시하는 자문적 영업과 파트너십 영업이 강조되면서 교육훈련에서도 고객의 문제를 어떻게 파악할 것이며, 이를 어떻게 해결할 수 있을 것인가에 대한 내용이 주목받고 있다. 영업사원이 단순히 제품과 서비스를 파는 사람이 아니라 고객의 전략적 목표달성에 기여할 수 있는 작은 경영자로서의 자질을 향상시키는 데 초점을 두고 있다.

팀 영업 스킬

고객관계 증진을 위한 영업 스킬과 더불어 팀 영업 스킬이 주목받고 있다. 특히 팀 영업은 매출 기여도가 높은 전략고객의 비중이 커지면서 나타난 형태. 여러 명의 영업사원이나 다양한 부서의 직원들로 구성된 영업 팀이 전략고객의 관리를 책임지면서 주목받고 있다.

팀 영업을 위해서는 내부 구성원 간의 원활한 커뮤니케이션, 정보의 공유, 합의의 도출, 동료에 대한 배려, 자신보다 팀의 성공을 앞세우는 태도, 협동심 등과 관련된 스킬들이 요구된다. 이러한 스킬들은 고객의 설득을 위한 스킬이라기보다는 고객에게 더욱 수준 높은 서비스를 제공하기 위한 스킬이며, 지식보다는 가치관과 관련된 것이기 때문에 강의보다는 토론이나 사례연구 등의 방법이 적합하다.

B2B 영업을 주로 하는 기업의 경우, 대부분 전략고객을 갖고 있기 때문에 팀 영업 스킬은 점차 보편화 되어가고 있는 영업 스킬이다.

시간 관리 스킬

영업목표 달성은 무슨 활동을 하느냐와 그 일에 시간을 얼마나 투자하느냐에 따라 좌우된다. 원하는 결과를 얻지 못하는 주된 이유는 현재 활동과 그 활동에 투자한 시간이 주요목표에 기여하지 못하기 때문이다. 따라서 정기적으로 자신의 목표를 체계적으로 검토하여 어떤 활동이 목표달성에 어느 정도 기여하였는지 검토할 수 있어야 한다. 교육 목표는 영업사원들이 시간을 비효율적이거나, 비생산적으로 쓰지 않게 하는 것이다.

IT 기반의 영업 스킬

많은 회사들이 영업사원의 생산성을 높이기 위해 정보기술을 도입하면서 이를 활용해 영업 생산성을 높일 수 있도록 하는 교육훈련이 많이 이루어지고 있다. 특히 영업자동화SFA와 관련한 기술은 제약, 보험, 등의 산업을 중심으로 빠르게 보급되고 있다. 영업사원들은 이를 활용하여 제품정보 등에 대한 검색은 물론 본사와의 커뮤니케이션이나, 주문의 처리, 견적서나 제안서의 작성, 방문 활동 보고서의 작성 등 업무를 수행할 수 있고, 더 나아가 고객 분석, 잠재고객의 선정, 최적 방문 스케줄, 시간 관리, 특정 고객에 대한 전략 수립 등에 대해서도 도움을 받을 수 있다.

많은 기업들이 영업과 정보기술의 접목을 시도하고 있으며, 도입한 정보기술의 원활한 사용을 위해 교육훈련을 실시하고 있다. 그러나 도입 과정에서 고객정보의 공유, 불필요한 업무의 발생 등으로 인해 정보기술의 도입에 저항하는 경향이 강하기 때문에 정보기술 입의 목적, 혜택 등에 대해서도 함께 교육하는 것이 중요하다.

영업과 교육에 대한 태도

교육이 큰 영향력을 갖기 위해서는 먼저 교육생들이 영업직종의 특성과 중요성에 대해 충분히 이해하고 회사의 최종적인 목표달성을 위해 영업사원들의 역할이 무엇인지 이해시키는 것이 중요하다. 어떤 교육생들은 영업과 교육에 대한 부정적인 생각을 갖고 있으며, 이러한 생각은 그들의 교육을 방해할 수 있다. 영업사원들은 또한 회사에서의 자신들의 역할의 중요성을 이해해야만 한다. 영업사원은 회사와 고객 사이의 주요 대화 통로이자 회사에 직접적으로 이익을 창출해내는 사람들이라는 것을 명확하게 이해시키는 것이 중요하다.

정서지능

정서 지능이 높다는 뜻은 다른 이들의 감정을 잘 느끼고, 그에 따른 행동을 할 수 있다는 뜻이다. 높은 정서지능을 가진 영업사원들은 주로 고객에게 더욱 공감대 형성을 잘한다. 공감대 형성을 할 수 있는 능력은 영업사원들이 고객의 입장을 생각하고, 고객의 관점에서 진행 상황을 확인할 수 있다는 뜻이다. 고객의 관점에서 일을 확인하는 것은 영업사원들이 그들의 고객과 고객의 니즈에 대해 더욱 이해를 잘할 수 있도록 돕는다.

어떤 교육 방법을 사용할 것인가?

영업 교육 프로그램에는 다양한 방법들이 사용된다. 강의, 토론, 설명, 롤 플레이 등 다양한 방법들이 사용될 수 있다.

이러한 방법들은 각기 장·단점을 가지고 있기 때문에 교육훈련의 내용과 대상자인 영업사원의 특성에 맞는 방법이 선택되어야 한다. 또한 여러 가지 방법들이 상승효과가 발생할 수 있도록 결합함으로써 교육훈련의 효과를 극대화할 수 있어야 한다.

강의

강의의 가장 큰 장점은 영업 스킬이나 제품지식 등을 짧은 시간에 많은 사람들에게 전달해 줄 수 있다는 점이다. 따라서 강의는 기본적인 영업 스킬이나 지식을 전달하는 데 적합하다.

토론

토론은 영업사원들에게 스스로 문제를 해결할 기회를 주기 때문에 대부분의 영업 교육 프로그램에서 큰 부분을 차지한다. 이 방법은 숙련된 영업사원이 덜 숙련된 사원들과 경험을 공유할 수 있는 매우 좋은 방법이다.

롤플레이

롤플레이는 영업사원 교육훈련에서 매우 유용하게 사용할 수 있는 방법이다. 영업 현장에서 일어날 수 있는 다양한 상황에 대한 모의실험이 가능한 역할 연기는 영업사원의 상황대처 능력을 향상시키는 데 크게 도움이 된다. 롤프레이는 신입 영업사원들을 대상으로 영업 스킬에 대한 교육 시에 유용하게 사용될 수 있다.

주로 이러한 롤플레이 방식은 영상으로 촬영되며, 촬영이 끝난 후에 이를 관찰한 교육자나 동료로부터 롤플레이에 대한 평가가 이루어진다. 피드백은 롤플레이 교육방법의 가장 핵심적인 부분이다. 따라서 피드백을 하는 사람도 받는 사람도 발전 지향적인 마인드를 가질 필요가 있다. 롤플레이 방식으로 교육할 경우, 영업교육자는 피드백을 하는 것과 받아들이는 태도의 중요성에 대해 설명해야 할 필요가 있다.

OJT

OJT^on-the-job training는 영업 교육 훈련 가운데 가장 빈번하게 사용되고 있다. 특히 교육훈련 대상자가 몇 명밖에 되지 않는 중소기업의 경우에는 많은 교육비용을 부담하기가 어렵기 때문에 현장 OJT 훈련은 거의 유일한 대안이 될 수밖에 없다. 이 훈련 방법의 목적은 실제 영업 현장에서의 관찰이나 실습 훈련을 통해 훈련생인 영업사원이 영업 기술을 체득하도록 하는 데 있다.

멘토링

멘토링은 보다 비공식적인 형태의 현장 훈련 방법이라고 할 수 있다. 베테랑 영업사원과 신입 영업사원이 짝을 이루어 멘토인 베테랑이 멘티인 신입 영업사원에게 조언과 지원들을 제공하는 형태로 이루어진다.

코칭

대부분의 영업사원들은 교육훈련 후, 지속적인 강화과정이 없을 때, 교육 이후에 행동을 변화시키기 어렵다. 그럼에도 불구하고 많은 영업 조직들에서는, 교육 내용을 지속적으로 강화하기 위한 특별한 활동을 하지 않는다. 영업 관리자나 교육훈련 담당자들은 시간이 없을뿐더러, 방법도 잘 모르다 보니, 이러한 활동을 하는 것이 매우 불편하게 느껴진다. 노력한다 해도 인정해주는 일이 드물기 때문이다.

영업 관리자에게 가장 널리 사용되는 방법은 그들이 코치가 됨으로써, 교육 노력을 강화하는 일이다.

교육 평가

경영진은 영업교육 프로그램의 효과성을 인식해야만 한다. 평가는 교육의 가치를 결정하고, 미래 프로그램을 설계하는 데 필요하다. 평가 단계에서, 경영진들은 결과를 어떻게 평가할지, 결과가 어떻게 측정될지에 대하여 결정해야 한다. 이러한 결과는 설계된 교육의 목적에 따라 측정되어야 한다. 결과는 다음의 4가지 항목 중 하나로 나타난다.

- **반응** : 교육에 참가했던 영업사원들의 교육훈련에 대한 반응을 의미한다. 측정 도구로 주로 설문지가 이용된다. 이 방법이 타당성을 갖기 위해서는 교육훈련에 대한 영업사원들의 반응과 교육훈련 이후의 현장에서의 성과가 밀접한 관계가 있어야 하지만, 이에 대해서는 대체로 부정적인 견해가 많다. 그럼에도 불구하고 교육훈련 성과 평가에 가장 보편적으로 사용되고 있다.
- **학습** : 교육훈련을 통해 얼마나 많은 정보들을 습득하였는가를 의미한다. 이에 대한 측정은 주로 시험을 통해 이루어진다.
- **행동** : 교육훈련 이후에 영업사원의 영업과 관련된 행동에 어느 정도 변화가 있었는지를 의미한다. 즉, 교육훈련을 통해 습득한 영업기술이나 영업 관련 지식이 영업사원 행동에 어떠한 변화를 가져왔는지를 평가하는 것이다.
- **결과** : 교육이 발전된 성과 결과로 나타나는지 아닌지에 대한 지표이다. 즉, 매출증진, 비용절감, 등과 같은 교육훈련의 궁극적인 목적을 의미한다.

영업과 관련하여 매출증진과 같은 결과 변수들은 교육훈련 이외에도 많은 다른 변수들에 의해 영향을 받기 때문에 교육훈련의 영향을 별도로 추출하기가 매우 힘들다. 따라서 앞서 기술한 반응, 학습, 행동 등 다른 지표에 비해 가장 활용 빈도가 낮다.

성과관리 시스템

과학적 성과 관리

성과 관리는 영업사원의 성과를 평가하고, 이를 바탕으로 지속적인 피드백과 지원을 제공하는 것으로, 이를 제도화하거나 시스템화하는 일련의 과정까지 포함하는 개념이다. 모든 과정은 반복되는 순환 구조를 이루며, 기업은 이러한 순환 구조를 통해 성과 관리 전 과정에 대한 노하우를 축적하고 학습 분위기를 조성함으로써 영업사원의 생산성과 경쟁력을 강화해 나갈 수 있다. 즉, 성과 관리는 단순히 과거의 성과에 대한 평가를 통해 영업사원에 대한 보상을 실시한다는 의미를 넘어 성과 향상의 요인과 더불어 문제점을 분석하여 적극적인 변화 관리를 도모해나가는 지속적인 통제 시스템이라고 할 수 있다.

성과 관리는 보상의 수단이자 활동의 가이드라인

영업에서 성과 관리의 중요성이 부각되는 이유는 영업사원의 업무 자체가 다른 업무에 비해 상대적으로 독립적으로 이루어지고 근무환경의 변화가 심하기 때문이다. 일반 사무직의 경우에는 거의 매일 접하는 상사나 동료에 의한 피드백이 수시로 이루어지기 때문에 업무에 오류가 있거나 비효율적인 활동을 바로잡을 수 있는 기회가 많지만, 관리자와의 접촉이 적고 현장에서 자신의 능력과 판단 중심으로 업무를 수행해야 하는 영업직은 그렇지 못한 것이 현실이다. 따라서 영업사원의 입장에서는 방향을 제시해주는 가이드라인이 절실하고, 영업 관리자의 입장에서도 영업 활동이 회사의 목표에 부합할 수 있도록 방향을 잡아줄 필요성이 있다. 성과 관리가 바로 이러한 필요성을 충족시켜준다.

영업 관리자는 객관적이고 합리적인 성과 평가를 통해 인정, 인센티브, 승진 등과 같은 동기부여와 보상 수단을 효과적으로 활용할 수 있다. 또한 성과에 대한 원인 분석을 통해 부진한 실적을 보이는 영업사원에 대한 교육훈련이나 코칭 방향을 설정할 수 있으며, 우수한 실적의 영업사원에 대해서는 활동 내용을 전사적으로 전파하여 영업 조직 전체의 생산성 향상을 유도할 수 있다.

영업사원은 자신의 성과에 대한 피드백을 통해 회사가 자신에게 원하는 바가 무엇이고, 이를 위해 어떤 활동을 어떻게 전개해야 하는지에 대한 올바른 가이드라인을 제시받을 수 있다. 예를 들어 매출 증대에만 집중해서 높은 판매 실적을 올리는 영업사원이 있다고 할 때, 이를 긍정적으로만 평가할 수 없는 경우도 있다. 즉, 회사가 매출 규모보다 순이익을 중시하는 경영을 원한다면 해당 영업사원의 활동이 문제일 수 있다. 비용에 비해 실익이 적거나 없을 수 있기 때문이다. 또한 회사가 신제품의 성공적 출시를 목표로 잡고 있는데, 매출을 위해 기존 제품만 열심히 판매하고 있는 경우도 좋지 않은 결과를 낳을 수 있다. 이러한 경우에 영업 관리자는 성과 분석을 통해 문제의 영업 활동을 수정해줄 필요가 있다.

이와 같이 성과 관리는 평가와 보상의 수단일 뿐만 아니라, 영업 관리자의 역할과 사원의 활동 개선에 효과적인 가이드라인이 됨으로써 조직 전체의 생산성을 향상시켜 준다는 중요한 의미를 가진다.

성과 관리가 어려운 이유

영업사원에 대한 성과 관리는 복잡하고 어려운 일에 속한다. 여기에는 여러 가지 원인이 있다.

첫째는 성과 평가가 객관적으로 이루어지기 힘들기 때문이다. 특히 판매 후 고객서비스가 주된 영업 활동인 경우, 팀 영업 위주여서 개별 판매 실적이 모호한 경우, 영업 주기가 너무 길어서 평가가 어려운 경우에는 더욱 그렇다. 설사 판매액이나 순이익 같은 수치가 객관적으로 산출될 수 있는 경우라 하더라도 담당 구역의 잠재력, 경쟁 상황, 지리적 여건 등에 따라 같은 노력에도 실적에 큰 차이를 보일 수 있기 때문에 모두가 수긍할 수 있는 결과가 나오기 어렵다.

둘째, 성과 관리는 항상 논란의 대상이 된다. 결과를 놓고 해석이 분분할 수 있는 데다, 성과와 관련된 보상과 승진, 해임, 구역 조정 등과 같은 예민한 이슈들이 끝없는 잡음을 일으키기 때문이다.

셋째, 성과 관리는 영업사원에 대한 동기부여라는 분명한 목표를 가지고 있지만 과연 어느 정도 수준이 적정한지를 판단하기란 결코 쉬운 일이 아니다. 특히 우수한 영업사원의 경우 기대 이하의 보상 수준에 불만을 품을 가능성이 높다. 반대로 동기부여 수준이 너무 높으면 지레 포기하는 영업사원들이 늘어난다. 따라서 회사의 현실에 맞추어 다양하고도 반복적인 실행을 통해 적정한 수준을 찾아갈 수밖에 없다.

성과 관리의 5단계

성과 관리는 목표 설정-계획-실행-평가-피드백 및 개선의 5단계로 이루어진다. 목표 설정은 영업의 목표가 되는 변수와 변수에 대한 달성 수준을 정하는 것을 말한다.

목표 변수 결정

목표 변수성과 지표를 결정한다는 것은 기업이 영업 활동을 통해 추구하는 대상을 확정하는 것이다. 즉 영업사원의 성과를 어떤 변수를 기준으로 평가할 것인가를 규정하는 일이다.

목표 변수는 크게 결과 지표와 과정 지표로 나눌 수 있으며, 영업

회사차원의 결과지표				영업사원의 활동
판매	수익	자질	계정	
• 총판매액 • 전년 대비 증감액 • 할당 대비 판매액 • 판매성장률 • 판매수량 • 시장점유율 • 주문당 판매액 • 제품별 판매액 • 고객별 판매액 • 신규고객 판매액	• 순수익 • 총마진 • 총마진율 • 공헌마진 • 공헌진율 • 투자수익률 • 판매액 대비 순수익 • 제품별 공헌마진 • 고객별 공헌마진 • 판매비용 수익률	• 평균주문액 • 방문 대비 수주율 • 취소주문율	• 유효계정수 • 신규계정수 • 탈락계정수 • 탈락계정비율 • 연체계정수	• 고객만족도 • 순추천지수 • 고객유지율 • 고객전환율 • 고객불만건수

〈그림 8-1〉 결과 지표

사원의 능력, 활동, 고객 차원의 결과, 회사 차원의 결과와 같은 4가지 측면에서 도출된다. 이 가운데 영업사원의 능력과 활동은 과정 지표, 고객 차원의 결과와 회사 차원의 결과는 결과 지표라고 할 수 있다. 실제 판매에 미치는 영향에서 과정 지표의 영향은 중장기적인 데 비해 결과 지표의 영향은 단기적인 편이다.

결과 지표 가운데 대표적인 변수라고 할 수 있는 판매액은 이해하기도 쉽고 강력한 판매 동기를 부여하는 기준이지만, 경우에 따라서는 조직에 예기치 않은 부정적인 결과를 가져오게 된다. 예를 들어 단기 판매액만을 평가 기준으로 삼으면 신제품이나 마진율이 높은 제품보다 단기간에 쉽게 판매할 수 있는 제품만 취급하게 되어 신규 고객 확보를 소홀히 하고 기존 고객과의 거래에 치중하는 모습을 보인다. 또 내구 소비재나 산업재와 같이 판매가 빈번하게 이루어지지 않는 업종의 경우에는 판매액 일변도의 목표로 인해 판매 후 고객서비스가 제대로 제공되지 않아 장기적으로 고객 관계와 판매에 부정

영업사원의 능력			영업사원의 활동		
기술	지식	자질	판매활동	지원활동	지출
•영업기술 (잠재고객확보, 고객선별, 니즈분석, 대화, 프레젠테이션, 설득, 협상, 판매 종결 등) •기획능력 •커뮤니케이션기술 •자료분석기술 •컴퓨터기술 •시간관리기술 •구역관리기술	•제품지식 •고객지식 •시장지식 •경쟁제품지식 •회사정책지식 •가격지식	•태도 •용모와 매너 •솔선성 •팀정신 •창의성 •리더십 •영향력 •융통성 •윤리성	•1일방문 고객수 •근무일수 •방문당 소요시간 •제안서 제출건수 •잠재고객 확보를 위한 전화콜수 •판매활동시간비중	•판매촉진용 전시물 설치건수 •시연 •서비스제공방문수 •고객사 미팅건수 •고객사직원 교육 건수 •고객불만건수	•총지출 •판매액 대비 지출 •할당 대비 지출 •방문단 평균 비용 •제품별 지출 •고객별 지출

〈그림 8-2〉 과정 지표

적인 영향을 미칠 수 있다.

목표 변수를 설정할 때 가장 중시할 점은 기업의 전략이 반영되도록 하는 것이다. 영업사원의 노력이 회사의 발전 방향과 일치되도록 조율하는 것이 가장 중요하다. 예를 들어 신규 고객을 창출해야 하는 기업의 경우에는 고객 수 증가에, 기존 시장을 유지하려는 기업은 고객 유지율, 공헌 마진, 지출 비용 등에 초점을 맞춘다.

계획 수립

계획의 내용은 2가지로 나눌 수 있는데, 판매 목표 등을 달성하기 위한 활동과 영업사원의 자기 계발에 관한 것이다.

목표 변수가 영업사원의 능력이나 활동 같은 과정 지표인 경우에는 계획 수립이 비교적 쉽지만, 판매액이나 시장점유율과 같이 결과 지표인 경우에는 보다 복잡한 과정을 거치게 된다. 왜냐하면 결과 지표의 계획은 과정 지표를 중심으로 세워지기 때문이다. 결과 지표와 과정 지표 간의 인과관계를 먼저 파악해야 한다. 예를 들어 신규 거래처 확보가 목표인 화장품회사라면 이를 달성하기 위한 과정 지표_{잠재 고객 리스트, 고객 선별, 제안 가치의 개발, 방문 등}와 목표 변수의 관계 강도를 파악하고 이를 기반으로 과정 지표 달성을 위한 구체적인 계획을 세우게 된다.

실행

실행은 영업사원이 필드에서 행하는 모든 활동뿐 아니라 이를 원활하게 하기 위한 준비 등도 포함한다. 잠재 고객 확보, 고객 선별, 니즈 파악, 프레젠테이션, 판매 종결, 사후 서비스 등을 말한다. 또한 개별 능력을 향상시키기 위한 교육훈련이나 팀 영업을 위한 타 부서와의 조율도 매우 중요한 실행에 속한다.

평가

평가는 한마디로 목표 대비 실적의 달성도를 보는 것이다. 목표 설정 과정에서 목표 변수의 수준이 정해지기 때문에 평가는 이에 따라 거의 기계적으로 이루어진다.

피드백은 대개 평가와 함께 이루어진다. 1년에 한 번 하는 연차 성과 평가와 분기별 또는 반기별로 이루어지는 정기 성과 평가, 필요에 따라 그때그때 실시하는 수시 성과 평가 결과에 따라 피드백을 제공하게 된다. 정기 평가는 보상과 직결되므로 피드백도 공식적인 형태를 띠지만, 수시 평가는 일상적인 활동에 대한 내용을 다루므로 피드백도 대화, 전화, 이메일 등을 활용한 비공식적인 형태로 실시한다.

강점을 평가하고 개발하라

어떤 것을 평가한다는 것은 그것의 가치를 결정하는 것이다. 영업사원들은 영업조직이 가지고 있는 가장 소중한 자원이다. 따라서 유능한 영업 관리자들은 영업사원들의 강점들을 발견하고 그들의 현재 가치에 대한 평가를 통해서 영업사원들의 가치를 높이기 위해 개발이 필요한 영역들을 결정해야 한다.

평가한다는 것은 영업사원들에게 단순히 실적에 대한 정보를 제공하는 것이 아니다. 영업사원들의 가치를 높이기 위하여 무엇을 어떻게 해야 하는지를 결정하는 데에 활용하기 위해서다. 따라서 평가는 영업 관리자가 영업사원을 육성하기 위해 어떤 재능을 활용해야 할지를 결정할 수 있게 하며, 어떤 방식으로 약점을 보완할지에 대한 전략을 개발하는 과정이다.

평가의 목적은 영업사원들의 역량을 향상시키고 조직에 헌신하도록 만드는 데 있다. 즉, 영업사원들이 회사의 전략적 목표와 선택을 이해하고 이에 따라 영업 활동, 자원 할당, 관심, 방문 패턴 조절, 재량권 행사 등의 노력을 기울이고 몰입하도록 하는 것이다. 평가의 전제 조건은 실적을 내는 사람이 누구이고, 누구의 실적에 관심을 가져야 하는가를 확인하는 일이다.

영업부서는 다른 기질, 능력, 학습 방식을 가진 사람들로 구성되어 있다. 어떤 사람은 더 나은 접근 방식을 깨달았을 때 실적이 향상되고, 어떤 사람은 스타 영업사원이 과제를 처리하는 모습을 보고 그 행동을 따라 할 때 성과가 난다. 특정 과제를 통해 배우는 사람도 있다. 따라서 영업 관리자는 개개인에게 맞는 피드백을 전달해야 한다. 특히 영업부서에서는 개인별로 실적의 차이가 크다. 실적에 관한 피드백은 효과가 있는 곳에 집중되어야 하고, 목적에 맞게 설계되어야 하며, 실천이 가능해야 한다.

평가의 좋은 점들

영업사원의 가치를 평가하는 것은 다음과 같이 많은 이점을 가지고 있다.

- 영업 관리자와 영업사원에게 방향을 제시해 준다 : 개발이 필요한 영역을 찾아내는 것은 영업 관리자와 영업사원이 새로운 방향으로 함께 일할 수 있도록 해 준다.

- 새로운 목표들을 설정할 기회다 : 영업사원이 특별한 영역에 대하여 평가를 받을 때, 그 영역에 대하여 새로운 목표들을 설정할 수 있다.

- 영업 관리자가 영업사원에게 관심을 가지고 있다는 것을 알게 해 준다 : 영업 관리자가 영업사원에게 신경 쓰고 있다는 것을 알게 하는 것은 이직을 줄이고 생산성을 향상시킬 수 있는 중요한 동기부여 요인이다.

- 기대를 명확하게 하는 데에 도움을 준다 : 평가 기간에, 영업 관리자와 영업사원은 영업활동에 대해 논의한다. 영업사원의 영업활동에 대한 기대들이 명확하지 않아서 원하지

않은 결과로 이어지는 경우가 많다. 평가 기간은 기대들을 명확하게 할 수 있다.

• 개발이 필요한 부분에 대하여 영업사원으로부터 지지를 얻는다 : 결과를 파악하고 그

　　결과에 대한 원인이 되는 행동들에 대해 상호 커뮤니케이션함으로써 영업사원으로부

　　터 지지와 헌신을 기대할 수 있는 기회를 제공한다.

• 미래를 위한 계획에 도움을 준다 : 평가는 잘 진행되고 있는 일에 초점을 맞출 뿐만 아

　　니라 앞으로 성장하기 위해 다르게 해야 할 것에도 초점을 맞춘다. 따라서 영업사원들

　　과 회사가 함께 성장할 수 있는 계기가 될 수 있다.

평가 기준을 명확히 정의하라

　안개가 짙게 깔린 1707년 10월의 어느 날 밤, 위용을 자랑하던 대영제국의 함대가 침몰하는 참사가 발생했다. 4대의 전함과 2,000명의 군인이 바다에 수장되었다. 해상에서 격렬한 전투가 벌어졌거나 천재지변이 일어났기 때문이 아니었다. 잘못된 계산 탓이었다. 클로디즐리 셔블Cloudesley Shovel 제독이 대서양을 항해 중이던 함대의 위치를 잘못 계산하는 바람에 영국 남서해안을 향해 뻗은 실리 군도Scilly Isles 끄트머리에 숨어 있던 암초와 정면으로 충돌한 것이다. 뒤따르던 함선들도 암초 더미에 부딪혀 연이어 침몰하고 말았다. 바다의 절대 강자로 군림하던 대영제국으로서는 참으로 어처구니없는 비극이었다. 그런데 셔블 제독의 회고록을 살펴보면 사고의 원인은 그렇게 놀랄 만한 것이 아니었다. 경도를 측정할 수 있는 도구가 없었기 때문이다. 위도와 경도의 개념은 기원전 1세기경부터 전해져 왔으나,

1700년대까지도 이를 정확히 측정할 수단을 찾지 못하고 있었다. 따라서 그날의 재앙은 제독이 무능해서라기보다 경도가 중요하다는 사실을 알면서도 마땅한 측정 방법이 없는 상태에서 벌어진 참사라고 할 수 있다.

이와 비슷한 상황이 영업 조직에서도 재연되고 있다. 영업성과에 영향을 미치는 요소들을 정확히 파악하고 영업사원들이 기대한 대로 제대로 하고 있는가를 측정키 위해서는 그것을 측정할 수 있는 정확한 측정 척도들이 필요하다. 가고자 하는 목적지만 있고 정확한 척도가 없으면 배가 좌초할 수 있다는 것을 많은 영업 관리자들은 알아야 한다. 대부분의 기업들은 평가 시 판매량에 집중하는데, 과정지표나 성과지표와 같은 다양하고 구체적인 지표가 있어야 한다.

측정하는 과정

유능한 영업 관리자들은 척도를 개발하는 과정을 영업사원들과 함께 공유한다. 그래서 둘 사이의 신뢰관계를 구축하기 위한 또 다른 기회를 만들어 낸다.

평가는 영업 관리자와 영업사원이 함께 직무기술서 검토를 통해 합의한 기대치_{판매목표, 성장을 위한 개발목표, 활동목표, 등}에 대한 달성 여부를 점검하는 것이다. 따라서 영업 관리자와 영업사원은 다음 사항들에 있어서 특정 목표들뿐만 아니라 목적들에 대해서도 검토하고 합의한다.

직무 기술서의 목표와 기대치

직무 기술서는 영업사원의 주요 책임들, 필수 의무 사항들 그리고 그 직무의 자격 요건들에 대하여 개략적으로 설명한다. 영업 관리자는 영업사원들에게 전달할 성과와 활동, 행동에 대한 기대를 명확히 하고 전달하며, 영업사원이 얼마나 잘 활동하고 있는지를 지속적으로 평가한다.

- 할당지역 판매 목표를 달성하는가?
- 특정 제품들과 서비스를 판매하고 있는가? 아니면 다양한 제품을 판매하는가? 왜?

활동들을 전달된 기대들과 비교

영업 관리자와 영업사원은 활동목표 들을 "새로운 예비 고객과 일주일에 5개의 약속을 잡으세요."라는 식으로 할 수 있다. 이것은 영업사원의 바람직한 업무 방법을 제시해 준다. 영업 관리자는 영업사원이 1주일에 새로운 예비 고객과 5건의 약속이라는 목표를 어떻게 달성하는지를 지속적으로 평가한다.

- 일주일에 5건의 약속이 이루어졌는가? 그 약속들의 질은 어떠한가? 그 약속들은 새로운 예비고객과의 약속들인가? 그 약속들 중의 얼마나 많은 약속들이 판매를 위한 기회가 되었는가?

성장과 개발 목표들

영업 관리자는 영업사원의 기술 개선을 위한 목표를 설정할 수 있다. 예비 고객과 통화를 하는 동안에 영업사원을 관찰하고 판매결과를 검토함으로써 얼마나 성공적으로 이 목표를 충족시킬 수 있는지를 평가할 수 있다.

· 영업사원이 기대에 대해 커뮤니케이션 했던 방법들을 사용하고 있는가? 영업사원이 그 것들을 얼마나 사용하고 있는가? 그것들이 효과가 있는가?

영업사원들은 성장과 개발에 관하여 자신들이 활동하는 방법 또는 그 이유에 관해 영업 관리자의 질문에 답한다.

판매 목표

돈을 벌어들이거나 제품과 서비스의 판매실적을 위해 영업사원이 가지고 있는 목표들을 지속적으로 평가한다.

· 이러한 목표들이 목표액을 초과하고 있는가, 미달인가? 아니면 달성하고 있는가? 왜 그 자리에 있는가?

주간 계획들

계획이 없는 목표는 매우 비효율적이다. 영업 관리자는 영업사원이 목표를 달성하기 위한 계획의 효율성을 지속적으로 평가한다.

• 계획들은 잘 고려된 것인가? 그것들은 효과가 있는가? 그것들은 목표를 달성되게 하는 가? 그렇지 않다면, 왜 그런가?

목표에 대한 진척상황을 평가하라

모든 실행과정은 목표와 비교함으로써 평가받는다. 그 과정의 일부는 전화 통화, 영업 회의 시간에 관찰을 통해서 그리고 코칭, 고객, 예비 고객들, 팀원들 그리고 영업 기획팀의 보고서 등을 통해 피드백된다.

영업 관리자들이 영업사원의 성과를 평가하는 것은, 영업사원을 유지하고 성장시키는 데 필요한 영업사원의 능력을 평가하는 것이다. 유능한 영업 관리자들은 정기적으로 목표에 대한 영업사원들의 진척상황을 측정하고 추적한다. 또한 평가를 통해 개발이 필요하다고 판단되면, 관찰하고 코칭하고 감독하고 지시한다. 영업 관리자들은 지금까지 해오던 방식과 동일한 방법으로는 더 낳은 성과를 달성할 수 없다는 것을 알고 있다. 더 높은 목표를 달성하기 위해서는 개선과 그 개선에 대한 평가를 통해서 얻어진다. 성장과 개선 방향을 결정하기 위해 영업 관리자들은 다음과 같은 질문을 할 수 있다.

• 실적이 향상되고 있는가?

• 잠재 고객 수가 늘고 있는가?

• 코칭을 받고 있는 영역에서의 개선을 입증할 만한 것이 있는가?

- 영업사원은 성공에 필요한 태도를 가지고 있는가?

- 영업사원은 문제 상황을 효과적으로 대처하는가?

- 영업사원은 새로운 아이디어를 시도하는 데에 개방적이며 할 의지가 있는가?

- 업무에 방해가 되는 개인적 문제들이 있는가?

영업 관리자들은 영업사원과 함께 있을 때마다 이러한 것들 외에 다른 영역에 관해서도 논의한다. 예를 들어, 보고서상의 숫자들만 검토하는 것이 아니라 진척 사항에 관해 균형 있는 평가를 하기위해 질적인 측면도 검토한다.

공식적인 평가와 약식 평가 활용하기

평가는 공식적인 방식들뿐 아니라 약식으로도 이루어진다. 예를 들어, 예비 고객에 대하여 영업사원의 전화 통화를 관찰한 후에, 잘한 것에 대해서는 칭찬할 수 있다.

또한 수시로 자신의 목표달성을 위해 어떻게 하고 있는지를 알게 해 주고, 진행과정을 칭찬하며 영업사원들이 놓칠 수 있는 사항들에 대하여 정보를 제공한다.

개발 계획 작성하기

영업사원들이 기술개발과 목표를 달성하는 데 필요한 계획을 세우는 데에 도움을 주기 위해 다음과 같이 함께 검토한다.

- 목표를 달성하는 데 필요한 단계들을 결정한다.

- 목표를 달성하는 데 필요한 기술들을 구분한다.

- 확인된 기술들의 체크리스트를 작성한다.

- 기술을 향상시키기 위한 실행 계획을 세운다. 실행계획에는 공식 훈련이나 영업 관리자
  의 코칭이 포함될 수 있다.

- 날짜, 시간, 그리고 사후관리를 위한 계획서를 작성한다.

이런 공동평가 과정은 영업사원이 현재의 모습 그리고 원하는 미래의 모습에 대해 주인 의식을 갖도록 해 준다. 또한 성장하기 위한 단기 그리고 장기 계획에 참여할 수 있게 해 준다. 궁극적으로 평가과정은 영업사원을 동기 부여하는 데에 도움을 주고 평가 받는 것에 대한 부담을 줄여준다.

피드백의 활용

유능한 영업 관리자들은 영업사원을 성장시키고 개발하는 데에 전념하며, 강점과 개선을 위한 영역들을 파악하기 위해 영업사원에 대한 평가를 이용한다. 또한 개인의 목표와 기대를 회사 목표와 일치시키는 것이 얼마나 중요한지를 이해하며 수시로 솔직한 피드백과 함께 토론의 기회를 제공한다.

chapter
9

동기부여 시스템

동기부여의 정의

기업이 매출과 이익을 실현시키기 위해서는 영업사원이 영업과 관련된 업무를 열심히 수행할 수 있어야 한다. 따라서 기업의 중요한 역할 중의 하나는 영업사원들의 높은 동기부여motivation 수준을 유지하는 것이다.

영업사원 동기부여는 영업사원들이 가진 동기를 확인하고, 이해하고, 실현하는 것이다. 영업 관리자들은 영업사원들에게 동기부여를 하고 그로 인해 성과를 극대화한다. 성과에 대한 보상을 통해 더 큰 동기부여가 될 수 있도록 '촉진제' 역할을 한다.

동기부여motivation란 무엇인가를 설명하기 위해서는, 먼저 "왜 사람들이 그렇게 행동하나?"에 대해서 질문해야 한다. 혹은, "왜 사람들은 행동하나 하나?" 라는 질문도 괜찮다. 그에 대한 답은, 사람들은 의식적이든 무의식적이든 무언가 신체적이고 심리적인 충족을 갈구하기 때문이라는 것이다. 인간의 모든 행동은 필요(굶주림, 안전, 명성과 성공을 위한 열망 등)의 자극으로 시작된다. 이 필요는 타인이나 외부요인에 의하여 촉진된다. 예를 들어, 때가 되어 그냥 배가 고플 수도 있지만, 배고프게 만드는 음식 광고를 볼 수도 있다. 어떤 경우든지 필요가 유발되는 순간 사람은 동기부여 되며, 어떤 행동을 취하고 싶어진다. 따라서 동기부여란 "필요를 충족시키기 위해 노력을 쏟으려는 열망"이라 정의할 수 있다. 영업직에 있어서는 영업사원들이 자신의 필요를 충족시키기 위해 노력을 쏟으려는 열망이 넘칠 때 동기부여가 잘되어 있다고 할 수 있다.

실제로 높은 수준의 영업성과를 달성하기 위해서는 노력의 양은 물론 질도 중요하므로 동기부여가 잘되어 있다고 해서 반드시 영업성과가 높아지는 것은 아니다. 예를 들어, 신입 영업사원의 경우에는 아무리 동기부여가 잘되어 있다고 하더라도 영업과 관련된 기술이나 지식이 부족하므로 노력에 비해 성과는 미진할 수도 있다. 노력을 기울이지 않으면 지식이나 스킬이 아무리 뛰어나다 하더라도 성과를 낼 수 없기 때문에, 동기부여는 높은 수준의 영업성과를 달성하기 위한 필요조건이라 할 수 있다.

동기 부여의 관점

동기 부여는 세 가지의 관점을 포함하는데, 바로 방향, 강도, 지속성이다. 방향은 영업사원들이 노력을 기울일 대상을 의미하고, 강도는 노력의 양이며 지속성은 얼마나 오랫동안 지속적으로 노력을 하느냐에 관한 것이다. 예를 들어, 영업사원은 특별한 고객에 집중할 수도 있다_{방향}. 어쩌면 첫 오더를 받을 때까지_{지속성} 한 고객에게 끊임없이 전화를 할 수도 있다_{강도}. 강도나 지속성의 주로 노력의 양적인 측면을 의미하는 데 비해, 방향은 상대적으로 노력의 전략적인 측면이 강조된다. 동기부여 방향의 중요성이 부각되는 가장 큰 이유는 회사의 전략적인 목표와 일관성을 이루는 방향으로 영업사원에 대한 동기부여가 이루어져야 하기 때문이다.

예를 들어 신제품을 개발하여 이를 전략 상품으로 육성하고자 하는 건강식품회사의 경우, 신제품에 대한 인지도향상이나 매출 신장이 전략적인 목표가 되는데, 영업사원들은 매출 목표달성을 위해 여전히 판매하기가 용이한 기존제품의 판매에 주력하고 있다면, 영업사원이 기울이는 노력의 강도나 지속성은 회사의 전략적 목표를 달성과는 무관한 활동이 된다.

또 다른 예로, 신규 회원 증가율이 점차 하락하고 있음을 감지한 학습지 회사가 교사들에게 신규 회원을 확보하기 위한 활동 강화를 요구하고 있는데, 교사들은 수입 극대화를 위해 여전히 기존 회원 관리에 주력하고 있다면 신규고객확보율 향상은 기대하기 어려워진다. 이러한 경우에 회사는 영업사원의 노력이 회사의 영업 전략과 같

은 방향으로 이루어질 수 있도록 보상방법 등에 대해 변화를 모색해
야 한다.

지속성(persistence)

지속성은 더 오랫동안 일에 매진하도록 하는 것을 의미한다. 의욕
이 높은 영업사원들은 쉽게 좌절하지 않고 실패를 겪거나 거절을 경
험하더라도 계속해서 영업활동을 추진해 나갈 수 있다. 성공의 가능
성을 높이기 위해서 지속성의 수준을 높이려는 이들이 많다. 그들은
"포기하면 안 돼, 좀 더 노력하면 성공할 수 있어!"라고 독려한다. 즉,
지속성은 실패를 성공으로 전환시키는 일종의 전략이다. 물론 지속
성은 경영진이나 보상체계에 의해서도 영향을 받는다. 영업 관리자
는 영업사원의 지속성을 높이도록 동기부여 할 수 있다.

강도(intensity)

강도는 더 열심히 집중해서 일하는 것을 의미한다. 동기부여가 된
영업사원은 그렇지 않은 영업사원보다. 더 열심히 일할 가능성이 높
다. 노력의 강도를 높이는 것 또한 성공에 한 걸음 더 다가서는 전략
이 될 수 있다. "더 열심히 일해서 성공해야지"라고 말하는 영업사원
은 그동안 그가 실패한 이유를 이해하려고 하며 "상담 건수를 늘려야
겠어, 약속을 더 많이 잡아야 겠어"라는 식으로 대처하게 된다. 보상
제도는 노력의 강도에 영향을 준다.

방향(choice)

선택은 영업사원들이 다른 행동 대신 하나의 행동 유형을 선택하도록 동기부여 되는 것을 의미한다. 영업사원들은 성공을 이해하고 성공의 가능성을 높이려고 할 때 행동을 바꾼다. 즉, "고객에 대해 접근 방식을 바꿔야겠어"라고 말하는 영업사원은 성공이나 실패의 이유가 '방향'에 달려 있다고 믿기 때문에 그런 결정을 내린다. 방향 역시 경영진의 보상체계의 영향을 받으며 대개 지속성이나 강도와 비교하면 변화시키기 어렵다.

지속성이나 강도를 높이려면 굳이 새로운 일을 하지 않아도 된다. 같은 일을 이전보다 더 오랫동안 하고 실패해도 좌절하지 않으면 지속성은 높아진다. 강도는 같은 일을 더 열심히 혹은 신속히 처리하는 것을 의미한다. 그런데 '방향'은 전혀 새로운 혹은 다른 방식으로 업무에 임하는 것을 뜻한다. 따라서 겪어보지 않은 일을 선택한다는 점에서 성공을 보장하기는 더 어렵다. 대부분의 영업사원들이 어떤 방향이 옳은지 정확히 알지 못한다는 점 또한 '방향'에 제약을 가하는 요소이다. 예를 들어 영업스킬이 제대로 통하지 않을 때 그들은 어떤 다른 스킬을 선택해야 하는지 알지 못한다.

영업 규모에 따른 동기부여 방식의 차이

동기부여 전문 강사들은 저가의 제품을 취급하는 영업사원들을 효과적으로 동기부여 시킨다. 동기부여 강사들은 영업사원들을 열광시키고 활력을 불어넣는다. 그들이 지속성, 강도, 방향에 어떤 영향을 미치는지 살펴보면, 왜 동기부여 강사들의 강의가 성공적이었는지 알 수 있다. 열광한 영업사원들은 지속성이 높아졌고, 영업활동의 강도가 높아졌고, 더 열심히 일하게 된다. 상담 건수를 늘리고, 더 많은 잠재고객들과 가망고객들에게 전화를 걸게 될 것이다. 그런데 '방향'에도 영향을 미칠까? 아마도 동기부여 강사들의 강의가 '방향'은 변화시키기 어려울 것이다. 영업활동 강도와 영업실적이 직접적으로 연관되어 있는 소형 영업에서는 지속성과 강도를 높이면 영업활동이 증가하고 영업실적도 올라간다. 반면에 고가의 영업에서도 동일한 영향력이 발휘되기 어렵다.

소형 영업의 경우와는 어떤 차이가 있을까? 열심히 영업하는 것보다 효과적으로 영업하는 것이 중요한 고가의 영업에서는 '지속성'과 '강도'가 영업의 성공을 크게 좌우하는 요소가 아니다. 영업사원들을 아무리 열광시켜도 동기부여의 한 요소로서 '방향'에 변화를 주기는 어렵다. 영업사원이 성공을 거두려면 우선 행동 방식을 바꿔야 한다. 즉, 새로운 기술을 익히고 새로운 전략을 짜야 한다. '방향'이라는 동기부여 요소가 작동되기 위해서는 먼저 영업사원이 과거와 무엇을 다르게 해야 할지를 알고 있어야 한다. 이 일은 동기부여 강사가 한두 시간 강의를 통해 할 수 있는 일이 아니다. 외부강사가 회사의 영업 전략을 제대로 알 리도 없다. 따라서 동기부여 강사의 강연은 거래 규모와 금액이 큰 대형 영업사원들을 동기부여 시키기는 어렵다.

동기부여의 중요성

영업사원에 대한 동기부여는 영업 직종의 특성으로 인해 그 중요성이 더욱 강조되고 있다. 영업사원에 대한 동기부여를 더욱 중요하게 만드는 영업직만의 특성은 다음과 같다.

첫째, 영업활동 수행과정에서 영업사원들은 감정의 기복이 발생한다. 영업사원들은 계약의 성공 여부나 실적에 따라 유쾌하고 들뜬 기분을 경험하기도 하지만, 실패와 좌절을 맛보기도 한다. 실제로 훌륭한 영업사원들도 성공률보다 실패율이 훨씬 높다. 또한, 영업사원들에게 자애롭고, 정중하며, 사려 깊은 고객이 있는가 하면, 예의 없고, 요구사항이 많으며, 심지어 위협적인 고객들도 있다.

둘째, 영업사원들은 대부분의 시간을 외부에서 보내며 독립적으로 활동한다. 따라서 영업사원들은 동료나 상사의 도움을 받지 못하고 회사에서부터 고립되고 분리되어 있다고 느낀다. 결과적으로, 그들은 경영 수준의 목표에 달하기 위하여 보통의 다른 사원들보다 더 많은 동기부여를 필요로 한다.

셋째, 강한 동기부여가 없이는 고객을 설득할 수 없다. 영업성과를 위해서는 판매하고자 하는 제품이나 서비스에 대한 확고한 신념과 고객의 문제를 해결하겠다는 강한 의지가 필요하다. 고객은 이러한 신념과 의지가 없는 영업사원으로부터 제품이나 서비스를 구매하지 않는다. 따라서 확고한 신념과 강한 의지를 뒷받침해 줄 수 있는 동기부여가 필수적이다.

동기 부여의 어려움

영업사원의 다양한 특성

영업사원들은 개인적인 목표, 강점, 약점, 가치관 등이 다양하기 때문에 동일한 동기부여 수단으로 모든 영업사원들을 동기부여 시킬 수는 없다. 특히 영업사원은 업무의 특성상 개성이 강하고 독립적인 성향을 가지고 있어서 영업사원들 간의 개별적 차이는 사무직 직원들 간의 차이보다 더 큰 것이 일반적이다. 영업사원의 개인적인 성향에 따라 각기 다른 동기 요인을 제공하는 것이 최선일 수 있지만, 이는 현실적으로 실행이 불가능하다. 따라서 회사의 입장에서는 대부분의 영업사원들에게 적용할 수 있는 동기 요인과 영업사원의 개별적인 성향을 반영할 수 있는 동기 요인이 적절히 혼합된 유연한 형태의 동기 요인을 제공하는 것이 가장 바람직하다. 그러나 실행 상의 복잡성과 모든 영업사원의 개별적인 성향을 파악하기가 쉽지 않다는 점 때문에 이는 매우 어려운 일이다.

회사 목표의 다양성

회사가 영업활동을 통해 달성하려는 목표는 매우 다양하다. 경우에 따라서 이 목표들은 서로 갈등을 일으키기도 한다. 예를 들어 신제품 판매의 증진과 전체 판매액의 증진은 서로 배치되는 목표이다. 전체 판매액의 극대화를 위해서는 설명하는 데 시간이 오래 걸리는 신제품보다는 잘 팔리고 있는 제품을 더욱 많이 파는 것이 효과적이기 때문이다. 또한 특정 세분 시장에서의 시장점유율 향상과 전체 영업 수익성 증진도 배치되는 목표가 될 수 있다. 특정 세분 시장에서의 판매를 증가시키기 위해 소요되는 판매 건당 경비에 비해 더 크기 때문이다. 이렇게 배치되는 목표를 동시에 달성하기 위해서는 각각의 목표에 대해 각기 다른 동기부여 수단을 적용해야 하는데 이 또한 매우 복잡하고 어려운 일이다.

시장 환경의 변화

소비자 니즈의 변화, 고객 요구의 다양성 증가, 유통환경의 변화, 경쟁상황의 변화, 제품 수명주기의 변화 등, 시장 환경의 변화에 따라 기업의 전략이 달라질 수 있고, 이에 따라 영업사원에 대한 동기부여 수단의 변화도 요구된다. 시장 환경의 변화에 따라 지금까지 잘 작동해 왔던 동기부여 수단이 더 이상 효율적이지 못하게 될 수도 있기 때문에 회사는 시장 환경의 변화를 꾸준히 모니터링하면서 높은 동기부여 수준을 지속적으로 유지할 수 있도록 동기부여 수단을 변화시켜나가야 한다.

동기부여 모델

동기부여 과정을 설명하는 가장 대표적인 모델은 블룸Victor H. Vroom에 의해 제안된 기대이론이다. 기대이론은 사람들이 특정 업무에 기울이려 하는 노력의 정도가 어떻게 결정되는가를 설명해 준다.

기대 이론은 기대성expectancy, 수단성instrumentality, 그리고 유인성

valence의 세 부분으로 나누어진다.

기대성(Expaectancy)

기대Expaectancy란 노력이 성과를 가져올 수 있다고 믿는 정도를 의미한다. 예를 들어, 영업사원이 고객과 상담을 계획하는 데 정성을 쏟는 이유는, 영업실적이 오를 것이라고 기대하기 때문이다. 이러한 기대심이 있는 영업사원은 계획을 세울 동기가 부여된다.

한편, 계획을 세워도 실적이 오를 가능성이 없다면, 영업사원은 계획의 필요성에 대해 진지하게 생각하지 않을 것이다.

수단성(Instrumentality)

수단성Instrumentality은 성과가 보상으로 이어질 것이라는 믿는 정도를 의미한다. 앞선 예에서 영업사원은 실적을 올릴 가능성이 있다는 기대 때문에 상담 계획을 짜는 데 공을 들인다. 그리고 영업실적이 올랐을 때 수입의 증가나 직위상승, 혹은 다른 보상이 뒤따른다고 믿는다. 이때 판매실적은 그러한 보상을 얻기 위한 수단이다. 이 경우 행동의 결과와 그에 따른 보상의 관계가 명확하지 않으면 동기부여는 제대로 이루어지지 않는다.

일례로 보상체계가 너무 복잡해서 영업사원이 자신의 실적과 급여사이에 아무런 연관성이 없다고 판단하면 이러한 보상 체계는 더 이상 동기를 부여하지 못한다.

유인성(Valence)

보상을 받는 영업사원이 인식하는 보상의 가치. 보상이 동기부여 효과를 발휘하려면 영업사원이 그 보상이 가치 있다고 판단해야 한다. 앞선 예에서 영업 관리자가 영업실적이 가장 좋은 영업사원에게 와인 한 병을 선물한다고 약속했다고 가정하자, 그런데 술을 마시지 않는 영업사원에게 그 보상은 아무런 가치가 없으며, 따라서 성과를 독려할 가능성이 없다. 와인을 상으로 주는 것은 그 영업사원에게는 동기부여가 되지 않는다.

영업 관리자가 영업사원에게 동기부여를 하려면 기대성, 수단성, 유인성이라는 세 가지 요소를 모두 고려해야 한다는 것을 기대이론을 통해 알 수 있다. 다른 예를 들자면 주요 고객을 대상으로 한 영업전략을 수립하도록 영업사원에게 동기부여를 하고 싶다면 다음 세가지 요인을 충족해야 한다.

기대성 : 영업 전략을 세웠을 때 영업 실적을 더 증가시킬 수 있다는 사실을 영업사원이 깨닫게 해야 한다.

수단성 : 영업 실적 증가 시 보상이 있다는 것을 알려야 한다.

유인성 : 그러한 보상은 가치 있는 것이 되도록 해야 한다.

위 세 가지 요소 가운데 하나라도 빠지면 영업사원에게 동기를 부여하려는 시도는 실패하게 될 것이다.

귀인이론(Attribution Theory)

귀인이론은 자신이나 타인의 성공이나 실패와 관련된 원인을 규명하는 방식에 대한 이론이다. 이 이론은 사람들이 성공이나 실패의 원인을 무엇으로 인지하느냐에 따라 차후의 행동방식이 달라질 수 있다는 주장이다. 귀인이론에서 성과의 원인은 소재所在, 안정성, 통제 가능성의 세 가지 차원으로 분류된다.

첫째는 자기 내부적 요인에서 원인을 찾는가내적귀인 혹은 외부적 요인에서 찾는가외적 귀인이다.

둘째는 변화 가능성이 낮은 것에서 원인을 찾는가안정적 귀인 혹은 변화 가능성이 높은 것에서 원인을 찾는가불안정적 귀인에 따른 것이다.

마지막으로 셋째는 원인이 통제 가능한 것인가통제가능 귀인, 혹은 통제 불가능한 것인가통제 불가능 귀인에 따른 분류이다. 영업사원의 성과는 성과의 원인을 외적 요인보다는 내적 요인에서, 안정적 요인보다는 불안정적 요인에서 그리고 불가능한 요인보다는 가능한 요인에서 찾을 때, 노력과 성과의 연결고리에 보다 명확한 인식을 갖게 되며, 동기부여 수준도 향상하게 된다.

예를 들어, 실패의 원인을 노력의 부족에서 찾았다면 노력은 내적이며, 변화 가능성이 높고 통제가 가능한 원인으로 영업사원은 이를 보완함으로써 실패를 극복하려는 노력을 기울일 수 있다. 반면에 영업사원이 제품의 품질이 좋지 않은 데서 실패의 원인을 찾았다면 이는 외적이며, 변화가능성이 낮고, 또한 영업사원의 입장에서는 통제가 불가능한 원인이기 때문에 상황이 빠른 시일 내에 변화되기 어렵다고 판단하고, 이에 따라 영업활동을 포기하게 될 수도 있다. 따라서 영업 관리자의 역할 중 하나는 영업사원이 성과의 부진 원인에 대한 원인을 경쟁 환경이나 제품의 품질과 같은 통제가 불가능한 외부적 요인에서 찾으려는 경향을 줄이고, 노력과 같은 내부적인 요인에서 원인을 찾도록 유도함으로써 영업사원이 보다 낳은 성과를 달성하기 위해 자발적인 노력을 기울이도록 만들어 나가는 것이 바람직하다.

보상 / 노력의 평가

어떤 보상이 영업사원들을 충족시키고 동기부여 시키는지 이해하는 것은 간단치 않다. 영업사원들은 각각 특별하며 니즈 또한 다르다. 특정 보상과 인센티브가 어떤 영업사원에게는 동기부여가 되는가 하면 다른 영업사원에게는 그렇지 못할 수도 있다.

아래에서 보듯이, 영업사원들은 각기 다른 욕구를 가지고 있다. 영업 관리자는 각 영업사원들이 중시하는 보상이 무엇인지 파악하는 것이 중요하다.

<무엇이 당신의 사원들을 동기부여 시키는가?>

(영업사원이 응답한 순위)

1. 업무에 대한 흥미
2. 일에 대한 보람
3. 박식해짐

6. 성장과 승진의 기회
7. 좋은 근무환경
8. 회사에 대한 충성심

| 4. 직업의 안정성 | 9. 탁월한 역량 |
| 5. 포상금 | 10. 개인적인 문제 해결 |

(영업 관리자들이 응답한 순위)

1. 보상금	6. 사원들에게의 충성심
2. 직업의 안정성	7. 능숙한 규율
3. 성장과 승진의 기회	8. 일에 대한 감사
4. 좋은 근무환경	9. 개인적인 문제 해결
5. 업무의 흥미도	10. 박식해짐

영업사원들이 보상을 평가하는 데 있어서 중요한 요소는 그들이 보상을 공정하다고 느끼는 것이다. 영업사원들은 자신의 성과와 보상이 다른 영업사원들과 비교하여 공정하게 계산되었는지 평가한다. 공정성 이론은 영업사원들이 노력과 성과에 반하여 합당한 보상을 받지 못하면, 노력을 줄인다는 것이다. 보상은 불공평하며, 동기부여가 되기 쉽지 않다고 인식된다. 그리고 이러한 불공정이 지속될수록 영업사원들은 불공정한 대접을 받는 것보다 일을 그만둘 가능성이 높다.

역할지각과 동기부여

영업사원들은 성과를 향상시키기 위해서 무엇을 해야 하는지 정확하게 이해해야 한다. 역할이론은 역할 파트너에 의해서 영업사원에게 전달되는 기대감, 요구, 압력을 말하며 이러한 역할파트너의 기대나 요구에 대한 영업사원의 인식은 영업사원의 역할과 성과에 큰 영향을 줄 수 있다. 즉, 영업사원의 역할지각은 무엇을 수행해야 하며, 어떻게 활동이 수행되어야 하는지를 이해하는데 영향을 준다. 따라서 영업사원의 성과는 영업사원이 자신의 역할을 얼마나 정확하게 인식하느냐에 따라 달라진다. 이러한 역할지각은 역할정확성, 역할모호성, 역할갈등 등으로 구성된다.

첫째, 영업사원의 역할 정확성은 영업사원이 역할파트너가 요구하는 역할을 명확하게 인식하고 있는 정도를 의미한다. 연구에 의하면 영업사원들은 자신의 역할에 대한 인식이 분명하지 않으면 직무만족을 느끼지 못하는 것으로 나타난다. 따라서 영업사원의 역할정확성은 영업성과를 높이는 데 중요한 역할을 한다.

둘째, 역할갈등은 둘 이상의 역할 파트너로부터 요구가 서로 일치하지 않고 양립해, 그들의 요구사항을 도저히 충족시킬 수 없다고 영업사원이 믿는 정도를 말한다. 영업 관리자나 고객 등으로부터 불일치하는 요구가 있을 때 영업사원이 느끼는 갈등의 정도이다. 또한 역할갈등은 요구되는 직무가 영업사원의 개인적 기준, 가치, 직무요건과 불일치하거나 개인의 도덕성, 가치관과 반대될 때, 발생한다. 예를 들어 고객이 영업사원에게 지나치게 많은 서비스를 요구하거나, 영업 관리자가 판매활동을 하고 있는 영업사원에게 본인의 직무 외의 다른 역할을 요구한다면 영업사원은 역할갈등에 직면하게 될 것이다. 역할갈등이 발생하면 역할 수행자는 갈등이 고조되거나 직무와 관련된 긴장이 증가하므로 상사, 조직에 대한 신뢰도가 감소한다. 연구결과 역할갈등은 직무만족과 불만족의 원인이 된다.

셋째 역할모호성은 영업사원이 직무를 수행하는 데 있어서 필요한 지식이나 정보를 가지고 있지 못하다고 느끼는 정도를 의미한다. 즉, 영업사원의 역할 모호성은 직무의 성과를 높이는 데 필요한 지식이나 정보가 부적절하다고 느끼는 것을 의미한다. 따라서 영업사원의 역할모호성은 역할파트너의 기대를 만족시키기 위해서 영업사원이 어떻게 활동할 것인가에 대한 지식이나 정보를 갖고 있지 않을 때 발생한다.

이상의 세 가지 역할지각 요소들은 선행변수인 개인적 조직적 변수, 감독의 친밀성, 판매교육과 훈련, 직무 경험 등에 의해 영향을 받는다. 즉, 영업 교육훈련이나 경험이 많을수록 역할정확성이 높아지고 성과가 높아진다. 물론 모든 연구 결과가 다 그러한 것은 아니다. 그러나 일반적으로 역할정확성이 높으면 성과가 좋게 나타나고 역할갈등과 모호성이 높으면 성과 수준은 낮아진다. 또한 역할지각은 영업사원의 동기유발에도 영향을 미친다.

금전적 보상과 동기부여

금전적인 보상이 영업사원 동기부여에 어떤 역할을 하는지 궁금해하는 영업 관리자들이 많다. 알피 콘Alfie Kohn의 저서 『Published by

Rewards』에 따르면, 보상과 인센티브는 단기적으로만 효과가 있으며 장기적으로는 오히려 학습 및 내재적 동기부여를 방해한다. 다니엘 핑크Daniel Pink의 『드라이브Drive』에 따르면 보상과 인센티브는 단기적으로만 효과가 있으며, 장기적으로는 오히려 학습 및 내재적 동기부여를 방해한다. 또한 업계 평균보다 약간 높은 고정급을 받는 직원들이 가장 높은 행복감을 보이며, 지식 근로자에게 보너스나 스톡옵션 같은 외부적 보상은 거의 효과가 없다.

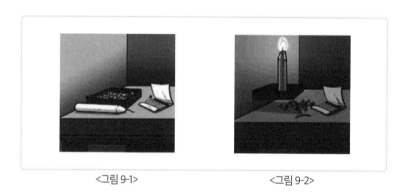

<그림 9-1>   <그림 9-2>

두 저자 모두, 외재적 보상 체계가 배움의 욕망, 사회에 대한 가치 제공, 일을 잘하려는 내재적 욕구를 파악하여 직원들이 업무에 대한 창의성과 열정을 개발하는 데 큰 도움이 되지 않는다고 지적하고 있다. 어떤 작업에 대하여 금전적 가치를 결부시키는 것은, 그 작업 자체가 무가치하다고 선언하는 것과 같다. 또 다른 부작용은 사고의 제한이다. 금전적 보상을 위해 현안 작업에만 집중하기 때문에 도움이 되는 다른 정보를 놓치고 측면적인 사고를 하지 않게 된다.

이와 관련해 1945년 심리학자 칼 던커Karl Dunker의 실험은 흥미로운 결과를 제공한다. 이 실험은 문제해결 능력을 검증하기 위해 고안된 것이다. 피 실험자는 방에 들어가 **<그림 9-1>**처럼 압정이 가득한 상자와 성냥, 그리고 초가 올려 진 책상을 보게 된다. 실험자는 피 실험자에게 "양초를 벽에 붙여 촛농이 책상 위에 떨어지지 않게 하세요."라고 지시한다. 피 실험자는 갖은 방법을 다 쓰지만 대부분 실패한다. 왜냐하면 이 문제를 풀려면 고정관념을 깨야 하기 때문이다.

이 실험을 프린스턴 대학의 심리학과 교수인 샘 글럭스버그Sam Glucsberg가 두 그룹으로 나눠서 실시했다. 한 그룹에는 이 문제를 푸는 평균적인 시간을 재겠다는 말만 하고 다른 그룹에는 인센티브라는 달콤한 보상을 제시했다. 상위 25%에 드는 사람에게 50달러를 주고 가장 먼저 푸는 사람에게는 200달러를 주겠다고 했다. 아무런 보상도 제시하지 않는 그룹과 보상을 제시한 그룹 중 어떤 그룹이 이 문제를 먼저 풀었을까? 놀랍게도 아무런 보상인센티브이 제공하지 않는 그룹이 보상을 제시한 그룹보다 평균적으로 3.5분이 빨랐다.

이 문제는 보통 10분 정도 생각을 하면 대부분이 푸는 문제다. 압정이 가득한 상자는 압정을 보관하는 용도로 쓰이지만 그 압정을 상자에서 꺼내면 양초의 훌륭한 받침대가 된다. **<그림 9-2>** 처럼 압정 상자를 벽에 붙이고 압정으로 고정한다. 그 위에 초를 올리고 불을 밝히면 문제가 해결된다. 사람들이 힘들어 하는 것은 압정 상자를 촛불 받침대로 쓸 생각을 못하기 때문이다. 창의적으로 접근해야만 문제의 답이 보인다.

이 실험에서 알 수 있는 것은 인센티브라는 보상이 무조건 좋은 것은 아니라는 것이다. 창의적인 작업을 하는 사람에게는 오히려 독이 될 수 있고 방해가 될 수 있다. 이 실험은 40년 동안 계속되고 있지만, 실험 결과는 변하지 않고 있다. 하지만 인센티브가 효과를 발휘하는 분야도 있다. 단순하고 반복적이고 창의력이 필요하지 않은 작업을 할 때는 인센티브가 효과를 발휘한다. 예를 들어 완제품을 포장하는 사람이 있다고 가정해 보자.

하루에 500개 정도를 포장하는 사람에게 하루에 700개를 포장하면 보너스로 3만 원을 더 주겠다고 해보자. 그 인센티브는 강력한 동기가 되어 700개를 포장하게 한다. 머리를 쓰지 않고 빠르게 몸을 움직이는 단순 작업일 때는 인센티브가 효과가 있다. 하지만 인지력이나 창의력에 연관된 작업에서는 오히려 역효과가 난다.

많은 영업 관리자들이 검증되지 않은 동기부여 수단인 금전적 인센티브 제도를 모든 분야에 적용한다. 또한 창의적인 업무를 하는 영업 담당자들에게 당근이랍시고 인센티브를 건다. 이번 달 마감까지 얼마의 매출을 달성하면 보너스를 두둑이 주겠다고 한다. 그러나 그런 행동은 오히려 역효과를 낸다.

금전적 보상은 영업 담당자들을 부지런하게 만드는 데는 효과적일 수 있다. 충분한 급여를 지급하면 영업 담당자들은 더 열심히 일할 것이고, 고객과의 상담 건수도 늘리려 할 것이다. 금전적 보상을 동기부여의 도구로 활용해 영업 담당자를 부지런하게 만들 수는 있지만 금전적 보상의 영향력은 거기까지다. 그런데 이러한 경우에도 리스크가 따른다. 고객과의 상담이나 서비스 품질이 저하되는 문제가 발생하기도 하기 때문이다. 아무리 많은 금액을 인센티브로 지급하더라도 영업 담당자를 더 창의적, 더 전략적으로 일하게 만들 수는 없다. 바로 이러한 이유 때문에 금전적 보상은 노력의 양과 관련된 영업에는 효과적일 수 있지만 창의적이거나 전략적으로 접근해야 하는 영업에는 효과가 거의 없다. 거래 금액이 큰 영업이나 전략적 접근이 필요한 B2B 영업의 경우에는 실적에 따라 인센티브를 더 많이 준다고 해서 영업 담당자의 실적이 향상되는 것은 아니다.

결론적으로 말하면, 반복적으로 열심히 일해Working Hard 성과가 올라가는 영업은 금전적 보상이 효과적이다. 하지만 전략적으로 일해야Working Smart 성과가 나타나는 영업은 실적에 따른 금전적 보상이 효과적이지 않다.

임원 급여 전문 컨설턴트인 마크 호닥Marc Hodak은 2006년 S&P Standard & Poors 500대 기업에 대한 임원 급여 패키지를 분석하여 우수 사례와 실패 사례를 도출했다. 그 결과는 다음과 같다.

- BSC에 따라 성과 보상을 한 기업은 S&P 평균보다 3.5% 정도 낮게 나타났다. 너무 많은 지표에 집중하다 보니 임원들이 어느 것 하나에도 집중하기 힘들었다.
- 매출 증대 등 특정한 지표에만 보상을 한 경우에는 그 지표가 확실히 개선되었다. 그러나 그에 따라 이윤이나 주주가치가 개선되지는 않았다. 각 개인들은 체계의 허점을 찾으려고 하기 때문에 특정 지표의 목표 달성을 위해 다른 지표를 희생하는 경우가 많았다. 예를 들어 이윤감소를 감수하면서 매출을 증대시키는 행위 등이 그것이다.
- 스톡옵션이나 자사주 보상제(Stock Grant)는 동기부여에 도움이 되지 않았다. 임원들

의 경우에 주가는 자신의 노력이나 내적인 활동을 통해 높일 수 있는 것이 아니라 경기에 의해 좌우된다고 여겼기 때문이다. 요컨대 지표와 목표 달성에 대해 동기부여 차원에서 돈과 주식을 제공하는 것은 기업에 도움이 되지 않으며 오히려 부작용이 많다.

영업 관리자는 자신이 속해있는 조직의 영업은 열심히 일해야 Working Hard 성과가 나는지, 전략적으로 일해야 Working Smart 성과가 나는지 파악하고 동기부여 방법을 결정해야 한다.

chapter
10

보상 시스템

영업사원 보상은 회사가 영업사원들의 노력에 대한 대가로 지불하는 재정적 비재정적 혜택을 의미하며, 영업사원을 동기부여 할 수 있는 가장 강력한 수단 중의 하나이다. 또한 경쟁력 있는 보상 방법은 우수한 영업사원을 유치하는데 있어서도 대단히 중요한 역할을 한다. 반면에 기업의 입장에서 보상은 비용이기 때문에 잘못 설계된 보상 방법은 회사에 큰 손실을 가져다 줄 수도 있다. 영업사원 보상에 대한 궁극적인 목적은 회사의 이윤을 실현하는 것이고, 이윤을 실현하기 위한 영업 전략은 시장과 회사의 상황 변화에 따라 끊임없이 달라지기 때문에, 보상 수준이나 방법도 시장과 회사의 상황 변화에 따라 변화해야 한다.

가장 바람직한 영업사원 보상 방식은 회사의 수익을 가장 많이 실현할 수 있으면서도 영업사원의 동기를 잘 부여할 수 있는 보상 방법이라고 할 수 있다. 따라서 보상 방법이 어떤 특성을 지닐 때 회사의 수익실현과 영업사원 동기부여 두 가지 차원에서 가장 적합한지에 대해 살펴볼 필요가 있다. 바람직한 보상방법의 특징은 〈그림 10-1〉에서와 같이 회사와 영업사원, 두 가지 관점에서 검토되어야 한다.

회사 관점

전략과의 일관성

영업사원의 보상방법은 기업의 전략적인 목표를 달성할 수 있는 방향으로 설계되어야 한다. 이를 위해서는 보상의 근거가 되는 성과평가지표에 전략목표가 반영하도록 하고 이러한 성과지표를 바탕으로 영업사원에 대한 보상 방법이 설계되도록 하는 것이 중요하다.

효율적 동기부여

영업사원 보상방법은 영업사원이 목표달성을 위해 매진하려는 의욕을 가질 수 있도록 설계되어야 한다. 그러나 영업사원은 개인적인 성향, 목표, 가치관 등에 따라서 선호하는 동기부여의 수단이 다르기 때문에 한 가지 보상 방법만으로 모든 영업사원에게 강한 동기를 부여하기는 어렵다. 따라서 회사는 영업사원을 유사한 동기를 가진 몇

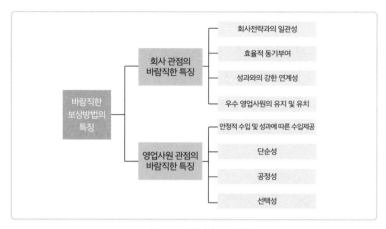

〈그림 10-1〉 바람직한 보상 방법

개의 군으로 구분하여 서로 다르게 보상하는 방법을 설계하거나, 몇 개의 유형으로 보상방법을 설계하고 영업사원에게 선택할 수 있게 하는 보상 방법을 설계할 수 있다.

성과와의 연계성

보상 방법은 높은 성과를 올린 영업사원에게 더 많은 보상이 갈 수 있도록 설계되어야 한다. 당연한 말이지만, 현실적으로는 그렇지 않은 경우가 많다. 이러한 현상이 발생하는 주된 원인은 성과에 대한 측정이 정확하게 이루어지지 않기 때문이다.

우수 영업사원의 유지 및 유치

보상방법은 우수 영업사원을 유지하고 외부로부터 우수한 영업사원을 유치하는 데 도움이 될 수 있어야 한다. 이는 단순히 금전적 보

상 수준을 높여야 한다는 것이 아니라 우수 영업사원에 대한 보상 수
준금전적·비금전적이 평범한 영업사원과 확연히 구분될 수 있어야 함을
의미한다.

영업사원 관점

안정적 수입 및 성과에 따른 수입의 제공

보상 방법은 영업사원에게 기본적인 생활을 영위하는 데 큰 불편
이 없을 정도의 금전적 보상을 안정적으로 제공할 수 있도록 설계되
는 것이 좋다. 영업성과가 좋지 않거나 건강상의 이유와 같은 불가피
한 사정으로 며칠 쉬어야 하는 경우에도, 큰 걱정 없이 생활할 수 있
을 정도의 수입이 확보될 수 있어야 한다. 동시에 보상은 성과를 올
린 만큼의 대가를 받을 수 있도록 설계되어야 한다. 그런데 보통 보
상방법은 안정성이 뛰어나면 성과에 대한 보상 부분이 미흡하고, 성
과에 대한 보상이 강하면 안정성이 약한 경향이 있다. 왜냐하면 회사
의 입장에서는 보상은 비용이기 때문에 두 가지 측면에서 영업사원
을 모두 충족시켜 주기가 어렵기 때문이다. 따라서 회사는 안정성과
성과에 대한 보상의 중요도를 고려하여 자사의 상황에 적합한 수준
에서 보상방법을 설계해야 한다.

단순성

보상 방법은 가능한 한 영업사원이 쉽게 이해할 수 있도록 단순하

게 설계되어야 한다.

보상 방법이 복잡하게 설계되면 영업사원은 보상을 확보하기 위한 매출목표를 설정하기 어려워 동기가 저하될 수 있다. 또한 산출방법을 모르기 때문에, 지급된 보상이 기대에 미치지 못할 경우, 회사에 불만이 생길 수 있다. 따라서 보상방법은 성과에 따라 영업사원이 즉시 계산 할 수 있도록 단순한 것이 좋다.

공정성

영업사원이 자신의 보상수준을 다른 영업사원과 비교하여 공정하지 않다고 판단하면 회사에 불만이 생기게 된다. 이는 동기저하, 이직 등과 연결될 수 있다. 따라서 영업사원의 노력과 능력정도에 따라 성과를 측정하고 이를 근거로 보상하는 것이 중요하다.

선택성

영업사원은 자신의 성과에 대한 보상방법을 스스로 선택하길 선호한다. 성관에 대한 자신감이 높고 금전적 필요성이 많은 영업사원은 인센티브의 비중이 높은 보상방법을 선호하고 성과가 저조하거나 역량이 떨어지는 영업사원은 상대적으로 안정된 고정급의 비중이 높은 보상 방법을 선호하는 경향이 있다. 회사는 모든 영업사원들에게 인센티브와 고정급의 비중을 선택하도록 할 수는 없지만 역량이나 실적에 따라 간단한 몇 개의 대안은 제시할 수 있다.

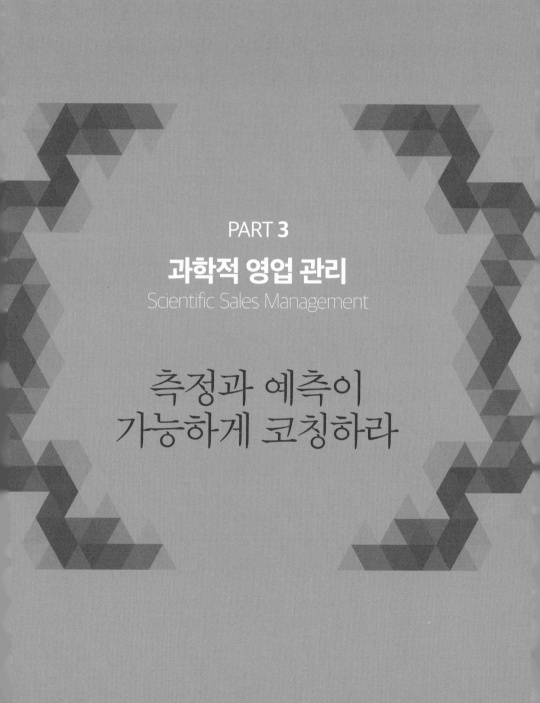

PART **3**

과학적 영업 관리
Scientific Sales Management

측정과 예측이
가능하게 코칭하라

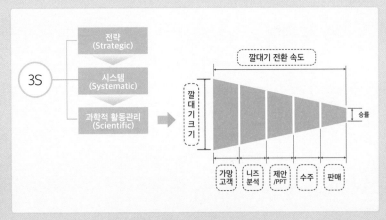

〈그림 III-1〉 Scientific Sales Management

I, II 부를 통해서 경영진이나 고위 영업 관리자의 핵심적인 역할인 전략적 영업 관리Strategic Sales Management와 중간 영업 관리자의 역할인 시스템적 영업 관리 Systematic Sales Management에 대해 자세히 살펴보았다. III 부에서는 〈**그림 III-1**〉과 같이 영업사원들이 영업 전략과 시스템에 따라 과학적으로 활동하고 성과를 낼 수 있도록 파이프라인을 구축하고 효과적으로 코칭 하는 방법에 대해 자세히 살펴볼 것이다. 결국 "3S 영업 관리"는 영업 전략을 수립하고, 전략을 뒷받침 할 수 있는 시스템을 구축하고, 과학적인 방법으로 영업 활동을 관리하고 지원함으로서 완성된다. 이것이 영업 관리와 세일즈 코칭의 핵심이다.

chapter
11

영업계획 수립

영업 계획은 왜 중요한가?

기업을 둘러싼 경영 환경은 최근 상당히 어렵다. 따라서 지금까지의 영업 마인드로는 살아남기 어렵다는 것을 영업 부문 종사자라면 누구나 실감할 것이다. 5년 내지 10년 앞을 내다보는 경영비전을 가진 기업이라도 그것을 실현하기 위해 구체적인 영업 계획을 수립하지 않으면 시장에서 언제 퇴출당할지 아무도 장담할 수 없다. 매년 매출이 상승하던 호경기 때와는 달리 이제는 어떤 전략으로 영업을 할 것인가가 승패를 가른다고 해도 결코 과언이 아니다. 그렇다면 전략적인 영업이란 무엇을 의미할까? 규모가 큰 기업들은 경영 계획에 따라 과감하게 설비투자를 검토하거나 조직 개혁을 하는 기업도 있다. 하지만 중견 또는 중소기업이 가장 먼저 해야 할 것은 확실한 영업 계획을 수립하는 것이다. 기업은 적절한 이익이 확보되어야 존속할 수 있다. 그리고 기업 이익의 대부분은 영업 활동에서 창출된다. 매출액 중심에서 이익 중심으로 바뀐 오늘날, 기업이 효율적으로 이익을 올리기 위해서는 영업 계획의 수립과 실행이 필수다. 또한, 영업 계획서 작성은 자사의 손익구조를 재검토하는 것으로 이어지고, 거기에서 발견된 문제점은 중장기적인 경영 계획에 반영해야 한다. 영업 계획은 기업이 적절한 이익을 확보하기 위해 작성하는 것이다. 하지만 그 전에 기업에게 적절한 이익이란 무엇인지, 그 의미를 이해하고 있어야만 한다. 일반적으로 이익에 대해서는 다음과 같이 두 가지로 정리할 수 있다.

첫째, '이익은 결과로서 생긴다.'는 것이다. 기업이 올린 수익에서 그것에 소요된 비용을 제외하고 남은 것이 이익이라는 사고방식이다. 이것은 하나의 논리로서는 성립하지만, 실제 경영에 있어서는 운명론과 같은 위험성을 띠는 것이다. 매출액에 비례해서 이익도 확실히 보장되는 영업 환경이라면 이 논리가 맞을지 모른다. 그러나 오늘날과 같이 가격파괴를 당연하게 여기는 영업 환경에서는 이러한 사고방식으로 적절한 이익을 확보하기란 매우 어렵다.

둘째, '목표이익을 결정한다.'는 것이다. 목표로 삼은 이익 금액을 정하고, 그 이익을 확보하기 위해서는 어느 정도의 매출을 올려야 하는지를 미리 검토하는 사고방식이다. 다소 불합리하게 보일 수도 있지만, 기업의 손익구조를 재점검하고 영업 활동을 개선하는 데에는 매우 효과적이다. 매출액의 증가보다도 이익확보를 중시할 경우 먼저 이익목표를 검토하고 설정하는 것이 필요하다.

이처럼 당연히 확보해야 할 손익구조를 파악한다면 기업은 도약의 발판을 마련할 수 있을 것이다. 지금 영업에 필요한 것은 이익을 결과로서가 아닌 목표로서 파악하여 전략적인 영업 계획을 수립하고 실행하는 것이다.

영업 전략을 계획으로 구체화할 때 유용하게 활용될 수 있는 스킬로 '로직트리Logic Tree'를 들 수 있다. 로직트리란 주어진 문제나 과제에 대해 서로 논리적 연관성이 있는 하부 과제들을 나무 모양으로 전개하는 것을 의미한다. 이는 주어진 문제를 해결하기 위해 어떤 하부 문제들을 고려해야 하고 어떤 수단들을 고려해야 하는지, 그 체계를 논리적으로 연결해 문제를 본원적인 부분에서 해결하는 스킬로 기획 분야에서 흔히 쓰인다.

예를 들어, '매출 증가'라는 과제가 있다고 가정하자. 먼저 몇 가지 개념키워드을 중심으로 그것을 구체화한다. '제품의 축'과 '시장의 축'으로 분류하면 제품과 시장의 현재 모습을 들여다볼 수 있다. 부문이나 구역, 거래선으로 나누어 구체화해 볼 수도 있다. 또 '고객만족 향상'이라는 과제가 있다면 '고객에 대한 기대치를 어떻게 충족할 것인가?', '철저한 고객서비스를 어떻게 제공할 것인가?', '제품과 서비스의 질을 어떻게 향상할 것인가?' 등 3가지로 나누어 생각할 수 있다.

회사 전체 → 부문 → 구역 → 개인으로 나누는 것도 트리화의

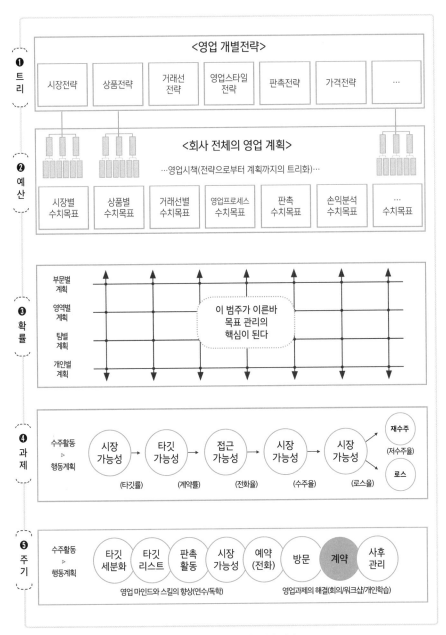

<그림 11-1> 영업 계획의 5가지 범위

한 과정이 될 수 있다. 트리화를 하지 못하면 '전략 → 계획 → 목표 관리'로 나갈 수 없다. 이처럼 트리는 무엇을 하기 위해 트리화하는가에 따라 1단계, 2단계, 3단계로 계속 분류할 수 있으며, 그 속에서 상황에 맞는 계획을 구체적으로 세워나갈 수 있다.

계획을 세울 때는 트리를 충분히 활용할 필요가 있다. 물론 전략이 없는 회사는 트리화도 없다. 계획에도 통일성이 없다. 계획이 들쭉날쭉하거나 지난해의 연장이 될 수도 있다. 전략이 명확해야 필연적으로 트리화 되어 순조롭게 여러 가지 계획이 나올 수 있다.

영업 전략을 기반으로 영업 계획을 세울 때에는 <그림 11-1>과 같이 5가지 범주로 나누어 접근하는 것이 효과적이다. 즉 트리tree, 예산budget, 확률probability, 과제task, 주기cycle 등으로 나누는 것으로 한마디로 말하면 목표 달성의 논리적인 틀 또는 프레임워크framework라고 할 수 있다.

트리(tree)

회사 전체의 전략을 영업 계획으로 구체화한 것이다. 예를 들어 시장 전략, 제품 전략, 거래선 전략, 판촉 전략, 가격 전략 등을 토대로, 시장별 수치 목표, 제품별 수치 목표, 거래선별 수치 목표, 판촉 수치 목표, 손익분석 목표 등을 구체화한다. 이때 키워드를 중심으로 트리화하면 계획을 더욱 편리하게 정리할 수 있다.

트리는 회사 전체 → 부문 → 팀 → 개인 순으로 완성하는데, 중요한 것은 트리가 전사적으로 통합되고 일원화되어야 한다는 점이다.

하지만 많은 기업들이 전략도 없고 단계별 트리가 명확하지 않아 아무렇게나 계획과 시책을 세운다. 트리를 보면 해당 기업의 전략 수준과 계획의 일관성을 알 수 있다.

예산(budget)

트리에서 나온 영업 시책과 각 정량 수치를, 부문별, 팀별, 개인별로 책정한 것이다. 목표 관리의 핵심이라고 할 수 있으며, 여기에는 상의하달식뿐 아니라 하의상달식도 필요하다. 경영진의 판단에 의존하는 상의하달식이 일반적이지만, 사원들이 더욱 강한 책임감을 가지고 목표 달성을 위해 노력하게 한다는 면에서 하의상달식의 장점이 있다.

사실 예산을 결정하는 시기는 회사의 체질을 혁신할 수 있는 절호의 기회이기도 하다. 예산을 고민하면서 조직도 크게 바뀔 수 있기 때문이다. 하지만 대다수의 기업들이 전년 대비 수치만 들먹이며 예산을 짠다. 이는 혁신의 기회를 스스로 포기하는 것이다.

확률(probability)

수주에 필요한 여러 가지 활동에 대한 확률을 산출하여 영업 활동을 규정하는 작업이다. 방문 건수에 대한 수주율과 메일 발송 건수에 대한 응답률, 재수주율과 승률, 로스율 등이 여기에 포함된다. 이렇게 산출한 수치와 계수를 통해 회사 평균과 부문 평균, 팀 평균과 개인 평균을 비교하면 영업의 생산성을 파악할 수 있고, 상관관계를 분석하여 목표 관리에도 활용할 수 있다. 정밀한 확률과 실질적 활용을 위해서는 다음과 같은 사항들을 고려해야 한다.

- 업무일지와 보고서를 통해 객관적인 데이터를 계속해서 모은다(SFA를 도입한 경우에는 입력 데이터를 기반으로 한다).
- 다양한 계수의 의미를 교육하여 영업의 질뿐만 아니라 양의 중요성도 공유한다.
- 실적이라는 결과와 함께 과정을 중시하는 풍토를 만든다.
- 영업 활동이 취약한 부분은 코칭을 통해 영업 관리자와 사원이 함께 해결책을 만들어 낸다.

과제(task)

주문을 성사시키고 계약을 체결하는 등의 목표를 달성하기 위한 영업 활동 자체를 말한다. 이를 위해 어떻게 대상을 좁히고 약속을 잡고 방문하고, 어떻게 자신의 역량을 높이고 부문과 팀의 실적을 올릴 것인가와 같은 영업 과제를 설정한다.

모든 영업 활동은 고객에게 초점을 맞춘다는 면에서 대동소이하지만, 업종과 업태에 따라 다르게 이루어진다. 표준화된 영업 활동 외에도 자사 특유의 영업 스타일, 각 조직에 맞는 영업 방식이 정리되어 있어야 한다. 하지만 경험, 육감, 습관 등에 의존하여 영업 활동을 벌이는 경우가 매우 많다. 표준화된 내용도 없이 저마다 다른 방식으로 해나간다. 영업에 대해 다시 근본적인 질문을 던지고, 고성과자의 마인드와 스킬, 활동을 분석한 결과 등에 근거한 내용을 모두가

공유해서 반복적으로 수행할 수 있는 활동 기준과 환경을 마련해야
한다.

주기(cycle)

연간, 반기, 분기, 월간, 주간, 1일 등의 시간 축에 따른 활동 계획
을 말한다. 이것을 표준화한다는 것은 전체, 특히 현장의 의견을 반
영한다는 뜻이기도 하다.

전략적인 활동을 위해서는 1주일이나 1일은 너무 짧고, 1개월 주
기로 계획하는 것이 적당하다. 영업 활동의 기본 단위를 30일로 해서
트리 → 예산 → 확률 → 과제를 설정한 다음, 1주일, 1일 단위의 계
획을 잡는다.

영업 계획이란 이와 같이 전략을 바탕으로 한 시책 수립tree, 회사
전체 → 부문 → 영역 → 팀 → 개인에 이르기까지 목표 관리를 기본
으로 한 예산 수립과 그 운영budget, 수주와 재수주를 증대시키기 위
한 영업 활동 분석probability, 영업 프로세스와의 일상 영업과제의 해결
task, 시간의 흐름에 따른 ①~④ 활동의 구체적인 나열cycle이라는 5가
지 범위 전체를 가리킨다.

한마디로 영업 계획이란 '목표 달성의 논리적인 틀 또는 장치'이
다. 이 구조를 정확히 이해하면 '계획을 위한 계획', '목표를 위한 목
표'가 되는 일은 발생하지 않는다. 전략에서 계획으로, 계획에서 개
인의 목표 관리로 구체화하는 틀이 이와 같은 5가지 범위다.

영업 계획 전체를 파악하라

이익구조 개선을 목표로 하는 기업은 중장기적인 경영 계획과 연계한 영업 계획을 수립할 필요가 있다. 계획은 기간의 길이에 따라 단기 계획, 중기 계획, 장기 계획으로 나뉜다. 관습적으로 2년 이내의 계획을 단기 계획, 1~5년인 계획을 중기 계획, 3~20년인 계획을 장기 계획이라 한다. 그러나 기간에 따른 계획의 성격은 절대적인 시간의 길이가 아니라 기업 자체의 성격에 의해서 규정되어야 한다. 개념적으로 볼 때, 단기 계획은 기업의 생산시설을 확장 또는 축소할 수 없고, 다만 생산능력의 효율성, 즉 생산시설의 가동률만 변경하여 그 효과가 영업성과에 나타날 수 있는 정도의 기간을 의미한다. 이에 반해 중기 계획은 기업이 생산시설을 확장 내지 축소하여 그 효과가 영업 성적에 나타날 만큼 시간의 여유를 주지만, 새로운 경쟁자가 나타나거나_{생산시설의 신설} 기업이 사업을 포기할 만한_{생산시설의 폐쇄} 시간의 여유는 주지 않는 기간이다.

마지막으로 장기 계획은 경쟁자가 나타나거나 기업이 사업을 포기하고 또한 그 효과가 기업의 영업 성적에 반영되기에 충분한 시간이 허용되는 기간이다. 따라서 장기 계획이란 한 기업이 신규 사업 부문에 참가하여 거기에서 충분한 수익을 올리거나 기존사업으로부터 빠져나오기에 충분한 기간을 의미한다. 최근 기업들의 영업 계획은 중장기 경영 계획에 근거한 연간 계획으로 자리매김하고 있는 추세다. 즉, 경영 계획을 구체화하기 위한 실행 계획의 일환인 것이다. 실행 계획에는 영업 계획, 생산 계획, 자금 계획 등이 있으며, 그것들은 영업 계획을 근거로 책정된다. 그뿐 아니라 영업 계획의 작성은 경영 전반에 영향을 미치는 상당히 중요한 작업이다. 현재 상태보다 한 단계 높은 수준의 손익구조로 가기 위해서는 영업 계획의 작성은 필수적이다. 경영 계획에 근거하여 작성된 영업 계획은 먼저 종합 영업 계획으로 정리한다. 종합 영업 계획이란 시장이나 자사의 판매력을 분석한 후, 목표이익이나 목표매출액을 기업 전체의 계획으로 정리한 것이다. 따라서 이 작성에 관련되는 사람은 경영진이나 본사 스텝이 중심이 된다. 이에 따라 기업의 매출 예산, 즉 목표 수치가 결정된다. 여기서 주의할 것은 목표치를 설정할 때의 방법과 순서다. 목표치의 설정 방법에는 경영진이나 본사 스텝이 설정한 수치를 영업 부문에 지시하는 하향top-down 방식과, 영업 부문이 세운 영업 목표를 보고하는 상향bottom up 방식이 있다.

하향 방식에서는 중장기 경영 계획에 따른 수요가 영업 계획에 직접 반영되지만, 영업 부문에서는 강요된 목표로 비치기 십상이다. 반면 상향 방식에서는 시장의 실태를 반영한 현실적인 목표치가 설정되어 각 영업 담당자의 달성 의욕도 커지게 된다. 그러나 영업 부문에서 작성한 목표는 종종 기업 전체의 요구 수준에 미치지 못하여 영업 계획 작성의 의미가 반감되는 경우도 있다. 따라서 하향식과 상향식의 중간 방식을 생각할 필요가 있다. 즉, 기업으로서 필요예산을 설정하고 그 수준을 기본으로 하여 영업 부문에서 올라온 목표치를 조정하는 것이다. 이 조정 작업에는 시간과 노력이 소모된다. 하지만 전사적인 의견 일치 확보는 최적의 영업 계획을 작성하여 그것을 실행에 옮기기 위해 꼭 필요하다. 종합 영업 계획은 기업 전체의 매출목표는 알 수 있지만, 무엇을, 누구에게, 얼마나 팔면 되는지 구체적인 영업 활동의 방향성은 알려주지 않는다. 그렇기 때문에 이 종합 영업 계획을 담당자별, 고객별, 상품별 등으로 세분화할 필요가 있다. 이것을 개별 영업 계획이라고 한다.

개별 영업 계획은 영업 부문의 책임자 및 관리자들, 나아가 영업 최일선의 담당자가 중심이 되어 작성한다. 여기서 중요한 것은 앞서 기술했듯이 개별 영업 계획이 단순히 영업 부문의 담당자가 제출한 목표치를 누적해 가는 것이 아니라는 것이다. 개별 영업 계획은 전사적인 경영 방침이 반영된 종합 영업 계획을 근거로 작성, 조정되기 때문에 담당자로부터의 누적 수치를 집계한 것과 반드시 일치하는 것은 아니다.

스텝 부서와 조정하라

종합 영업 계획은 경영진의 경영 방침 아래에서 목표이익을 설정하고, 그것을 달성하기 위한 매출액을 결정하는 것이 중심이 된다. 이것은 영업 계획의 큰 틀이라고 할 수 있으며, 중장기 영업 계획이나 관련 부문의 조정이 필요하다. 또한 실제로 달성 가능한 목표인지의 여부에 대한 시장 동향이나 자사 영업력을 분석하는 것도 중요하다.

아무리 보기에 좋은 영업 계획도 실현될 수 없다면 그림의 떡에 지나지 않는다. 본래 영업 목표는 판매 예측에 따라 설정되고 영업 목표와 판매 예측은 동등한 관계에 있다. 그러나 실제로 양자 사이에는 큰 차이를 보이는 사례가 적지 않다. 그 이유는 다음과 같다.

영업 부서는 수요 예측이 어렵다

판매 예측은 수요 예측을 근거로 하지만 수요를 파악하는 데에는 객관적인 데이터의 분석이 필요하다. 그러나 영업 담당자들은 대부분 일상의 영업 활동에 쫓겨 데이터 분석에 필요한 시간이 부족하다.

스텝 부서는 판매 예측이 어렵다

스텝 부서는 데이터를 분석하고 어느 정도의 정확성으로 수요를 예측할 수 있다. 하지만 영업 현장의 실정을 모르기 때문에 수요 예측을 판매 예측과 연관시키는 것이 어렵다.

영업 부서는 낮추는 경향이 있다

영업 부서는 영업 목표 달성률로 평가되기 때문에 목표를 낮게 설정한다. 따라서 목표를 뒷받침하는 판매 예측도 낮게 예상하는 경향이 있다. 실효성 있는 영업 계획을 작성하기 위해서는 스텝 부서와 영업 부서의 의견 조정뿐 아니라 경영진의 생각을 확실히 해둘 필요가 있다. 예를 들면 판매 예측에 맞는 매출액을 달성해도 기업을 유지할 수 있을 만큼의 매출 총이익을 확보할 수 없다면, 경영진은 지속적으로 매출 목표를 끌어 올림으로써 어떻게든 이익을 올리려 할 것이다. 그러나 영업 목표는 영업 계획을 작성하는 과정에서 설정하지 않으면 안 된다. 영업 담당자에게 과도한 영업 목표를 제시한다고 해서 성과가 올라가는 것은 아니다. 영업 목표는 희망적 관측을 근거로 하거나 궁여지책으로 책정해서는 안 된다.

회사 내 의견 차이는 영업 계획의 작성을 시작하기 전에는 되도록 배제해야 한다. 이를 위해서는 먼저 전사적으로 영업 계획의 중요성을 이해할 필요가 있다. 그리고 영업 담당자 한 사람 한 사람이 수요 예측과 판매 예측을 할 수 있는 시스템을 구축해야 한다. 즉, 영업 부서가 관리부서와 연계하여 중요 동향을 정확하게 포착할 수 있는 체제를 만드는 것이다.

이러한 조직 개혁은 대기업뿐만 아니라 중소기업에도 요구된다. 더욱이 경영진은 안이하게 영업 목표를 높이지 말고 손익구조의 근본적인 재검토나 새로운 영업 전략을 고민하는 데 전력을 기울여야 한다.

세일즈 코칭의
성공요인을 파악하라

세일즈 코칭의 정의 내리기

영업 조직 내에 코칭을 도입하는 관리자들이 가장 먼저 해야 할 일은 좋은 코칭 펌을 찾거나 유능한 외부 코치를 소개받는 것이 아니다. 코칭의 정의를 분명하게 내리는 일이다. 코칭의 정의는 매우 다양하다. 회사 자체에서 독자적인 정의를 세우거나 다른 곳의 정의를 그대로 사용해도 상관없다. 그러나 영업 전략이나 영업 관리자경영진을 포함한 영업 관리자의 기대 성과와는 연결고리가 있어야 한다. 예를 들면, 어떤 조직에서는 단순히 '코칭은 구성원의 능력계발을 촉진하는 것'이라는 정의를 내리기도 한다. 또 다른 경우는 '개인의 역량을 지속적으로 계발하여 사업성과를 높이는 과정'이라고 정의하기도 한다.

어떤 식으로든 코칭의 정의를 확실하게 해두면 조직 내에서의 코칭 과정이 의미하는 바가 무엇인지 명확해진다.

영업 관리자에게 코칭 목표를 부여하라

어떤 기업의 영업 혁신이든 현장 영업 관리자들이 참여하지 않으면 아무리 좋은 시도라도 실패할 수밖에 없다. 성과에 대한 보상, 영업 프로세스의 구축, 영업 스킬의 훈련, 코칭 등 영업사원의 기본적인 스킬에서부터 행동 변화까지 모든 것이 영업 관리자를 통하지 않고서는 수행하기 어렵기 때문이다. 어떤 영업 조직에서든 영업 전략과 실행 사이의 근본적인 연결 고리는 영업 관리자다. 이들의 손에 영업 조직의 변화나 성패가 달려 있다고 할 수 있다.

세일즈 코칭의 성패 역시 관리자들의 교육과 훈련 등 지속적인 노력이 없이는 불가능하다. 많은 영업 조직들이 영업 관리자들의 역량을 향상시키기 위해 고민하고 있지만, 그들을 위해 어떻게 해야 하는지에 대한 명확한 답을 가지고 있지는 않은 듯하다.

영업 관리자의 수준이 영업사원의 수준을 높이는 데 가장 중요한 요소라는 데는 어느 정도 공감대가 형성되어 있지만, 회사 임원들이나 경영진들은 관리자의 수준을 높이기 위해 무엇을 해야 하는지는 잘 모른다는 것이 문제다. 대개 임원들이나 경영진들은 미래지향적인 마인드를 가지고 있는 경우가 많아서 그러한 현실 앞에서 더욱 실망이 클 수밖에 없다.

SEC가 회원사들을 상대로 영업 관리자의 능력을 조사했을 때, 놀랍게도 63%의 기업들이 자기 조직의 관리자들이 미래에 변화하는 영업 모델에 맞추어 성공적으로 업무를 수행할 수 있는 기술과 자질을 갖추고 있지 않다고 보았다. 그리고 관리자 중 9%는 현재의 역할을 성공적으로 수행할 수 있는 능력을 갖추고 있지 않다고 평가했다. 조사 대상 기업의 4분의 3이 새로운 환경에서 좋은 성과를 낼 수 있는 영업 관리자들을 보유하고 있지 않다고 스스로 진단한 것이다. 이것은 대단히 심각한 결과다. 임원들은 영업 관리자의 역할이 매우 중요하다는 사실에는 동의했지만, 관리자들의 능력에 대해서 확신을 가지는 경우는 매우 드물었고, 대부분 이 문제를 어떻게 극복해야 하는지도 모르고 있었다.

메슈 딕슨Matthew Dixon과 브렌트 애덤슨Brent Adamson은 세계적 수준의 영업 관리자들의 주요한 특징을 밝히기 위해 '영업 리더십 진단'이라는 설문 조사지를 고안했다. 65개 이상의 기업이 1만2천 명의 영업사원을 대상으로 이 조사를 시행했으며, 이를 통해 2천 5백 명 이상의 현장 영업 관리자에 대한 자료를 수집했다. 이 조사에서는 먼저 영업 관리자로서 갖추어야 할 기본 소양에 관한 항목으로 정직, 신뢰, 인정, 팀원에 대한 인정, 팀 관리 능력 등에 대해서 질문했다. 이런 것들은 영업 조직에서만 필요한 것은 아니지만 매우 중요한 요소다. 이들이 이러한 요소들을 질문에 포함한 이유는 영업 관리자의 성과를 결정짓는 데 영업사원들이 생각하는 특성이 다른 특성들과 어떻게 비교되는지 알아보기 위해서였다.

〈그림 12-1〉 영업 관리자들의 기본자질 항목

　두 번째로는 실제 영업 능력과 관련된 특성들을 조사했다. 영업 관리자들이 영업사원들을 대신해서 영업 활동을 하는 것은 바람직하지 않지만, 영업사원들이 더 좋은 성과를 낼 수 있도록 도움을 주기 위해서는 어떻게 영업을 해야 하는지를 알아야 하는 것은 당연하다. 따라서 이와 관련해 협상 능력이나 영업 스킬 등 영업 관리자들의 영업능력에 관해 질문했다.

　세 번째는 영업 관리자의 코칭 기술에 관한 질문이다. 관리자들이 코칭을 하기 위해 준비하고, 영업사원들의 업무 능력 향상에 도움을 주었는가? 다음으로 고객사 공략 계획, 영업 담당 지역 관리, 제안의 참신성 등 영업과 직접적으로 관련된 리더십에 대해 질문했다. 과학적인 분석 방법을 통해 이들이 이번 조사를 통해 발견한 것을 살펴보면 다음과 같다. 우선 관리자의 기본적 소양과 영업 능력에 대해서 살펴보자. 여기서 관리자의 기본 자질이란 신뢰감, 정직, 경청 능력 등을 의미하며, 그들의 성공을 결정짓는 데 약 4분의 1 정도의 영향을 미치는 것으로 드러났다〈그림 12-1〉. 기본적 자질은 영업 관리자가 어떤 역할을 하든 상관없이 어떤 관리직에서든 성공적인 역할을 수행하기 위해 필요한 것이다. 흥미로운 사실은 이러한 자질의 정도에 대한 평가는 특정 선상에 다양하게 분포되지 않고 긍정 아니면 부정이라는 극단적인 형태로 분포되어 있었다는 사실이다. 즉, 누군가를 '신뢰할 수 있거나 없거나', '정직하거나 그렇지 않거나'의 경향을 보인다는 것이다. 이러한 요소들이 영업 관리자를 고용할 때 중요하게 고려해야 할 선천적인 특성이지, 고용하고 나서 장기적으로 개발할 수 있는 특성이 아니라는 것이다.

다시 말하면, 우수한 영업사원이 반드시 우수한 영업 관리자가 되는 것은 아니라는 것이다. 우수한 영업 관리자가 되는 데는 뛰어난 영업 실적만 가지고는 충분치 않으며, 관리 업무에서도 우수한 성과를 보여야 한다. 그런데 많은 기업들이 여전히 영업성과를 바탕으로 현장 영업 관리자를 고용한다. 이러한 방식은 곧 고용 실패의 가장 큰 원인이 된다. 영업 관리자에 대한 이들의 분석에서 4%는 기본 자질 중에서 적어도 한 측면에서 매우 나쁜 성과를 보였다. 따라서 SEC가 진단을 시행한 회원사에 가장 먼저 제안한 것 중 하나는 이 범주에 속하는 영업 관리자들에게 새로운 자리를 찾아 주라는 것이었다. 왜냐하면 우수 영업 관리자가 갖추어야 할 자질들을 논하기 전에 이미 영업 관리자로서 갖추어야 할 기본 자질들마저 충족시키지 못했기 때문이다.

회원사들은 이들의 연구 자료를 통해 우수한 영업성과가 우수한 영업 관리자가 되는 것을 보장해 주지 않는다는 사실을 알게 되었고, 새로운 대안을 찾을 수 있었다. 우수 영업 관리자의 프로파일을 명확하게 이해한다면, 기업은 관리자들의 관리 방식을 개선하여 영업사원들을 효과적으로 지원 가능한 사람들을 선발할 수 있을 것이다. 몇몇 자질, 특히 정직, 신뢰감과 같은 기본 자질은 시간을 들인다고 해도 발전시키기 어렵다는 것을 알고 있다면, 처음부터 이러한 자질에 부합되지 못하는 사람들은 선발 대상에서 제외하는 것이 좋다. 그러나 우리 기업들의 전통적인 인터뷰 방식으로는 인재들에게 잠재되어 있는 기본적 소양과 관리 능력을 확실하게 측정하기 어렵다. 물론 앞서가는 기업들은 영업 관리자를 선발하기 전에 후보자들에게 실제 업무를 수행할 기회를 준 다음, 그들이 관리자로서 성공하는 데 필요한 핵심적인 자질과 능력을 갖추었는지 평가하기도 한다.

우수 관리자의 영업적인 측면

영업 관리자의 우수성을 결정하는 특성들은 대부분 세 개의 큰 범주 중 하나에 속한다는 사실을 알 수 있다. 이것은 영업하기, 코칭하기, 주인 의식 가지기 등이다. 여기서 주인 의식이라고 하는 것은 고위 경영진이 영업 관리자들에게 기대하는 다양한 측면의 사업적 애사심에 관련된 것이다. 즉, 관리자들이 담당하는 영업 지역을 마치 자신의 개인 사업처럼 열성을 다해 경영할 수 있는지를 점검하는 것이다. 〈그림 12-2〉을 통해서 최고의 영업 관리자들에게는 여전히 영업

영업(26.5%)	코칭(28.0%)	자기 경영 · 주인 의식(45.4%)	
		16.2	29.2
26.6	28.0		

영업	코칭	자원 배분	영업 혁신
• 고객에게 고유의 관점을 제공함 • 고객의 필요사항과 우선 순위에 맞추어 제안함	• 영업사원들이 효과적으로 맞추어 제안하도록 • 영업사원들이 어떻게 그리고 언제 주도권을 확보할지 보여줌	• 영업절차를 준수하도록 하기 • 징계하기	• 단위 영업 건에서의 문제를 해결할 새로운 방안을 마련하기 • 제안을 새롭게 제시할 혁신적인 방법을 마련하기
*참고 : 관리자의 기본 자질 중 영업 능력은 26.6%, 예를 들면 영업(selling), 코칭 (coaching), 주인 의식(owning)은 나머지 73.4%를 차지함			

〈 그림 12-2 〉현장 영업 관리자의 성과에 영향을 미치는 요인들

적인 측면도 중요하다는 사실을 확인할 수 있다. 여기서 26.5%라고 하는 것은 그만큼 영업에 시간을 투입하고 있다는 의미는 아니다.

우수한 영업 관리자들이 다른 관리자들보다 뛰어난 이유 중 26.5%가 우수한 영업 능력 때문이라고 해석해야 할 것이다.

영업 관리자들에게도 영업 능력은 여러모로 필요하다. 관리자들은 상황에 따라 공백이 된 지역을 일시적으로 담당할 수도 있고, 대형 거래를 성사시키는 데 조력자 역할을 하거나 고객사의 요청에 따라 상위 직급자나 의사 결정자로서 협상에 임해야 할 때도 있기 때문이다.

무엇보다 핵심적인 것은 영업사원들이 영업 활동에 대해 배울 수 있는 역할 모델이 되어야 한다는 것이다. 다음으로 영업 관리자 능력의 28%를 결정짓는 요인은 코칭에 관한 것이다. 코칭은 관리자의 능

력을 결정짓는 중요한 요소이며, 영업사원의 성과를 개선하는 데 큰 역할을 한다. 효과적인 코칭을 구성하는 구체적인 요소들을 살펴보면 '영업사원이 효과적으로 제안하도록 가이드 역할하기', '영업사원에게 언제, 어떻게 주도권을 확보해야 하는지 보여 주기', '복잡한 협상 과정에서 영업사원 조력하기' 등 영업사원의 영업 전략과 스킬을 향상시키는 데 초점이 맞추어져 있다는 것을 알 수 있다. 여기서 꼭 한 가지 짚고 넘어갈 것이 있다. 이 연구 조사를 실시한 메슈 딕슨과 브렌트 애덤슨의 영업 관리자의 코칭과 영업 관리의 차이에 관한 해석이다. 이들의 설명은 세일즈 코칭에 대한 관심이 날로 높아지고 있는 국내 영업 분야의 종사자들이나 임원을 포함한 경영진과 관리자들에게 시사하는 바가 크다. 많은 영업 관리자들이 좋은 영업 관리와 코칭을 동일시한다. 그러나 관리자들의 우수성은 단지 코칭과 관련된 것뿐만 아니라 리더십, 방향성, 가이드를 제공하는 능력 등 일반적인 측면들과도 관련이 있다. 즉, 조직의 비즈니스를 마치 자신의 사업을 관리하는 것처럼 효과적으로 수행할 수 있느냐에 달려 있다는 것이다. 실제로 조사 자료를 보아도 영업 관리자의 우수성을 결정하는 약 45%는 전반적으로 비즈니스를 관리하는 역량에 달려 있다. 우수한 영업 관리자들은 자신이 관리하는 영업사원들을 코칭하는 데도 환상적인 능력을 보여 주지만, 이들이 직접 비즈니스를 실행하는 데는 더욱 우수한 능력을 보여 주는 것으로 나타났다. 뛰어난 코칭도 중요하지만, 이것은 단지 우수한 영업 관리자가 지녀야 할 많은 능력 중에 일부라는 이야기다. 가장 높은 비율을 차지하는 것은 영업 혁신이었다. '혁신'이라는 용어는 다양한 의미로 쓰인다. 여기서 연구자들이 말하는 혁신의 의미는 관리자가 영업사원과 협력하여 현재 영업 활동에 걸림돌이 되는 것이 무엇인지 파악하고, 고객이 어떠한 어려움에 왜 처해 있는지 평가하며, 해당 사안을 원활하게 진전시킬 방법을 찾아내는 것이다. 그리고 새로운 가치를 정립하거나 아니면 새로운 기능의 제품을 창조하는 것이 아니라 오히려 공급사가 가진 역량들을 각각의 고유한 환경에 맞추어 창조적으로 결합하고 이 역량들을 기존에 문제가 되던 방해 요소들과 어떤 관계가 있는지 보여 주는 것이다. 또한 이것은 고객이 처한 구체적인 상황, 즉 현실적 상황에 맞추어 창조적으로 영업 전략을 수정하는 것이다. 이러한 영업 혁신이 말해 주는 것은 우수한 성과를 내는 영업 관리자들은 곤경에 빠진 프로젝트를 다시 정상 궤도로 진입시키는 뛰어난 능력을 갖추고 있다는 것이다. 그렇다면 혁신과 코칭은 어떻게 다른 것일까? 코칭은 알려진 행동 방식을 통해 성과를 내는 것으로, 성공으로 가는 길을 예측할 수 있는 무척 완벽한 접근 방법이다. 반대로 혁신은 예측할 수 없는 장애물을 극복하면서 성과를 이끌어 내는 것으로, 역동적이고 예측 불가한 일들이 일어나는 환경에 잘 들어맞는다. 혁신을 추진할 때는 영업사원도, 영업 관리자도 해답을 가지고 있지 않으며, 효과적인 방법을 찾기 위한 관리자의 리더십을 바탕으로 협력한다. 관리자들은 모르는 것을 코칭 하기는 어렵지만 모르는 것에 대해 혁신할 수는 있다. 이들의 연구를 통해 알게 된 가장 의미 있는 것이 바로 이 혁신의 중요성이 아닐까 싶다. 영업 혁신은 29.2%로 세계적 수준의 영업 관리자들의 성과와 관련한 영업 특성으로 가장 큰 부분을 차지한다. 이것은 영업 능력보다 더 중요하며, 자원 배분 능력보다 훨씬 더 중요하다. 코칭은 28%로 1위인 혁신과 거의 차이가 나지 않는다. 여기서 흥미로운 사실은 사람들이 지난 5년간 많은 시간을 코칭에 주목하며 투자해 왔지만, 영업 혁신과 관련해서는 대부분의 리더들이 심각하게 생각해 보지 않았다는 것이다.

이 연구에서 또 한 가지 주목할 점은 많은 영업사원들이 영업 관리자의 코칭 능력에 대해서는 높은 점수를 주었지만, 혁신과 관련된 특성에서는 낮은 점수를 주거나 아니면 코칭 능력과 정반대로 평가했다는 점이다. 이 두 가지 능력이 서로 독립적으로 움직였다는 것이다. 이는 곧 영업 관리자가 아무리 최고의 코칭 능력을 가지고 있다고 해도 많은 영업 프로젝트들이 여전히 진행되고 있지 못하다는 방증이다. 공통의 영업 프로세스와 필요한 영업 스킬을 코칭을 통해 숙달한다 하더라도 현재 정체된 상황을 타개하는 것은 여전히 어려운 일임을 알 수 있다.

체계화된 코칭은 복잡한 영업 환경에서 영업사원의 성과를 개선하는 데 가장 큰 기회를 제공하는 것으로 알려져 있다. 그러나 사실 이것은 생산성을 증대시키는 요소들 중 가장 잘못 이해되고 있는 것 중의 하나다. 그렇다면 왜 많은 국내 영업 조직에서 코칭을 잘 활용하지 못하는지를 코칭의 정의를 통해 한번 살펴보자. SEC는 기업들의 도움을 받아 코칭의 정의를 다음과 같이 내렸다.

"영업사원의 행동을 진단하고, 수정하고, 강화하는 과정으로 구성된 영업 관리자와 영업사원 사이의 지속적이고 역동적인 상호작용"

코칭의 정의에서 나타난 바와 같이 영업 조직 내에서 코칭은 영업사원 행동진단, 수정을 위한 피드백, 강화를 위한 교육과 훈련 등의 상호작용을 지속적으로 실행하는 것이라 할 수 있다. 따라서 코칭이라는 한 가지 방법에 의존하기보다는 영업사원에 대한 진단과 디브리핑, 교육과정과 코칭의 통합적 활용, 그리고 영업 관리자의 노하우와 시범 등의 방법이 개방적으로 통합과 지속성이 담보될 때 효과가 크고 영업 현장에 바로 적용할 수 있다. 그런데 국내 기업들의 경우, 편협한 '코칭신화', '깨달음의 신화'에만 의지한 채 코칭을 스킬로만 접근했기 때문이다.

코칭을 도입하려는 영업 조직이 반드시 기억해야 할 세 가지 원칙이 있다. 첫 번째로, 코칭은 지속적이라는 점이다. 코칭은 일회성 행사나 일련의 교육 이벤트와 다르게 지속성을 요구한다. 두 번째로, 개별 영업사원에 대한 구체적인 진단을 바탕으로 한다. 따라서 코칭은 개인에게 맞추어져 있다. 교육이 일반적으로 같은 교육 내용을 같은 형식으로 모든 사람들에게 전달하는 것이라면, 코칭은 특정 개인의 요구에 전적으로 맞추어져 진행된다. 마지막으로, 코칭은 행동과 관련된다. 코칭의 목표는 기술이나 지식을 습득하는 것이 아니라, 습득된 기술을 실제로 어떻게 적용할지 보여 주는 것이다.

많은 조직에서 코칭을 비공식적인 교육으로 생각하지만, 효과적인 코칭은 실제로는 매우 공식적이다. 코칭은 매우 조직적이며 주기적인 일정에 따라 시행된다.

영업 관리자들이 코칭을 한다고는 하지만, 사실은 그냥 관리만 하고 있을 뿐인 경우가 대부분이다.

'어떻게 하면 영업 관리자들이 코칭을 효과적으로 할 수 있을까?'라는 질문에 대해 수년간 연구하고 고민한 결과, 조직의 경영진이나 영업 관리자들이 무엇을 목표로 코칭을 해야 하는지에 대한 방향성이 없이는 코칭의 효과도, 영업성과도 기대하기 어렵다는 결론에 도달했다.

외부 강사나 코치를 초빙해서 몇 시간의 코칭 교육을 시켜 놓고 "자! 가서 영업사원들을 코칭하세요!"라고 외친들 아무 소용이 없다. 그보다는 관리자들에게 코칭 스킬을 통해 구체적으로 무엇을 어떻게 할지를 알려 주어야 한다. 즉, 영업과 관련해서 어떤 일을 해야 하고, 무엇이 최선인지를 알려 주어야 한다.

많은 영업 관리자들이 '코칭' 하면 '동행 방문'을 떠올리고 그것이 전부인 것처럼 생각하고 있으나, 세일즈 코칭은 그 이상의 것들을 포함하고 있다. 세일즈 코칭은 전략적이고 과학적인 설계가 필요한 성과 향상 시스템이라는 것을 기억해야 한다. 동행 방문은 세일즈 코칭의 일부분에 불과하다.

영업 현장에서 관리자들이 코칭을 할 때 가장 쉽게 범하는 실수 중의 하나가 영업 실적 자체를 놓고 하는 결과에 대한 코칭이다. 현장의 영업사원들은 관리자가 자신에게 행하는 것은 코칭이 아니라 '실

적 추궁'이라고 토로한다. 즉, 영업사원의 행동이 아니라 결과에 초점
이 맞추어진 실적에 대한 평가와 면담은 결코 코칭이라 할 수 없다.

효과적인 세일즈 코칭을 위한 'PAUSE' 활용하기

영업사원의 역량을 향상시키기 위해 세일즈 코치로서 영업 관리
자의 역할은 매우 중요하다. SEC사는 약 10여 개의 기업을 대상으
로 영업 관리자의 코칭 역량을 개선하고, 혁신적으로 거래를 이끌 수
있는 스킬들을 가르치며, 현재 영업 관리자들의 전반적인 능력을 향
상시키는 데 도움을 줄 수 있는 프로그램을 진행했다. 이 영업 관리
자 개발 프로그램의 중요한 요소 중 하나는 '가정 기반 코칭'이다. 가
정 기반 코칭은 영업 관리자들이 어떻게 하면 좋은 것인지에 대한 명
확한 가정을 하고 시작한다. 이들은 이것을 각각의 방법의 알파벳 첫
글자를 따서 'PAUSE'라고 부른다.

코칭 대화 준비하기(preparation for coaching conversation)

코칭 세션을 진행하기 전에 영업 관리자들은 충분한 사전 준비를
해야 한다. 준비를 통해서만 코칭의 연속성을 유지할 수 있다. 영업
사원이 영업의 어느 단계에 머물러 있는지 한번 생각해 봄으로서 관
리자들은 영업사원에게 어떤 행동들이 현재 중요한지 파악할 수 있
다. 이것은 영업사원이 상황을 잘 파악하지 못하는 문제를 가지고 있
을 때 그것을 해결하는 첫 번째 단계가 된다.

관계 확증하기(affirm the relationship)

영업사원이 코칭을 받을 준비가 되어 있지 않거나 코치로서 관리자의 역할을 인정하지 않는다면, 코칭을 위한 노력은 시간 낭비일 뿐이다. 관리자는 성과 관리와 코칭을 구분할 줄 알아야 한다. 그리고 이를 자기 계발을 강조할 수 있도록 교육받을 필요가 있다. 성과 관리와 코칭 사이에 명확한 구분을 하기란 쉽지 않지만, 코칭을 효과적으로 할 수 있는 '안전한' 상황을 만드는 것은 가능하다.

예상된(관찰된) 행동 이해하기(understand expected/observed behavior)

많은 관리자들이 코칭을 하면서 관찰한 것을 어떻게 해석해야 할지, 영업사원들을 관찰할 때 실제로 무엇을 중점적으로 해야 할지 고민에 빠진다. 만약 영업 관리자가 미팅에서 어떻게 행동하는 것이 바람직한지 이해하고 있다면, 실제로 영업사원이 그렇게 하고 있는지 더 쉽게 평가하고 코칭해 줄 수 있을 것이다.

행동 변화를 구체화하기(specify behavior change)

관리자가 영업사원들의 핵심 행동이 무엇인지 이해하고, 그 행동을 정의하는 객관적인 기준을 가지고 있다면 이에 관한 구체적이고 객관적인 의견을 영업사원들에게 쉽게 전달할 수 있을 것이다. 이러한 구체적인 의견을 통해 코칭이 너무 포괄적이거나, 주관적인 의견으로 끝나거나, 초점을 잃어버리거나, 강압적인 분위기에서 진행되는 것을 예방할 수 있다.

새로운 행동이 자리 잡도록 하기(embed new behaviors)

이 단계는 코칭이 일시적인 것으로 끝나지 않고 조직 내에서 제도화된 절차로 자리 잡도록 하는 것이다. 회사는 영업 관리자들이 각 영업사원의 구체적인 행동 계획을 수립하고, 연속성을 가지고 코칭을 진행할 수 있도록 툴을 제공해야 하며, 관리자들의 코칭 역량이 지속적으로 향상될 수 있도록 지원해야 한다.

5 Step(COACH) 모델

5 Step^COACH 모델은 필자가 한국코치협회로부터 인증받은 영업 관리자 코칭 모델이다. 2014년에는 한국산업인력관리공단으로부터 '핵심 직무 프로그램'으로 인증되어 많은 중견 및 중소기업들의 영업 관리자들과 임원들의 코칭 훈련에 활용되었고, 실제 영업 현장에서 그 효과성을 인증받은 강력한 세일즈 코칭 모델이다.

조직 내에서 영업성과 향상을 위해 코칭 한다는 것은 영업 관리자가 영업사원들의 역량이 영업 전략을 뒷받침할 수 있는지 점검하고 궁극적으로는 이러한 역량을 영업사원들이 마스터할 수 있도록 돕는 과정이라고 할 수 있다. 따라서 코칭을 영업 조직에서 시스템화하려면 다음과 같은 5단계를 반드시 거쳐야 한다.

기대를 명확히 커뮤니케이션하라(Clearly Communication)

영업 조직 내에서 관리자와 영업사원 간의 커뮤니케이션 목적은 관리자가 영업사원들에게 무엇을 기대하는지를 확실하게 이해시키고 영업사원이 그것에 집중하게 하기 위한 것이다.

관리자의 기대를 명확히 하고 커뮤니케이션한다는 의미는 마치 퍼즐의 완성된 모습을 영업사원과 함께 바라보는 것과 같다. 즉, 관리자의 입장에서는 영업사원에게 미래에 대한 청사진을 제시하고, 그 청사진에 도달하기 위해 어떤 것들을 지원해 줄 수 있고 도와줄 수 있는지를 구체적으로 이해시키는 과정이다.

영업사원의 입장에서는 자신의 미래에 대한 완성된 그림을 관리자와 함께 그려 보며 그것을 이루기 위해 무엇을 개발하고 어떤 노력을 기울여야 하는지 이해하는 과정이라고 할 수 있다. 관리자들은 성과에 영향을 미치는 요소들에 대하여 다음과 같이 구체적으로 커뮤니케이션해야 한다.

- 어떠한 요소가 성과에 영향을 미치는지를 알고 있다.
- 성과에 영향을 미치는 요소들이 각각 왜 중요한지에 대해 이야기한다.
- 성과에 영향을 미치는 요소들을 영업사원이 습득하고 스스로 실행할 수 있도록 본보기를 보여 준다.
- 성과에 영향을 미치는 요소들에 대한 가치를 제공함으로써 동기를 부여한다. 또한 다음과 같이 스스로에게 질문하고 그 해답을 정리해 놓아야 한다.
- 어떤 것이 효과가 있었고, 어떤 것이 효과가 없었나?

- 목표 달성으로 우리가 기대했던 이익이 발생했는가?

- 만약 이 일을 다시 한다면 어느 부분을 다르게 할 것인가?

- 일을 더 잘할 수 있도록 팀에 충분한 자원과 권한을 줬는가?

- 향후 더 큰 목표를 잘 달성하기 위해 추가할 것들은 무엇인가?

기대를 관찰하라(Observe On-The-Job Performance)

영업 관리자들은 영업사원이 있는 곳으로 나가서 무슨 일이 일어나고 있는지 관찰해야 한다. 그리고 어떤 것을 올바르게 하고 있다거나 그렇게 하려고 시도한다면 그들을 인정해 주고 칭찬해 주어야 한다. 칭찬은 영업 관리자의 기대에 대해 명확하게 설명해 주고 기대를 강화시키는 좋은 방법이다. 만약 영업사원들이 어떤 일을 올바르게 처리하지 않는다면, 관리자는 그들을 관찰한 후에 재지시를 해야 한다. 즉, 관리자의 기대를 다시 한 번 명확하게 이야기해야 한다.

많은 성공의 비결은 관찰에 있다. 즉, 대상자의 행동과 행위들을 아주 세심하게 관찰하는 것이다. 관리자들이 자신들의 기대를 명확하게 설명했는지 그리고 그것들이 제대로 실행되고 있는지는 오직 관찰로 판단해야 한다. 이것은 대단히 중요하다. 관리자들은 먼저 영업사원에게 기대를 명확히 설명하고 나서 관찰 결과를 토대로 사후 조치를 취해야 한다. 전문적인 코치와 영업 관리자의 역할은 크게 다르지 않다. 따라서 전문적이고 유능한 코치들이 무엇을 하고, 무엇을 하지 않는지 주목할 필요가 있다.

당신은 정보 수집, 피드백, 인내심이 요구되는 대화 등 세심한 관찰을 통해 올바르게 지도하고 지지함으로써 영업사원들로부터 최고의 성과를 이끌어 내야 한다. 성공의 비결은 인내심 있는 관찰에 있다. 그것도 아주 세심한 관찰 말이다. 특히 훌륭한 코치라면 반복해서 실수하는 영업사원뿐만 아니라 유능한 영업사원에게도 좀 더 잘할 수 있도록 집중하고 세세한 부분까지 관심을 기울여야 한다.

강점을 평가하라(Assess Strengths & Opportunity for Growth)

무엇을 평가한다는 것은 그것의 가치를 결정하는 것이다. 영업사원들은 영업 조직이 가지고 있는 가장 소중한 자원이다. 따라서 영업 관리자들은 영업사원들의 강점을 파악하고, 그들의 현재 가치를 평가하기 위해서 그리고 그들의 가치를 어떻게 높일 것인지 방법을 찾기 위하여 개발이 필요한 영역을 결정해야 한다. 평가하는 것은 영업사원들에게 그들의 결과에 대한 정보를 단순히 제공하는 것이 아니라 영업사원들의 가치를 높이기 위하여 어떻게 해야 하는지를 판단하는 과정이다.

평가는 관리자로 하여금 영업사원이 능력을 발휘하는 데 방해가 되는 잠재적인 장애 요소들을 발견할 수 있게 해 준다. 일단 잠재적인 장애 요소들을 발견했다면, 영업사원과 관리자는 그러한 장애 요소들을 제거하고, 영업사원의 가치를 높이기 위한 전략을 개발해야 한다. 더 높은 성과를 달성하기 위한 핵심 사항은 현재 수준의 개선과 그 개선에 대한 평가를 통해서 얻어진다. 성장과 개선을 위해 관리자들은 다음과 같이 자문해야 한다.

- 실적이 향상되고 있는가?

- 잠재적인 고객의 숫자가 증가하고 있는가?

- 영업사원이 코칭을 받고 있는 영역에서 개선을 보이는가?

- 영업사원이 성공에 필요한 지식, 스킬, 태도를 가지고 있는가?

- 영업사원이 문제 상황을 효율적으로 처리하고 있는가?

- 영업사원이 새로운 아이디어를 시도하는 데 개방적이며, 그렇게 할 의지가 있는가?

- 업무에 문제를 일으키는 개인적 문제들이 있는가?

영업 관리자는 영업사원과 함께 있을 때마다 이러한 것들과 평가 영역에 관하여 논의해야 한다. 그들은 보고서에서 숫자를 검토할 뿐만 아니라 영업사원들의 진척상황에 관한 균형 있는 평가를 지원하기 위해 성공에 필요한 질적인 측면도 검토해야 한다. 즉, 관리자는 영업사원들이 어떻게 하고 있는지 지속적으로 평가해야 한다.

평가를 하면 많은 이점이 있다. 평가하다 보면 단순히 보고서에 표시된 숫자만을 검토하는 것이 아니라, 측정 척도를 통해 구체적으로 목표에 대한 진척상황과 프로세스를 거치게 된다. 이는 영업사원들의 진척상황에 관해 전반적으로 균형 있는 평가를 지원하기 위함이다. 평가는 활동과 행위들을 평가하는 것 외에도 질적인 측면도 검토가 가능해 영업사원과의 매우 효과적인 대화의 기회가 될 수도 있다. 그래야 영업사원의 개인적 성과와 영업 결과가 좋아질 수 있다.

제대로 코칭하라(Coach for Optimum Performance)

영업 실적을 향상시키는 데 필요한 방법은 개개인에 따라 다르다. 기본적인 내용의 핵심은 같더라도 자세한 사항까지 일일이 지시받고 싶어 하는 사람, 칭찬을 받으면 잘하는 사람 등 다양하다. 단지 남과 비교되는 것만으로도 분발하는 사람도 있다. 그들이 실적을 향상시키는 방법은 저마다의 능력, 성숙도, 성격 등의 요인에 따라 결정된다. 그렇기 때문에 더더욱 상대를 정확하게 파악하여 적절한 방법으로 대처해야 한다.

또 영업사원의 실적이 오르지 않는 경우를 보더라도 그 이유는 사원의 행동에 문제가 있는 경우, 프레젠테이션 기술에 문제가 있는 경우, 아니면 동기부여에 문제가 있는 경우 등 다양하다. 따라서 병원에 가면 의사가 문진한 후에 치료를 하듯, 코칭 역시 먼저 영업사원 개인의 특성과 문제를 제대로 파악하고 나서 개별적으로 코칭 하는 것이 효과적이다.

그런데 단체 연수나 일방적인 교육을 통해서는 이처럼 개인에 대한 배려를 찾아보기 힘들다. 실적이 저조한 원인은 개별적으로 다른데 모두가 똑같은 교육과 훈련을 받게 되는 것이다. 그 내용이 자신에게 꼭 들어맞는 영업사원은 실적 향상을 기대할 수 있겠으나, 그렇지 않은 영업사원은 실적 향상과는 직접적인 관계가 없는 교육을 받고 있는 것이다. 이러한 이유로 영업사원에 대한 지도는 개개인에게 꼭 맞는 코칭에 의해 이루어지는 것이 바람직하다.

습관화하라(Habituation)

코칭의 최종 목표는 코치의 도움이 없이도 영업 관리자의 기대를 영업사원의 습관으로 자리 잡을 수 있도록 하는 것이다. 세일즈 코치의 가장 큰 보람은 '평범했던 영업사원이 어느 날 자신을 우뚝 일으켜 세우는 모습을 목격하는 것'이다. 영업 관리자는 팀의 목표 달성에 책임을 진다.

그러나 영업 활동을 직접 할 수 없는 경우가 대부분이므로 팀원들에게 의존해야 한다. 따라서 영업사원들이 목표를 달성할 힘을 기르게 하기 위해 개개인에게 필요한 것들을 습관화하도록 해야 한다. 관리자가 그들에게 기대하는 바를 지속적으로 전달하고, 그것에 대한 책임을 지게 할 때 각자의 습관으로 자리매김할 수 있다.

이 모델은 수년간 다양한 기업에 적용해 본 결과, 영업 관리자들의 코칭 역량을 개선하고, 영업사원들의 역량을 향상시키는 데 탁월한 툴임이 입증되었다. 따라서 영업 조직에 코칭을 도입하고자 하는 교육 담당 부서와 경영진에게 감히 조언하건대, 이 5단계에 대한 충분한 이해를 거친 후에 코칭 스킬은 가장 나중에 학습해도 절대 늦지 않음을 말하고 싶다.

이 조언을 받아들이지 않고 코칭 스킬에만 집중한다면 '코칭 스킬은 열심히 배웠는데, 영업 성과와 연결 짓기 위해 뭘 어떻게 해야 하지?'라는 질문을 스스로에게 하게 될 것이다.

코칭의 두 가지 중요한 속성

코칭에는 두 가지 중요한 속성이 있다. 첫 번째는 코칭이 계속 진행되는 과정에 있다는 것이다. 코칭은 단 한 번으로 끝나지 않으며 반복적이고 지속적으로 이루어져야 하는 일상의 과정이다. 코치들은 종종 기본적인 것들에 집중하며, 동일 기술을 반복해서 코칭하기도 한다.

프로 축구 선수들을 위한 춘계 훈련이나 시즌 시작 직전의 훈련을 보자. 그들 대부분이 오랫동안 운동을 해 온 프로들임에도 불구하고 훈련에서의 주안점은 기본적인 것들이다. 능력의 향상을 가져오는 것은 바로 이처럼 지속적인 강화에 의해서다. 강화는 바람직한 행위의 모습을 구축한다. 그것은 영업사원이 특정 영역에서 서서히 기술들을 완성해 가는 과정에서 관리자가 세심하게 관찰한 것에 대해 피드백을 통해 지속적으로 강화하는 것을 의미한다. 코칭이란 단 한 시간 또는 단 한 번으로 끝나는 것이 아니며, 오랜 시간과 반복이 필요하다.

두 번째는 코칭에 관하여 배울 때 가장 어려운 것이 바로 관리자 자신을 두 번째로 둔다는 사실이다. 코치들은 게임을 하지 않는다. 그들은 지켜만 본다. 그들은 자신의 선수들이 경기를 하도록 지원한다. 이것은 성과가 최고인 일부 영업 관리자들에게는 무척 어려운 일이다. 관리자가 영업을 잘할지라도 자신은 직접 영업 현장에서 뛰는 영업사원의 뒤쪽으로 한 발짝 물러나 있어야 한다. 당신이 보았던 스포츠 경기에서, 특히 축구나 야구 경기에서 코치들은 어디에 있는가? 그들은 경기장 밖에 있지만, 사이드라인에서 진행되고 있는 모든 것들을 지켜보고 있다.

코칭은 영업 관리자들이 할 수 있는 가장 효과적인 영업사원 스킬 개발 방식으로, 그들의 잠재력을 최대한으로 끌어올리고 목표를 달성하도록 지원하기 위해 지식과 경험을 공유하는 활동이다. 따라서 영업사원들이 참가하는 영업 훈련 프로그램이 있다면 코칭을 통해 반드시 그것을 보강하고 지원해야 한다.

영업사원에게 코칭은 강의실 훈련보다 각 개인의 요구와 강점에 맞출 수 있다는 장점이 있다. 효과적인 코칭이 되려면 코칭을 받을 사람과 그가 처한 상황 그리고 현재 그가 지닌 기술을 세심하게 관찰하고, 그의 이야기를 경청하며, 솔직하게 피드백해 주어야 한다. 질문도 지시적인 것보다는 비지시적인 것이 더 효과적이다. 그리하여 자신의 약점 때문에 실패하는 영업사원들에게 다르게 일할 수 있도록 지도해야 한다. 아울러 피드백을 통해 지속적인 코칭이 이루어져야 함은 물론이다. 마지막으로 잊지 말아야 할 것은 코칭은 성과에 대한 검토가 아니라는 사실이다.

세일즈 코칭 용어의 정리

효과적인 코칭을 위해 가장 중요한 요소는 프로세스다. 즉, 코칭 세션을 반복해 나가는 것이다. 코칭 스킬을 배우다 보면 대화모델을 접하게 된다. 국내만 하더라도 한국코치협회에서 인증받은 코칭 프

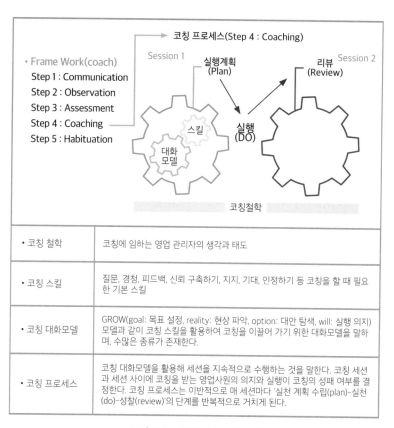

• 코칭 철학	코칭에 임하는 영업 관리자의 생각과 태도
• 코칭 스킬	질문, 경청, 피드백, 신뢰 구축하기, 지지, 기대, 인정하기 등 코칭을 할 때 필요한 기본 스킬
• 코칭 대화모델	GROW(goal: 목표 설정, reality: 현상 파악, option: 대안 탐색, will: 실행 의지) 모델과 같이 코칭 스킬을 활용하여 코칭을 이끌어 가기 위한 대화모델을 말하며, 수많은 종류가 존재한다.
• 코칭 프로세스	코칭 대화모델을 활용해 세션을 지속적으로 수행하는 것을 말한다. 코칭 세션과 세션 사이에 코칭을 받는 영업사원의 의지와 실행이 코칭의 성패 여부를 결정한다. 코칭 프로세스는 이반적으로 매 세션마다 '실천 계획 수립(plan)-실천(do)-성찰(review)'의 단계를 반복적으로 거치게 된다.

〈그림 12-3〉 세일즈 코칭 용어의 정의

로그램마다 대화모델이라는 것이 다 다르다. 물론 대화모델들의 기본구조는 거의 대동소이하다. 어쨌든 코칭 과정에서 대화모델은 매우 중요하다. 그러나 앞서 제시한 'PAUSE'나 '5 Step 모델'은 코칭을 시스템화해 나가는 데 반드시 필요한 큰 틀을 의미하는 것이지, 코칭 대화모델 자체를 의미하는 것은 아니다.

세일즈 코칭을 도입할 때 혼선을 피하기 위해 다음과 같이 용어를 정리하였다. 이를 그림으로 나타내면 **〈그림 12-3〉**과 같다.

코칭이란 무엇인가

코칭이란 무엇인가? 코칭은 질문 자체가 답이라는 신념에서 비롯된다. 즉, 질문을 통해 자신의 에너지와 의지에 기초하여 문제를 자각하고, 문제 해결 능력을 개발하며, 스스로 해결 방안을 찾도록 돕는다. 사람이 이전에 사용해 보지 않은 에너지와 능력을 발휘한다는 것은 개인적인 학습과 성장을 촉진하며, 최대한의 가능성을 발견하기 위해 도전한다는 것을 의미한다.

코칭은 코치와 코칭을 받는 사람 간의 일대일 상호작용이다. 그것은 이미 정해진 과정이라기보다 함께 여행하는 과정에 가깝다. 코칭 과정에서 알게 된 공통된 경험, 통찰력과 해결 방안 등은 코칭을 받는 대상자는 물론이고 코치 역시 성장시킨다. 이처럼 코칭은 코칭을 받는 사람의 관찰력을 길러 줌으로써, 발생하는 사건, 상황, 문제들에 대해 고객 스스로 더 나은 답을 찾도록 돕는 것이다. 또한 코칭은 코칭 받는 사람에게 다양한 기회와 가능성을 제공하면서 그들이 최고의 성과를 얻도록 동기를 부여하는 과정을 포함한다. 다시 말해 코칭은 새로운 기회를 발견하는 것에 대한 미학이다. 또한 조직 현장에서의 코칭은 업무에 대한 책임감과 상호 존중할 수 있는 대화의 장을 마련해 준다. 코칭을 통해 길러진 책임감은 개인과 조직의 성장을 촉진하게 된다.

코치 vs 멘토

많은 사람들이 '코치'와 '멘토'를 동의어처럼 사용한다. 하지만 이 두 단어에는 명확한 차이가 있다.

코치(coach)

코치는 개인 또는 조직의 성장과 발전에 대한 전문가다. 보통 어떤 주제나 경쟁력, 산업에 관해 능력 있는 전문가다. 코치의 역할은 체계와 토대를 잡아 주고, 성장과 변화를 지원함으로써 코칭을 받는 사람이 원하는 성과를 스스로 낼 수 있도록 돕는 것이다. 배움과 성장은 양쪽 모두에게서 일어난다. 코칭은 객관적이고, 성공하는 데 필요한 것뿐만 아니라 누가 그리고 어떻게 생각하는지에 집중한다. 코치는 코칭을 받는 사람을 위해 일하며, 이 관계는 필요보다는 선택에 의해 형성된다.

멘토(mentor)

멘토는 한 분야나 산업 혹은 회사에서 사내 조언자처럼 일하는 전문가로서, 보통 업무에 대해 전문적으로 충고할 수 있는 사람을 말한다. 보통 멘토들은 그들만의 고유한 접근법을 머릿속에 그려 놓고, 과거의 성공 사례를 중심으로 시스템을 구축한다. 이들은 멘티 mentee, 멘토로부터 상담이나 조언을 받는 사람들의 다양한 가치와 진실성, 강점 등을 따로 고려하지는 않는다. 멘티는 전문성을 얻으며, 그것이 개인적인 목표가 될 수도 있다. 보통 멘토들은 교육받지 않고, 그들의 제안은 멘토로서 지녀야 할 능력이나 스킬보다는 해당 산업 분야의 전문성에 따른다. 보통 멘토적 관계는 선택보다는 필요에 의해 형성된다.

코칭 세션에서 세일즈 코치의 역할

세일즈 코칭 시 코치의 역할은 다음과 같다.

- 영업사원의 약점이 아닌 강점에 집중한다.
- 영업사원에게 '마중물' 역할을 하고, 그들을 촉진한다.
- 영업사원을 지원하고, 도우며, 강점을 극대화하여 최고 실적을 경신한다.
- 영업사원들에게 정보를 제공하고, 청사진을 안내하며, 변화하고 성장하도록 요청한다.
- 영업사원들에게 올바른 질문을 하라. 코치라고 해서 질문에 대한 모든 답을 알 필요는 없다.
- 영업사원들이 자신의 성공과 실패에 책임질 수 있도록 힘을 실어준다.
- 영업사원들이 열정을 찾고, 그 열정에 부합한 삶을 살도록 돕는다.
- 영업사원들의 본능, 강점, 능력 등을 발견하고, 그들이 무한한 가능성을 발휘할 수 있도록 돕는다.
- 영업사원들이 인생에서 개인적으로, 그리고 전문적으로 진정 원하는 것이 무엇인지 발견할 수 있도록 돕는다.
- 영업사원들이 새로운 기회를 창출함과 동시에 목표 달성을 위한 실행 계획을 수립하

도록 조력한다.

- 영업사원들이 업무에 적용 가능한 새로운 통찰력과 책임감을 기르도록 격려하고 지원한다.

- 영업사원들이 진실에 대해 자각하고, 영업인으로서 효율성을 높이는 방식으로 생각하고 도전하게끔 한다.

- 목표를 달성하거나 원하는 결과를 창출하기 위해 함께 일하면서 혼자 일할 때보다 절반의 시간을 단축할 수 있도록 유연성을 구축한다.

영업에 있어서 컨설턴트, 강사, 코치의 역할

컨설턴트

컨설턴트는 당신이 필요로 하는 특정 정보를 종합하여 제공하고, 시장의 상황, 시장 동향 그리고 그들이 행한 연구와 간단한 해결 방안, 그 해결 방안을 위한 실행 계획 개요 등을 알려 준다. 또한 법, 세금, 회계, 인사 경영, IT, 인사 관리, 교육, 코치 등 전문 분야의 서비스를 제공하기 위해 프리랜서나 다른 전문가들을 고용할 것을 권유할 수도 있다.

강사

컨설턴트의 역할이 끝나면 이제 강사의 역할로 넘어간다. 컨설턴트가 대략의 해결 방안을 제공하고 나면 이를 토대로 직원들의 능력 개발을 위한 전문적인 교육을 실시해야 할 수도 있다.

이런 경우, 교육자는 직원들이 최종 목표를 달성할 수 있도록 실질적인 교육을 제공해야 한다. 교육자는 영업사원과 관리자 등 자신의 고객들이 어떤 분야에서 더 많은 교육과 능력 함양이 필요한지 인터뷰를 통해 알아볼 수 있다. 그리고 교육자는 교육 모듈을 개발하고, 다음에 제시된 다양한 접근법들을 참조하여 자신만의 방식으로 교육을 이끌어 나갈 수 있다.

- 교육에 앞선 평가
- 역할 연기
- 기량 연습 시나리오
- 일대일 훈련
- 토론
- 포럼 : 질의 응답, 패널 형식 토론
- 부수 자료, 대본, 견본 등의 개발
- 교육 마지막 단계까지 다양한 목표 수립을 위한 여러 활동의 개발

코치

장기적으로 코칭이나 교육에서 중요한 것은 관리자들의 꾸준한 책임감과 지원이다. 교육이 끝났더라도 배움이 끝난 것은 아니다. 세일즈 코칭 프로그램은 영업팀의 성과를 올리기 위한 총체적인 방법 중 하나로 보아야 한다. 강사의 책임이 게임의 법칙을 알려 주는 것이라면, 코치의 역할은 그 게임을 어떻게 완벽하게 실행할 것인지,

더 나아가 매 게임에서 더 높은 점수를 획득하려면 어떻게 해야 하는 지 안내하는 것이다. 코치는 전화나 대면 혹은 영업팀 코칭 세션을 통해 영업사원들이 더 높은 생산성과 성과를 내는 데 필요한 핵심 스킬과 행동에 대해 고민한다.

앞에서 설명한 컨설턴트, 강사, 코치의 차이점을 이해한다면, 당신은 당신의 영업팀이 진정 필요한 스킬과 태도를 발전시킬 수 있는 전문가를 선택하기가 한결 수월할 것이다. 팀원들에게 필요한 문제가 때로는 교육에 관한 것일 수도 있고, 또 어떨 때는 컨설팅 문제일 수도 있다. 그리고 많은 시간이 필요한 코칭 문제일 수도 있다. 사안에 따라 이러한 접근 방법들을 함께 사용해야 할 때도 있다. 이 세 가지 각기 다른 특성을 잘 이해하는 것은 당신이 상황에 더 적합한 접근법을 결정하는 데 도움을 줄 것이다.

세일즈 코칭 전 점검사항

영업성과 향상을 위해 코칭을 도입하기 전에 기업의 경영자나 관리자 또는 코칭 프로젝트 책임자들은 다음 사항을 반드시 짚고 넘어가야 할 필요가 있다.

코칭은 의무가 아닌 선택이다

영업사원들의 의욕과 능력에 따라 각기 다른 방법을 통해 코칭을 실시하는 것이 효과적이다. 코칭을 통한 성과 향상에서 가장 중요하게 고려할 사항은 코칭을 받는 사람, 즉 영업사원의 의욕과 의지다. 이것이 없는 영업사원을 코칭 한다는 것은 거의 불가능에 가깝다. 따라서 해당 영업사원이 어떤 상태에 처해 있는지 충분히 고려하여 그에 맞는 방법을 모색해야 한다.

프랑스의 심리학자이자 코치인 피에르 앙젤과 미쉘 모랄은 그들의 저서 『코칭』에서 코칭을 시작하려면 먼저 고객 자신이 코칭을 받고자 하는 의지를 가져야 한다고 강조했다. 즉, 코치이coachee는 코칭 받는 사람으로서의 태도에 관해 말한 것이다. 최근 연구들에 따르면, 코칭이 코칭을 받는 이들에게 설득력을 갖기 위해서는 어느 정도 기술이 필요하다고 한다. 그럼에도 많은 연구를 통해 밝혀진 것은 태도, 표상 능력지각 또는 기억에 근거하여 의식할 수 있게 된 관념, 믿음 또는 신념 등의 지속적인 변화는 '개인의 요청'이 있을 때만 가능하다는 점이다. 따라서 자발적으로 요청하지 않은 사람에게 코칭을 받도록 할 경우 성공 가능성은 매우 희박하다.

심리학자인 맥클랜드McClelland는 성취 욕구가 높은 사람일수록 피드백을 잘 수용한다고 했다. 성취 욕구란 개인 스스로가 자기실현의 욕구를 부단히 추구하는 데서 비롯되기 때문이다.

코칭적 관계는 의무가 아닌 선택이다. 코치와 코칭을 받는 사람들의 관계는 조화를 이루고, 협조적인 동반자 관계이자 그 이상이어야 한다. 예를 들어, 교정이나 제재를 기반으로 한 코칭은 수용적이기보다는 저항적일 수밖에 없다. 당신의 부서나 직원들에게는 코칭이 어떻게 이루어지는가? 저성과자들의 의무, 선택 혹은 교정적인 의도로 이루어지고 있는가? 부서 전체에 제공되는가, 아니면 선정된 몇몇 사람에게만 제공되는가? 외부 코치가 아닌 영업 관리자에 의해 영업사원들은 원하지도 않는데 강제로 코칭을 하는 경우가 있다. 이는 볼 것도 없이 시간 낭비다.

코칭은 지속성과 실행이 관건이다

세일즈 코칭은 '실천 계획 수립plan-실천do-성찰review' 프로세스를 매번 지속하는 것이 중요하며, 특히 코칭 받는 사람의 실천이 무엇보다 중요하다. 세일즈 코칭의 성패 여부는 코칭 받는 사람의 실행 계획과 실천 여부가 좌우한다고도 할 수 있다. 즉, 영업사원이 변화와 성장에 대한 의지를 가지고 실천에 옮길 때 비로소 코칭은 성과로 연결된다. 이는 영업 조직 내부에서 일어나는 세일즈 코칭뿐만 아니라 외부 코칭 전문가들에 의한 코칭에서도 마찬가지이다.

모두가 코칭 대상자는 아니다

코칭은 성과가 아주 낮은 영업사원들에게는 거의 영향을 미치지 못한다는 점이다. 이것은 코칭에 대한 일반적인 생각에 반하는 것처럼 보인다. 많은 사람들이 성과가 낮은 영업사원들은 조금만 코칭을 하면 성과가 급등할 것으로 예상한다. 사실 특정 업무에 부절적한 사람들은 코칭을 통해 변화시키기가 어렵다. 마찬가지로 성과가 떨어지는 사람을 우수한 성과를 내도록 변화시키기 위한 코칭은 우수한 영업사원들에게도 영향을 미치지 못했다. 이것 역시 일반적인 생각에는 반하는 것이다.

사람들은 코칭을 통해 우수한 영업사원을 더 뛰어난 영업사원으로 만들 수 있다고 생각할 것이다. 많은 프로 골퍼들이 스윙 코치를 고용해서 이들과 같이 연습한다. 그러나 결국 이러한 훈련을 통해 기대하는 것은 아마도 평균 타수보다 한 타 정도 적게 치는 일일 것이다. 이들은 이미 우수한 성적을 내는 선수들이므로, 이들이 기대하는 것은 현재 수준에서 단지 조금 더 실력이 향상되는 것이다.

그러나 코칭 대상이 평균적인 영업사원이라면 어떤 수준의 코칭을 받느냐에 따라 성과에 지대한 영향을 미친다. 연구 데이터SEC에 따르면, 영업팀 내에서 평균적인 성과를 내는 영업사원들은 수준 높은 코칭을 받게 되면 19% 정도까지 성과가 향상되었다. 무엇보다도 영업사원의 능력과 의욕 수준에 따라 각기 다른 교육이나 코칭을 실시하는 것이 효과적이다. 그리고 저성과자들의 경우에는 코칭보다는 맨토링이나 교육이 더 효과적일 것이다.

사람을 코칭 하는 것이다. 사람을 바꾸는 것이 아니다

사람을 코칭 하는 것과 사람을 변화시키는 것에는 큰 차이가 있다. 높은 영업 실적을 올리는 것은 관리자들이 궁극적으로 추구해야 할 코칭 주제다. 즉, 코칭은 실적을 올리기 위해 강화하고 도전해 나가는 과정이다. 코치로서 영업 관리자는 영업사원들이 하루아침에 바뀔 수 있도록 결과를 강요해서는 안 된다. 전통적으로 영업 관리자들이 변화를 꾀하는 이러한 방식은 보통 관리자 자신이 받은 실적에 대한 스트레스를 영업사원들에게 똑같이 강요하는 것이다. 이러한 접근 방식은 대부분 영업사원들의 행동 변화를 가져오지 않는다.

코칭을 하려면 우수한 자질, 즉 이해심, 성실성, 공평성은 물론이고, 영업사원에게 새로운 접근 방법을 취하려는 태도가 요구된다. 관리자로서 선택할 수 있는 새로운 역할 모델이 있다면 다행이지만, 그렇지 않다면 자신만의 방법을 찾아야 한다.

처음에는 기존에 해 오던 방식이 아닌 새로운 접근에 의심의 눈초리를 보내는 일부 영업사원들의 저항도 극복해야 한다. 일부 관리자들은 코칭 접근법을 적용하면 책임이 더 많아지지 않을까 우려한다. 만약 그런 걱정이 든다면 영업 관리자의 역할이란 무엇인지 한번 진지하게 생각해 볼 일이다.

영업 관리자들은 대개 목표 달성을 위해 고군분투한다. 그들은 비전 설정, 장기 계획 수립, 시장 상황 파악 등에 시간을 내야 한다고 생각하면서도 행동으로 옮기지 못하는 경우가 많다. 또한 영업사원들의 성장과 발전을 위해 일하는 데 시간을 할애하지도 못한다. 그들은 영업사원들을 한두 번 교육을 보내고는 할 일을 다 했다고 생각한다. 그러나 이런 교육은 투자가 아니라 낭비다.

그렇다면 관리자들은 어떻게 코칭 할 시간을 낼 수 있을까? 그냥 지시하는 게 낫지 않을까? 역설적이게도 관리자들은 코칭을 통해 영업사원들에게 책임감을 부여함으로써 자신들 홀로 고군분투하는 상황에서 벗어나 관리자로서 책임져야 할 중요한 문제들을 다룰 수 있게 된다. 사람을 성장시키는 것은 쓸데없는 이상론이 아니라 실제로 자기 이익을 추구하는 과정이다. 때로는 시간이 걸리고 미묘한 상황에 처할 수도 있다. 하지만 개개인을 소중히 여기고 진정 그들의 성장을 원한다면 그 정도의 문제는 용인해야 한다.

단시간에 유능한 코치가 되기란 쉽지 않다. 그러나 최고 수준의 영업 관리자들의 공통적인 태도와 핵심 스킬들을 꾸준히 연습하고 생활화한다면 당신도 유능한 세일즈 코치가 될 수 있다.

진정성이 있어야 한다

영업 관리자와 영업사원 사이의 관계에 있어서 영업사원이 마음을 여는 것은 관리자에 대한 신뢰의 정도와 비례한다고 할 수 있다. 성공한 많은 영업사원들이 상사와의 관계에서 신뢰와 존경의 중요성을 강조하고 있다.

관리자들은 다음과 같은 방법으로 영업사원들로부터 신뢰와 존경을 획득할 수 있어야 한다. 첫째, 능력 개발을 지원할 수 있는 역량과 과거의 판매 경험이 있어야 한다. 둘째, 정직하고 믿음을 주는 사람이어야 한다. 셋째, 상대방의 의견을 경청하고, 개방성을 유지하며, 쌍방향 커뮤니케이션 채널을 통해 영업사원의 필요에 관해 진정으로 관심을 기울일 줄 알아야 한다.

이러한 전제 조건이 충족되었을 때 관리자들은 영업사원들로부터 신뢰와 존경을 받을 수 있다. 결과적으로 관리자는 리더로서 동질성, 신빙성과 역량, 영업사원들에게 도움이 되고자 하는 의지 등을 진실하게 보여 주고, 그들을 신뢰하고 존중할 때 비로소 그들에게서 신뢰와 존경을 받을 수 있다. 이처럼 코치와 코칭을 받는 사람 간에 신뢰관계를 형성하는 것은 성공적인 코칭을 위해 매우 중요하다.

세일즈 코칭을 하는 데 있어서 관리자가 영업사원들과 신뢰를 쌓기란 쉬운 일이 아니다. 하지만 반드시 필요한 부분이다. 많은 영업사원들이 자신에 관해 너무 많은 것을 노출하면 피해를 입을 수도 있다는 생각을 한다. 그래서 그들은 성과와 관련해 전적으로 필요한 부분만 자신을 노출한다. 그러나 이러한 태도는 진실하고 열린 대화를 방해하며, 진정한 문제와 장애물에 대한 탐색을 어렵게 한다. 신뢰는 성공적인 코치가 되기 위한 원칙이자 기준이 된다. 만약 영업사원들이 당신을 관리자로서 신뢰하지 않는다면, 코칭을 시작하는 것조차 난관에 부딪칠 수 있다. 성공적인 코칭을 위해서는 관리자와 영업사원들 사이에 표면적인 신뢰를 넘어선 수준의 신뢰가 존재해야 한다.

영업사원 중 몇몇이 당신을 상사로서 신뢰하지 않거나 불편해하는데 코칭을 해야 한다면 어떻겠는가? 영업사원이 자신의 문제나 어려움을 당신에게 솔직하게 털어놓을 것 같은가? 결과적으로 이러한 관계는 코칭 관계가 아닌 멘토링 관계로 끝나기 십상이다. 이러한 이유로 회사들이 조직과 아예 관련이 없는 외부 전문가를 코치로 초빙하는 것이다.

누구나 관리자가 될 수 있지만, 모두가 코치가 될 수는 없다

"코칭 이론은 좋은데 적용하기가 참 어려워요"라는 하소연을 하는 관리자들이 많다. 회사는 모든 관리자들이 좋은 코치가 될 수 있다고 가정하고 그들에게 코치의 역할을 강요한다. 그러나 코칭에 대한 부정적인 인식, 시간 부족, 부적절한 코칭 모델, 코칭에 대한 두려움, 보상 및 강화의 부족, 코칭 스킬 부족 등과 같이 성공적인 코칭을 위해서는 넘어야 할 벽이 많다. 이러한 것들을 모두 무시한 채 무조건적으로 관리자들에게 코치의 역할만 강요하는 것이 코칭을 도입하는 대부분 회사들의 결정적인 실수라고 할 수 있다. 그러다 보니 관리자들은 훌륭한 코치가 되기 위한 시도를 쉽게 포기하고 결국은 잘못된 교훈을 얻는다. '우리 조직에는 코칭 프로그램이 맞지 않는군.' 하고 말이다.

역할 모델이 되고 있는가?

높은 실적을 올리고 싶어도 역할 모델이 없어서 무엇을, 어떻게 해야 하는지 모르고 비효율적으로 일하는 영업사원들을 쉽게 볼 수 있다. 어느 분야의 일이든 좋은 역할 모델을 보며 배우는 것은 매우 효과적이라 할 수 있다. 역할 모델로서 영업 관리자는 최적의 사례를 분석하고, 성과 향상을 위해 요구되는 행동 특성들을 밝혀 나가야 한다. 또한 관리자는 영업사원들에게 하나의 비전이 되어야 한다. 즉, 영업사원들이 관리자에게서 '이 조직에서 일하면 그처럼 될 수 있겠구나.' 하는 미래의 비전을 볼 수 있어야 한다. 그러기 위해서는 세일즈 코치로서 관리자를 믿고 따를 수 있도록 신뢰성을 갖추어야 한다. 그리고 나아가 자신만의 방식으로 영업사원들에게 훌륭한 본보기가 되어야 한다.

만약 영업사원들이 더욱 유능해지기를 원한다면, 당신은 그들에게 좋은 역할 모델이 되어야 한다. 영업 관리자를 통해서 팀도 성장할 수 있다. 그리고 무엇보다 팀은 관리자의 모습을 반영한다는 사실을 기억해야 한다. 만약 관리자가 부서를 위해 100% 책임질 준비가 안 되어 있거나, 어떠한 분야에서 전문성이나 역량이 부족하다면, 그 부서 또한 그러한 약점을 보일 것이기 때문이다. 당신이 자신의 팀을 세계적 수준의 영업팀으로 만들기를 원한다면, 먼저 자신이 세계적 수준의 전문 세일즈 코치가 되어야 한다.

영업 관리자의 마인드

무엇보다 가장 훌륭한 리더는 다른 사람을 리더로 성장시키는 사람이다. 이러한 리더는 팀원들이 자신처럼, 혹은 더 잘할 수 있도록 격려한다. 이는 훌륭한 관리자가 되어 가고 있다는 신호다. 그러나 만약 관리자가 자신의 동료나 후배들을 두려워하거나 경계한다면 어떨까? 만약 관리자의 방어 기질이 너무 강해서 자신의 동기인 영업사원들과 어느 정도 거리를 유지해야 경쟁에서 살아남는다고 생각한다면 어떻겠는가? 영업사원들이 자신을 능가할까봐 두려워서 일부러 자신의 역량과 스킬을 공유하지 않는 관리자들이 더러 있다. 이렇게 무능한 관리자들은 코칭 관계에서도 팀보다 자신들의 위치를 더 생각하며 영향력을 행사하려고 할 것이다.

영업사원들의 코칭에 대한 이해

대부분의 기업들이 코칭을 도입할 때 겪는 시행착오 중 하나로 코칭에 대한 이해와 스킬교육을 관리자나 리더들에게만 주로 한다는 것이다. 영업 조직에 코칭을 도입한 후 코칭을 받는 영업사원들이 오히려 코칭에 대해 부정적인 시각을 가지다 보니 코칭을 지속해 나가는 데 어려움이 있는 기업들도 있다. 반면 코칭에 대해 매우 긍정적으로 생각하는 조직도 있다. 똑같이 코칭을 도입했는데 이에 대한 직원들의 태도는 왜 이렇게 차이가 날까?

물론 전문 코치의 역량도 문제가 될 수 있다. 그러나 코칭에 있어서 핵심은 '코칭을 받는 대상자들이 코칭에 대해 어떻게 이해하고 있는가?' 하는 것이다. 코칭 대상자를 저실적자들로 구성하고, 평가에 대한 피드백 형태로 운영하는 경우, 코칭 대상자들은 코칭 세션을 질책을 받는 시간쯤으로 생각할 수 있다. 반면에 전사적으로 코칭에 대한 이해가 선행되고 대상자 선발 또한 평균이상의 성과자나 예비 승진자들을 대상으로 한다면 코칭 세션을 자신들이 더욱더 성장할 수 있는 기회로 여기고 매우 적극적으로 몰입한다.

코칭 교육은 코칭을 실시할 사람이나 받을 사람이나 양자 모두에게 필요하다. 그래야 양쪽 모두 코칭을 긍정적으로 수용하고, 코칭의 결과가 좋은 성과로 이어질 가능성이 높다.

지금까지 세일즈 코칭을 도입할 때 직면할 수 있는 문제들과 그 대처 방안에 대해 나열해 보았다. 많은 영업 조직들이 유행처럼 "코칭! 코칭!"을 외친다. 그러나 코칭 스킬을 배우는 것보다 더 중요한 것은 필자가 앞에서 제시한 문제들을 사전 진단하고 준비하는 것이다. "처방하기 전에 진단한다."는 원칙은 세일즈 코칭에도 그대로 적용된다. 영업 관리자들은 무조건 코칭 스킬부터 배우려 들지 말고, 먼저 코칭 환경이 조성되어 있는지 진단하라. 그렇지 않으면 엉뚱한 처방을 내릴 수 있다.

관리자의 코칭에는 '때'가 없다

코칭은 매일 그리고 모두를 위한 활동이다. 코칭은 분기별, 월별 또는 주별 세션에 맡기기만 하면 끝나는 과정이 아니다. 물론 공식적인 코칭 세션이 중요한 것은 사실이지만, 그게 전부는 아니다. 전반적인 코칭 과정을 이해하고 그것을 바탕으로 코칭이 일상적으로 이루어질 수 있게 해야 한다.

영업 조직에서 코칭의 출발은 실적 평가라고 할 수 있다. 실적 평가를 통해 더 도전적인 목표를 담당할 준비가 되어 있는 영업사원들이 누구인지, 그들에게 중요한 업무가 무엇인지를 파악할 수 있기 때문이다. 이때 필요한 것이 그들에 대한 추가적인 지원이다. 지원은 공식적인 훈련을 통해서도 이루어질 수 있지만, 관리자의 일대일 코칭을 제공하는 편이 더 좋은 결과를 가져올 수 있다. 영업사원의 잠재력을 최대한으로 끌어올리는 데 코칭만한 것이 없고, 영업사원 스스로도 관리자의 코칭을 기대하는 경우가 많기 때문이다.

우수한 영업 관리자는 코칭의 기회를 발견하고 활용하는 데 남다른 모습을 보인다. 한 사원 한 사원의 현재 상태를 주의 깊게 살펴 보고 부족한 점을 채우거나 더 나아지게 하려면 자신이 무엇을 지원해야 할지를 생각한다. 그래서 그의 코칭은 상시적으로 이루어진다. 실적 평가 후뿐만 아니라 일상적인 업무 과정에서도 필요할 경우 그때그때 코칭을 실시한다.

B2C 영업 코칭과 B2B 영업 코칭의 차이

영업은 크게 B2C 영업과 B2B 영업으로 나눌 수 있다. 이에 따라 코칭도 서로 다른 접근 방식이 요구된다.

B2C 영업에서는 관리자의 스킬 코칭이 더 중요하다. 영업 특성상 사원 개인의 역량 중심으로 영업이 이루어지는 데다 스킬의 영향과 효과가 크게 나타나기 때문이다. 예를 들어 영업 관리자가 사원에게 클로징 스킬이나 저항 극복 스킬 등을 코칭하면 영업 능력과 성과의 향상을 도모할 수 있다. 이런 스킬이 B2C 영업에서 잘 통하기 때문이다. 반면에 B2B 영업에서는 탐색 스킬 같은 방식이 더 유효하다. 다양한 이해관계자들이 개입되어 있는 복잡한 고객 니즈를 다루는 일은 보다 조직적인 대응이 필요하다.

또 B2C 영업은 경험이 가장 중요한 변수로 작용하므로 이에 맞게 코칭이 이루어져야 한다. 경험은 조금만 노력하면 얼마든지 쌓을 수 있고, 쌓인 경험을 통해 배우고 익힘으로써 스스로 실력을 향상시킬 수 있다. 굳이 코칭을 받지 않아도 어느 정도의 수준에는 도달할 수가 있다. B2C 영업에서는 그것이 가능하다. 하지만 B2B 영업에서는 혼자만의 경험으로 실력을 쌓기가 쉽지 않다. 많은 경험을 비교적 단기간에 쌓을 수 있는 B2C 영업에 비해 B2B 영업은 경험을 쌓을 기회가 많지 않다. 게다가 결과가 나오기까지 수개월에서 1년 이상 걸린다. 아침에 생각한 방식으로 하루 동안 5명 이상의 고객을 상대하며 어떤 반응을 보이는지 금세 알 수 있는 B2C 영업과는 비교가 되지 않는다. 이와 같은 이유로 B2B 영업에 필요한 역량은 경험을 통한 축적이 어렵다. 코칭이 B2B 영업에 더 절실한 이유다. 실정에 맞아야 함은 물론이다.

B2C 영업과 B2B 영업에서의 코칭이 다른 점은 또 있다. B2C 영업에서는 평가를 이슈로 해서 상담→평가, 상담→평가의 순으로 진행하며 무엇이 잘되고 무엇이 잘못되었는지, 다음 상담에서 무엇을 더 준비해야 하는지를 코칭 한다. 그에 반해 B2B 영업에서는 평가보다 계획을 더 중시하며 계획→수행→평가 순으로 진행한다. 상담 목적을 분명히 하여 수행과 평가를 용이하게 하는 데 중점을 둔다.

B2C 영업 코칭과 B2B 영업 코칭의 마지막 차이점은 무엇에 중점을 두는가에 있다. B2C 영업 코칭은 영업사원의 스킬을 개발함으로써 성과를 내는 데 중점을 두지만, B2B 영업 코칭은 전략 개발에 중점을 둔다. B2C 영업에서는 영업사원이 고객을 만나 상담하는 스킬 외에 별다른 전략이 필요치 않지만, B2B 영업에서는 개별 전략이라는 큰 틀에서 영업사원들을 지원해야 하기 때문이다. 그렇다고 해서 B2C에서는 스킬 코칭만 다루고, B2B에서는 전략 코칭만 다루어야

하는 것은 아니다. 전략과 스킬을 별개라고 생각해서는 안 된다는 말이다. 스킬은 전략의 도구로, 아무리 독창적인 전략이 있다 해도 스킬이 뒷받침되지 않으면 전략을 수행하기 어렵다. 전략이 없는 스킬 또한 방향을 상실한 분산된 행위에 그칠 공산이 크다. 전략과 스킬은 함께 가야 한다.

스킬 코칭 vs 전략 코칭

그렇다면 스킬 코칭과 전략 코칭은 어떻게 전개하는 것이 좋을까? 영업 관리자가 코칭 시 특별히 신경 써야 하는 부분은 무엇일까?

일반적으로는 영업 관리자가 영업사원의 스킬에 중점을 두는 것이 올바른 방법이다. 영업사원이 스킬에 숙달되면 영업 관리자가 새로운 전략을 실행하기가 훨씬 쉬워지기 때문이다.

스킬을 코칭하려면 우선적으로 영업사원의 스킬 활용 과정을 직접 눈으로 지켜보아야 한다. 그래야 어떤 부분을 코칭해야 할지를 알 수 있다. 영업사원과 함께 직접 고객과의 상담에 나가 잘하고 못하는 부분을 주의 깊게 관찰해야 한다. 하지만 전략 코칭은 다르다. 전략 코칭은 사무실에서도 가능하다. 물론 영업사원의 수행 과정을 지켜보는 것도 필요하지만 반드시 그래야만 하는 것은 아니다. 그렇기 때문에 전략 코칭은 스킬 코칭보다 계획적이고 효율적으로 진행할 수가 있다. 보통 상담을 위해 준비하고 고객을 방문하고 코칭하는 데 적지 않은 시간을 들여야 하는 스킬 코칭과 달리, 전략 코칭은 15분

안팎의 시간으로도 충분히 할 수 있다. 이 때문에 영업 관리자들이 전략 코칭에만 집중하기 쉬운데, 그래선 안 된다.

이미 말했듯이 스킬은 전략 수행을 뒷받침하는 기본 수단이다. 영업 관리자가 아무리 좋은 전략을 갖고 있어도 영업사원들이 스킬을 갖추지 못했다면 무용지물이 되고 만다. 시간이 덜 든다고 해서 전략 코칭에만 중점을 두고 스킬 코칭을 소홀히 해서는 안 된다. 관리자로 서의 전략을 갖되 코칭에서는 스킬에 초점을 맞춰야 한다.

무엇이 '코칭 하는 조직'을 만드는가?

경영진이 나서라

아는 것과 하고 싶은 것은 엄연히 다른 개념이다. 코칭도 그렇다. 영업 관리자에게 코칭 하는 법을 가르치는 것보다 훨씬 어려운 일이 코칭을 하고 싶도록 만드는 것이다. 가장 좋은 방법은 경영진이 나서 는 것이다. 경영진이 다음과 같은 태도를 취할 때 영업 관리자가 코 칭에 적극성을 띠게 된다.

- 경영진이 코칭을 보상하고 코칭에 대한 상을 준다.
- 경영진이 코칭을 중요하게 여긴다.
- 경영진이 코칭을 할 시간을 허용한다.
- 경영진이 코칭에 필요한 스킬 훈련을 제공한다.

하지만 이보다 더 중요한 것이 있다. 경영진이 직접 코칭을 하는 것이다. 경영진이 스스로 롤 모델이 되어 코칭을 이끌어나가면 코칭이 조직 문화의 한 방식으로 정착하게 된다. 지시하기보다 질문을 통해 직원들의 의견을 청취하고 피드백하고 인정하는 모습을 보여주면, 처음에는 직원들이 낯설게 느낄지 모르지만 점차 자유롭게 말할수 있게 되면서 개방적이고 참여적인 문화가 자리 잡게 된다.

하고 싶어도 할 수 없다?

영업 관리자라는 직함을 달고 있는 사람들은 많다. 그러나 그중에서 몇 퍼센트가 코칭을 하고 있을까? 또 관리자로부터 코칭을 받는 영업사원의 비율은 얼마나 될까? 우리는 지난 몇 년간 '영업 관리자 코칭 스킬에 관한 세미나'를 열어오면서 전국의 영업 관리자들에게 이와 같은 질문을 했다. 결과는 어땠을까?

그동안 코칭이 성과 향상의 한 방식이라고 말하지 않는 관리자는 단 한 사람도 없었다. 반면에 자신이 코칭을 받고 있다고 말한 참가자는 단 몇 명밖에 없었다. 영업사원들에게 코칭을 제공하고 싶지만 실제로 코칭 문화를 구축하기가 쉽지 않다고 말하는 관리자들도 많았다. 그런 면에서 영업 코칭은 한국 회사들에 미개척지나 다름없다.

영업 관리자들에게 왜 코칭을 하지 않는지 그 이유를 물으면 보통 그럴 만한 시간이 없기 때문이라고 답한다. 관리자들의 업무량을 보면 '시간 부족'이라는 장애물이 틀린 말은 아니다. 코칭에는 시간이 필요하다. 특히 코칭은 물론 자신도 성과를 내야 하는 경우에는 더욱 그러하다. 단기적으로 볼 때 코칭을 하는 것이 코칭을 하지 않는 것보다 더 많은 시간을 필요로 한다. 필자들의 경험에 의하면, 시간 압박에도 불구하고 시간 부족이 코칭을 하지 않는 주된 이유가 아니다.

세미나 시 영업 관리자들에게 판매 문제에 대한 피드백이 필요했던 영업사원을 떠올려보라는 지시를 종종 한다. 그러면 모든 영업 관리자들이 당장 그런 직원을 떠올린다. 그런 다음에는 그 직원의 문제가 얼마 동안 지속되었는지 물어본다. 그러면 참가자들은 어색하게 웃으며 우물쭈물한다. 왜 그럴까? 그 이유는 그 문제가 몇 주 또는 몇 달 동안 지속되어왔기 때문이다. 코치가 되고자 하는 많은 영업 관리자들은 불편함을 느끼거나, 코칭에 대한 이해가 없거나, 대립을 피하기를 원하거나, 관계를 해치기 싫거나, 뭘 해야 할지 모르거나 등의 이유로 그 문제를 회피해왔다는 것을 인정한다.

대부분의 관리자들이 코칭을 하지 않는 3가지 결정적인 이유는 다음과 같다:

- 코칭을 받은 적이 없다(역할 모델이 없다). 조직 문화가 코칭을 지원하지 않는다.

- 어떻게 코칭할지 모른다(스킬이 없다).

- 코칭을 해야 할 인센티브나 책임이 거의 혹은 전혀 없다(의지가 없다).

이 3가지 이유 중에서 첫 번째가 가장 심각하다. 두 번째 훈련 부족은 가장 해결하기가 쉽다. 영업 관리자는 자신의 역할 중 관리 부분을 수행하는 데 필요한 훈련을 거의 받은 적이 없다. 관리자들은 관리자에 임명된 것이지 훈련을 받은 게 아니다. 거의 대부분은 최고 실적을 냈기 때문에 관리자로 임명되었다. 물론 이게 잘못된 것은 아니다. 그런데 관리자가 되기까지 그들이 성공할 수 있었던 요소는 영업사원을 지원하고 탁월하게 하는 데 필요한 요소들과는 전혀 무관한 것들이었다는 게 문제인 것이다. 사고방식과 스킬 훈련으로 이 문제를 해결할 수 있다.

코칭 환경을 만드는 요소들

코칭이 활발하게 이루어지는 조직을 만들려면 경영진을 비롯한 영업 관리자들이 코칭 환경을 조성하는 데 역점을 두어야 한다.

먼저 피드백을 의사소통의 핵심으로 삼을 필요가 있다. 조직의 상하좌우로 솔직하고 열린 피드백이 원활하게 오가는 회사는 코칭 문화가 잘 정착되는 반면, 그렇지 않은 회사들은 시행착오를 겪는다. 매력적인 비전, 고객 지향적 경영 방침, 훌륭한 영업 시스템을 보유하고 있어도 피드백을 의사소통의 핵심으로 활용하지 않는 조직은 지속적인 개선을 통해 성장해나가는 데 한계가 있다. 그럼에도 불구하고 사람들은 피드백을 두려워한다. 피드백을 제공하거나 받는 과정에서 긴장하거나 심장이 뛰는 것과 같은 부정적인 반응을 보인다. 이는 피드백을 발전하기 위한 것이 아니라 평가적인 것으로 보기 때문이다. 그동안의 경험이 그런 인식을 낳았다. 관리자가 직간접적으로 피드백하면서 부정적인 감정을 전달하거나, 피드백을 받는 사람이 피드백을 제공하는 사람의 동기를 부정적으로 본 결과다. 그래서 피드백은 기본적인 신뢰가 있을 때 가능한 것이다. 신뢰를 바탕으로 하지 않으면 좋은 피드백이 나오지도 않을뿐더러 받는 사람도 제대로 수용하지 못한다.

또 질문이 중요하다. 코칭이 활발한 조직이 되려면 영업 관리자가 질문을 통해 행동을 자극하고 역량을 개발할 기회를 제공해야 한다. 2주 동안 제품을 팔고 돌아온 영업사원에게 어떤 질문을 하는가? 아마도 대부분은 성과를 확인하는 수준에서 그칠 것이다. 만난 고객 수와 체결한 계약 건수를 확인하고 실적과 목표를 비교할 것이다. 잘한 점을 칭찬하고 잘못에 대해 야단을 칠 것이다. 그런데 만일 '고객의 니즈와 관점에 대해 배운 것은 무엇인가?', '경쟁 상황은 어떤가?' 등에 대해 질문한다면 어떻게 될까? 영업사원으로부터 흥미로운 대답을 얻을 수 있을 것이다. 특히 계약에 실패한 고객과의 대화는 매우 유익할 것이다. 이러한 질문에 대한 대답은 답변하는 영업사원뿐 아니라 팀과 회사 모두에 유용한 지식이 될 수 있다. 고객의 니즈가 무엇인지, 어떻게 감추어진 니즈를 확인할 수 있는지, 표현하고 있지 않은 불만을 어떻게 끌어내고 소화할 것이지, 고객의 걱정, 두려움, 저항에 어떻게 대처할 것인지 등은 영업의 핵심 사항으로 모두가 궁금해하는 것이다. 이처럼 영업 현장에서 코칭을 통해 방대한 학습이 이루어질 수 있다는 것을 깨달을 때 코칭은 지속성을 갖게 된다.

이와 함께 칭찬하는 분위기를 만들어야 한다. 누구나 자신을 알아주고 자신의 역할에서 가치를 확인받기를 원한다. 작은 성과 하나라도 인정하고 격려하는 관리자가 코칭이 활발한 조직을 만든다. 아무리 바빠도 시간을 내서 칭찬하는 기회를 가질 필요가 있다.

영업 관리자의 감정 조절도 코칭 하는 조직에 불가결한 요소다. 관리자가 기분대로 행동하거나 분노를 다스리지 못하는 조직에서는 코칭이 살아나기 힘들다. 말이 통하지 않고 대화 자체를 꺼리게 되어 아무런 문제도 해결할 수 없게 된다. 물론 개방적이고 솔직한 태도로 자신이 화가 났다고 말할 수 있는 권리와 의무가 관리자에게는 있다. 하지만 어디까지나 조절할 수 있는 상태에서나 가능한 일이다. 관리자는 심각한 위기 상황에서도 메시지를 직접적이고 명료하게 제시하면서 변화와 결과를 지향하는 방식으로 커뮤니케이션할 줄 알아야 한다.

또한 경영진과 관리자가 스스로 롤 모델을 자청해야 한다. 앞에서도 잠깐 언급했지만 조직의 리더들이 솔직하면서도 개방적인 태도로 코칭의 모범을 보일 때 조직에 코칭 문화가 자리 잡을 수 있다.

신뢰는 코칭의 전제이자 기본 조건이라고 할 수 있다. 앞에서도 잠깐 언급했지만 신뢰가 깔려 있지 않으면 코칭이 활발한 조직을 만들기 위한 모든 노력이 수포로 돌아간다. 영업 관리자가 사원들에 대해 일을 잘하고 있으며 앞으로 더 잘할 수 있다는 믿음을 갖고 있지 않다면, 그들의 성장에 관심을 가지고 지원하려는 의지가 없다면, 아무리 코칭에 많은 시간을 들여도 효과를 기대하기 어렵다. 훌륭한 관리자는 사원에게 감시자가 아니라 코치로서 믿음과 지원의 뜻을 전달하기를 주저하지 않는다. 지적하고, 명령하고, 벌을 주는 대신 안내하고, 자극하고, 보상하기에 힘쓴다. 자연 조직에 신뢰의 기운이 흐르면서 코칭이 활발하게 이루어진다.

코칭이 활발한 조직은 만드는 일은 결코 쉬운 문제가 아니다. 하지만 영업 관리자는 이를 위해 적극적이고도 지속적인 노력을 기울여야 한다. 그래야만 조직에 코칭 문화가 정착될 수 있고 전략적으로 회사 문화를 바꿀 수 있다.

'3D' 세일즈 코칭 모델

영업 관리자에서 코치로의 전환

영업 관리자에서 코치로의 전환은 코칭 과정을 알고 이해하는 것에 서부터 시작된다. 코칭을 숙달하기까지는 기본적으로 세 단계를 거쳐 야 한다. 코칭은 하룻밤에 숙달할 수 있는 것이 아니며, 많은 노력이 필요하다. 세일즈 코칭의 세 단계를 요약하면 〈**그림 13-1**〉과 같다.

- **1단계** : 이슈 발견(Discover Issue) : 영업사원의 코칭 니즈에 집중한다.

- **2단계** : 해결방안 논의(Discuss Solution) : 코칭 기술을 활용해 영업사원과 함께 문제 의 핵심을 파악하고, 그가 장애 요소를 제거할 수 있도록 지원한다.

- **3단계** : 실행계획 수립(Decide Action-Plan) :실행계획으로 마무리한다.

〈그림 13-1〉 "3D" 세일즈 코칭 모델

이 세 단계를 위한 각본이나 공식은 존재하지 않는다. 세일즈 코칭을 할 수 있는 기계적인 방식이란 이 세상에 없다. 효과적인 코칭을 하기 위해서는 코칭 기술, 집중력 및 헌신적인 노력이 반드시 필요하다. 훌륭한 세일즈 코칭을 하기 위한 공식이 따로 정해져 있는 것은 아니지만, 세일즈 코칭 3단계 대화모델을 익힌 다음 착실히 훈련한다면, 코칭의 기초를 탄탄히 다질 수 있을 것이다.

앞의 3단계를 따라가다 보면, 이 과정이 세일즈 코칭의 전형적인 매뉴얼이라고 생각될 수도 있다. 그러나 이것이 결코 최선의 방법은 아니다. 여기서는 세일즈 코칭을 세션을 준비하는 활동으로 시작했지만, 최종 목적은 공식적인 코칭 세션뿐 아니라 언제 어디서든, 예를 들면 복도에서 혹은 활동 중에도 수시로 영업사원에게 코칭을 제공하는 것이다.

1단계 : 이슈 발견(Discover Issue)

세일즈 코칭 세션 준비

세일즈 코칭 세션 준비에는 많은 시간이 걸리지 않는다. 그러나 다음과 같은 네 가지 사항을 정리할 필요는 있다.

- 코칭 대화를 통해 얻고자 하는 것은 무엇인가?
- 긍정적인 피드백으로서 어떤 내용을 구체적으로 제공할 것인가?
- 영업사원에게서 개선의 여지가 있는 부분은 구체적으로 무엇인가?
- 영업사원의 반응은 어떠할 것인가?

코칭 세션을 준비하는 데는 그리 오랜 시간이 걸리지 않는다. 활동 중에 일어나는 즉석 코칭은 채 몇 분도 걸리지 않는다. 여기서는 무엇보다도 코칭 세션의 목표를 구체적으로 설정하는 것이 중요하다. 이번 코칭 세션에서 어떤 성과를 달성하고자 하는지 모르는 코치는 분명한 목표가 있는 코치에 비해서 효과적인 코칭 세션을 진행할 가능성이 현저하게 떨어진다. 예를 들면, "나는 어떠어떠한 결과를 원합니다."와 같이 긍정적인 목표를 설정하고, 영업사원에게 전달하는 것은 목표를 달성하는 데 훨씬 도움이 된다.

한 영업 관리자가 팀 회의 중에 심각한 고객 문제가 발생했다는 것을 처음 듣게 되었다. 그가 생각하는 코칭은 부하 직원에게 "다음에는 문제가 발생하면 내게 즉각적으로 보고해. 알았어?"라고 명령하는 것이었다. 그는 부하 직원에게 문제가 발생한 부정적인 상황에 대해서만 지시했을 뿐, 문제가 발생한 원인에 대해서는 묻지 않았다. 그는 "왜 이런 일이 벌어진 거지?"라고 물을 수도 있었다. 아니면 좀 더 이상적으로 "다시는 이런 일이 발생하지 않게 하려면 우리가 무엇을 해야 할까?"라고 말하며 함께 대안을 탐색해 나갈 수도 있었다.

물론 코치가 설정하는 목표는 전체 그림 중 일부분에 지나지 않는다. 코치는 상황에 대한 직원의 관점과 그 상황을 개선하기 위한 직원의 의견을 경청해야 한다. 어쨌든 코치는 직원과 함께 코칭 세션의 출발점이 되는 구체적인 목표를 설정해야 하며, 목표의 기한과 책임 소재도 분명하게 정해야 한다.

이슈 발견Discover Issue단계에서는 세일즈 코칭에서 매우 중요한 두 가지 작업이 이루어져야 한다. 그중 첫 번째는 코치와 영업사원 간에 친근감을 구축하는 것이고, 두 번째는 코칭 세션의 목적을 분명하게 언급하는 것이다.

친근감 구축하기

이슈 발견Discover Issue 단계에서는 인간적인 면을 잊지 않는 것이 중요하다. 좋지 않은 소식, 예를 들면 고객의 불만, 판매 감소, 실패한 판매 전화, 실망스러운 실적 등을 전해야 하는 입장에 있는 코치는 곧장 직설적으로 유감스러운 소식을 전하는 경우가 많다.

그러나 코칭의 필수 요소인 피드백은 코치와 코칭을 받는 사람 간의 상호작용에 근거한다. 따라서 일방적이고 직설적인 태도는 피해야 한다. 그리고 코치는 시간을 할애해서 영업사원과 인사를 나누고,

안부를 물어야 한다. 이는 상호 협력을 위한 분위기를 형성하는 데 도움을 준다. 많은 영업 관리자들이 이해해야 할 것 중 하나는 사안에 대해서 엄격한 태도를 취한다고 해서 사람에 대해서도 엄격한 태도를 취할 필요는 없다는 것이다. 사실 사안이나 평가에 대해서는 엄격하면서도 사람에 대해서는 여유 있는 태도를 취하는 것이 많은 코칭에 있어서 목적이 되곤 한다. 즉석 코칭이든 아니면 좀 더 공식적인 코칭 세션이든지 간에 오프닝 단계에서는 인간적인 면에 시간을 할애하는 것이 무척 중요하다.

목적 언급하기

코칭 세션의 목적을 분명하고 솔직하게 언급하는 것이 중요하다. 코칭 세션은 '마법의 여정'이 아니다. 코치는 코칭 세션의 구체적인 목적에 대해서 언급함으로써 영업사원의 염려를 덜고, 논의의 요점을 정리해야 한다.

코칭 세션의 목적을 언급하는 데 있어 함정이 있다면 바로 코치가 너무 멀리 나가서 평가와 결론까지 말해 버린다는 것이다. 예를 들어, "심각한 문제가 하나 있네. 바로 자네들이 신규 개척 판매 실적을 올리지 못하고 있다는 것일세. 아예 노력도 하지 않는 것으로 보인단 말이야. 상황이 진전되지 않는다면…… 도대체 하루에 몇 통의 전화 영업을 하고 있나?"로 시작하는 것은 너무 멀리 간 좋은 사례다. 코칭의 목적이 평가가 아니라 성장에 있다면 말이다. 상식적인 사람이라면 이 말을 듣고 평가나 논의가 이미 끝난 상태라는 것을 인지하고, 대부분은 방어적인 반응을 보일 것이다. 관리자가 성급하게 영업 사원에 대해 판단을 내린 또 다른 예로는 "고객은 ○○○ 씨와 통화한 후로 지금 엄청 화가 난 상태야. 그것에 대해 몰랐단 말이야?"가 있다. 관리자는 자신의 의견을 분명하게 말하고 있지만, 서로 대화할 만한 여지를 남겨두지 않았다. 이런 경우, 상대방에 대해 결론이나 판단을 내리지 않고 목적을 언급

하는 것이 훨씬 더 좋은 접근법이 된다. 이에 대한 좋은 예로는 "신규 사업 부문에서 자네 실적이 떨어진 것으로 보고되었으니, 자네의 신규 사업 목적에 대해 한번 들어 봤으면 좋겠군", "방금 전 ○○○ 씨의 통화에 대해서 논의하고 싶은데 말이야. 특히⋯⋯" 등이 있다. 이들 예는 아주 분명하면서도 평가적이지 않다. 이와 더불어 영업사원 스스로 자신의 실적과 상황을 직접 평가할 수 있도록 기반을 마련해 주는 것도 필요하다.

이슈 발견Discover Issue 단계에서는 코칭 세션의 목적을 직접적이고 분명하게 언급해야 하지만, 이 단계가 마무리는 아니라는 점을 잊어서는 안 된다. 이슈 발견Discover Issue의 목적은 논의 주제를 정하고, 열린 대화를 시작하는 것이다. 성급한 판단은 열린 논의를 종식시키기 마련이다. 코치는 개방적이고 진솔한 태도를 취하는 동시에 상황을 평가하지 않으면서 코칭 세션의 목적을 언급해야 한다. 그런 다음에는 코칭을 받는 상대방의 의견을 경청해야 한다.

2단계 : 해결방안 논의(Discuss Solution)

이슈 발견^{Discover Issue} 단계 단계가 어느 정도 진행되었다면 그다음에는 영업사원의 인식과 요구를 제대로 파악해야 한다. 하지만 이것이 현장에서는 잘 실천되지 않는다.

한 영업 관리자는 젊고 똑똑한 영업사원이 거래가 성사될 가능성이 별로 없어 보이는 잠재 고객을 대상으로 헛수고를 하고 있다고 걱정했다. 영업사원은 그 잠재 고객과의 거래를 성사시키기 위해서 많은 시간을 투자했지만, 대부분은 의사 결정권이 없는 실무 담당자와의 이야기였다. 관리자가 보기에 이 거래는 가능성이 매우 낮아 보였다.

그래서 다음 코칭 세션의 목표를 '에너지와 자원을 좀 더 전략적으로 투자하기'로 설정했다. 관리자는 영업사원이 고객과의 상담에서 활용할 수 있는 적절한 질문 목록을 미리 작성하고, 결정권이 있는 고객을 공략할 수 있는 전략을 수립하기를 원했다. 그러나 애석하게도 관리자는 그 특정 잠재 고객에게 더 이상 시간이나 자원을 할애하지 말라는 말로 코칭 세션을 시작했다. 이에 영업사원은 방어적인 태도를 취했으며, 코칭 세션은 분노로 얼룩진 침묵 속에서 끝이 났다. 만약 관리자가 영업사원의 기회 평가에 대해 질문을 했더라면, 의사 결정권이 없어 보이는 잠재 고객의 주변 사람과 주로 이야기를 했지만 그에게 아주 중요한 거래를 할 수 있는 가능성이 충분했다는 것을 알 수도 있었을 것이다. 몇 가지 질문만 했더라면 경제적인 구매자 공략의 가치에 대해 논의할 수 있는 좋은 기회가 되었을 것이다. 더욱 중요하게는 그 영업사원이 최종 의사 결정자를 직접 공략하는 것에 대해 두려워한다는 사실도 발견할 수 있었을 것이다.

관리자는 코칭 세션을 시작하면서 강력하고 유용한 목표를 설정했다. 그러나 그는 이야기의 절반, 즉 자신의 이야기밖에 듣지 못했다. 15분의 코칭 세션이 끝난 후에 그에게 남겨진 것은 자신의 이야기뿐이었다.

영업사원에게 먼저 말할 기회를 줘라. 간단하게 말해서 관리자보다 영업사원이 먼저 말하게 해야 한다. 이 코칭의 황금률은 이해는 쉽지만 실천이 어렵다. 앞에서 언급했듯이 영업 관리자가 평가를 내리기 전에 코칭을 받는 영업사원이 먼저 자신의 생각을 이야기하도록 하는 것은 매우 중요하다. 이때 관리자는 어떤 식으로든 자신의 의견을 피력해서는 안 된다. 심지어는 "그거 꽤 좋군!"과 같이 긍정적인 의견을 피력하는 데도 주의가 필요하다. 이 간단한 원칙은 목표 달성에 장애가 되는 요소와 이에 대한 감정을 빨리 파악하도록 돕기 때문에 코칭 세션을 단축시킨다.

관리자의 목적은 영업사원이 현안에 대해서 스스로 평가하도록 돕는 것이다. 영업사원이 먼저 이야기를 주도하도록 하기 위해 코치가 물어야 하는 세 가지 핵심 질문은 다음과 같다.

첫 번째는 현안에 대해서 어떻게 생각하는지를 묻는 것이다. 예를 들면, "진행 상황에 대해서 어떻게 생각하는가?", "무슨 일인가?", "그 일이 어떻게 되어 가나?", "상황이 이렇게 된 이유는 무엇인가?", "무엇을 원하는가?"와 같이 묻는 식이다.

흔히 이러한 질문으로 코칭 세션을 시작하는 영업 관리자들이 많다. 문제는 이런 질문들에 영업사원들이 일반적인 대답 정도로 아주 짧게 한다는 것이다. 그러면 관리자들은 순식간에 주도권을 쟁취하고는 다시 원래의 말하기 모드로 전환한다.

이처럼 영업사원들이 제한적인 대답을 하는 경우가 종종 발생하므로 진정한 코칭 대화를 이어가기 위해서는 적어도 다음과 같은 두 가지 질문을 추가로 해야 한다. 그중 하나는 "자네가 잘한 것은 무엇인가?", "긍정적인 측면은 무엇인가? 구체적으로 답해 보게"와 같이 긍정적인 측면에 초점을 맞추는 것이다. 그리고 다른 하나는 "개선의 여지가 있는 부분은 무엇인가?", "자네 혹은 우리가 무엇을 더 잘할 수 있었을까? 구체적으로 답해 보게"와 같이 대안을 탐색하는 과정에 집중하는 것이다.

관리자는 이와 같은 세 가지 형태의 질문을 던짐으로써 영업사원의 인식을 일깨우고 성장과 몰입으로 이어지도록 도울 수 있다. 예를 들어, 관리자는 "보고서를 보니 자네 실적이 떨어졌더군. 그러니 신규 사업에 관한 자네의 목적에 관해서 이야기해 볼까?"로 시작한 다음 "자네의 신규 사업 확보 노력은 어떻게 되어 가고 있나?"로 넘어갈 수 있다. 이와 같은 접근법은 코칭을 받는 영업사원이 스스로 생각하고, 자신의 업무에 대해 평가하며, 성실성을 유지할 수 있도록 기회를 제공한다. 또한 스스로 목표를 성취하는 데 장애가 되는 요소를 파악하고, 성장을 위한 책임을 지도록 유도한다.

일단 코칭을 받는 영업사원이 무슨 일이 일어나고 있는지, 현 상황은 어떤지, 왜 그런 일이 발생했는지 등에 관해 의견을 피력한 다음에는 코치가 자신의 의견을 피력한다. 그러나 전형적인 관리자는 이슈 발견^{Discover Issue} 시에 다음 두 가지 중 하나를 시도하기 마련이다. 즉, 영업사원에게 뭐가 제대로 진행되었고, 반대로 뭐가 잘못 진행되었는지 곧바로 자신의 생각을 말하거나 형식적으로만 그의 생각을 물어보는 것이다. 만약 영업사원이 "별로 좋지 않아요. 거래를 성사시키지 못할 것 같아요"와 같이 일반적인 대답을 간단히 말하면 관리자는 그 즉시 상황에 대한 자신의 평가를 늘어놓는 경우가 대부분이다.

코칭 세션 초반에 영업사원에게 의견을 피력할 기회를 주지 않을 경우, 현안에 대한 그의 전체적인 인식은 물론, 그가 무엇을 이해하고, 무엇을 이해하지 못하고 있는지에 대한 통찰을 전혀 확보할 수 없다. 대부분의 영업사원들은 자신을 스스로 평가하도록 요청받는 경우가 드물기 때문에, 이러한 요청을 받으면 일단 의심부터 한다. 심지어 그런 요청을 함정이라고 여기는 이들도 있다. 또한 "팀장님이 지휘권을 쥐고 있으니까, 제가 무엇을 해야 할지 그냥 말씀해 주세요!" 혹은 "부장님이 원하는 게 있으실 것 아니에요. 그냥 제게 그걸 말씀해 주세요"와 같은 말을 하면서 책임을 피하려 하기도 한다.

코칭의 가치를 확고하게 믿고, 효과적으로 코칭 하는 법을 알고 있는 관리자가 아니라면 영업사원의 이러한 요청에 순간적으로 넘어갈 수밖에 없다. 그러나 자신들의 발전을 위해서 영업사원들 스스로 평가하는 방법을 알아야 한다고 믿는 영업 관리자는 당사자들에게 책임을 지게 할 것이다.

　관리자는 매일 이것을 훈련시킬 수 있는 기회를 얻는다. 영업사원이 "제 수행도가 어땠습니까?" 혹은 좀 "그 일에 대해서 어떻게 해야 할까요?"와 같이 질문할 경우, 코치의 역할로 돌아가 "자네의 수행도가 스스로 어땠다고 판단되는가?" 혹은 "개인적으로 몇 가지 아이디어가 있지만, 먼저 자네의 의견을 듣고 싶네."라고 말해 주면 된다. 그리고 이렇게 했을 때, 영업사원들이 저항하거나 머뭇거려도 끈질기게 그들의 자기 평가를 장려해야 한다. 영업사원이 자기 평가를 한 다음에야 코치는 비로소 자신의 의견을 피력하면 된다. 누구나 맹점을 가지고 있으므로, 관리자의 의견도 필요하다. 단, 영업사원이 먼저 자신의 의견을 피력한 다음에 해야 한다. 이는 물론 실천이 어렵다. 거의 누구나 '상대방이 먼저 말하도록 하라'는 개념을 머릿속으로는 이해한다. 하지만 그것을 실천하는 것은 전혀 다른 문제다. 어쨌든 이것은 코치 역할과 상사 역할 간에 중요한 차이점을 만든다. 이는 영업 관리자에서 코치로의 전환을 알리는 출발점이자, 영업사원에게 권한을 부여하는 가장 실용적이고 강력한 방식이다.

　실적 개선을 뛰어넘는 '후광 효과'란 바로 코치와 함께 일하는 직원들이 점점 독립적으로 변하는 것을 말한다. 한 기업은 사명선언문에서 "좋은 관리자는 부재 시 직원들이 필요로 하지 않는 관리자다."라고 명시하기까지 했다. 즉, 좋은 관리자는 직원들이 독립적으로 활동할 수 있도록 그들의 발전을 도모한다는 것이다. 한 코치는 이를 가리켜 "내 임무는 직원들이 나보다 뛰어나도록 만드는 것입니다."라고 말하기도 했다.

코치로서의 의견을 피력하라

영업사원이 자신의 실적에 대한 생각을 말하면, 영업 관리자가 그것의 강점과 개선의 여지에 대한 자신의 의견을 피력할 수 있다. 관리자는 자신이 말할 차례가 오면, "내 의견은 말이야…… 그리고 그 이유는……" 등과 같이 말함으로써 영업사원에게 긍정적인 영향을 미칠 수도 있다. 특히, 먼저 구체적인 예를 들어 강점에 대해 말하고, 그다음 개선의 여지가 있는 부분을 말하는 것이 유용하다. 이때 관리자가 영업사원의 의견을 경청한 다음 자신의 의견을 피력하는 것이 중요하다. 관리자는 영업사원이 당면한 장애 요소와 관련하여 경험, 지식 및 태도 등을 바탕으로 '최상의 추측'을 하겠지만, 그 추측은 전체 그림의 일부에 지나지 않는다. 즉, 자신의 의견만을 반영할 뿐이다. 바로 핵심 데이터, 즉 코칭을 받는 사람의 의견이 빠진 것이다.

3단계 : 실행계획 수립(Decide Action-Plan)

좋은 코치는 장애 요소에 대해 집중적인 접근법을 취한다. 먼저 간략하게 점검한 다음 더욱 심층적으로 살펴보고, 마지막으로 영업사원이 장애 요소를 제거하도록 돕는다.

무엇인가를 바로잡기 전에 해야 할 일은 바로 문제가 있음을 인정하는 것이다. 근본적인 의견 차이가 있을 경우, 관리자는 이를 해결하기 위해서 질문을 던진다. 그런 다음 예를 들어가면서 구체적인 피드백을 반복한다. 물론 이 방법이 효과가 없을 때는 자신의 직위를 이용하여 표준, 목표 및 비전을 재차 강조하면서 일정한 행동 변화를 요구할 수 있다. 그러나 장애 요소와 관련하여 집중적으로 회의를 진행한다면 대부분은 의견 취합이 가능하다. 이러한 의사소통 없이 일방적인 입장을 강행할 경우, 그들은 최소한의 노력만을 기울일 것이다. 사람들은 결국 자신이 원하는 방식대로 일하기 마련이다. 따라서 다른 이들의 의견을 경청하는 것이 중요하다.

영업사원이 해결책을 제안하도록 유도하라

일단 주요 장애 요소가 파악되고 이해되면 장애 요소를 제거하는 작업이 시작된다. 장애 요소 제거 작업은 영업 관리자가 솔루션을 제시하고 싶은 유혹을 받는 또 다른 작업이다. 장애 요소 제거 과정은 다음과 같이 이루어진다.

- 영업사원에게 원하는 결과를 설명하도록 요청한다.
- 영업사원에게 선택 안을 제시하도록 요청한다.
- 영업사원에게 코칭 세션의 결과나 다음 단계를 제안하도록 요청한다.

일단 문제가 파악되면 대부분의 관리자들은 영업사원에게 무엇을 해야 하는지 알려 준다. 물론 관리자의 지시가 지금 당장의 문제를 해결할 수는 있겠지만, 다음에 발생할 문제를 해결해 주지는 못한다.

코칭을 받는 직원에게 아이디어, 다음 단계 또는 작전 계획 등을 물어보면 놀라운 경험을 하게 될 것이다.

다음은 발전적인 코칭 세션의 사례다. 이 세션에서는 10분 동안 형편없는 사후 점검으로 인해 성난 고객의 불만에 관해 논의했다.

> **영업 관리자** : 이 시점에서 무엇을 해야 할까?
>
> **영업사원** : 제가 월요일 아침에 출근하자마자 고객님에게 전화하겠습니다. (오늘은 금요일이다.)
>
> **영업 관리자** : '(월요일? 왜 지금 당장이 아니고?'라고 속으로 생각하며) 월요일? 왜 월요일인가? 이 문제의 우선순위는 어떻게 되는가?

평소 같으면 "당장 고객에게 전화하게"라는 지시를 내릴 것이다. 그렇게 되면 고객에 대한 문제는 바로 그 자리에서 해결된다. 그러나 문제의 긴박성, 우선순위 선정 및 사후 점검 등과 관련된 영업사원의 문제는 해결되지 못한 채 계속 이어질 것이다.

코칭을 도입하면 영업사원이 어느 상태에 있는지 파악할 수 있다. 코칭의 목적은 코칭을 받는 직원이 자신의 장애 요소를 파악하고 그것을 극복하도록 돕는 것이다. 일단 장애 요소가 파악되면 "음, 자네 혹은 우리가 무엇을 해야 한다고 생각하는가?"와 같은 질문을 함으로써 문제 해결을 위한 첫발을 내디딜 수 있다. 영업 관리자가 영업사원의 계획을 평가할 때는 '무엇'과 '어떻게'를 구분해야 한다.

다행인 점은 영업사원이 내놓는 해결책이 코치의 기대를 능가하는 경우도 많다는 것이다. 코칭을 받는 영업사원이 해결책을 제시하지 못할 경우, 관리자는 영업사원이 자신의 권한 내에서 할 수 있는 일에 초점을 맞추도록 더욱 독려해야 한다. 자신이 직접 모든 일을 처리함으로써 너무 많은 책임을 지는 관리자들이 많다. 영업 관리자는 자신이 아니라 영업사원에게 책임을 부여해야 한다. 계속해서 영업사원이 아무런 해결책도 제시하지 못할 경우에는 해답보다는 선택안이나 아이디어를 제공하도록 한다. 이때 중요한 것은 이것을 출발점으로 삼아 영업사원이 선택안이나 아이디어에 대해 생각하는 바와 그 이유를 묻는 것이다.

때로 영업사원들은 자신의 권한 밖에 있는 해결책을 제시하기도 한다. 예를 들어, 훈련 세미나 참가, 행정 지원 확보 또는 관리자에게 책임 부여 등을 제안하기도 한다. 이런 경우에는 절대 미끼를 물어서는 안 된다. 물론 이러한 아이디어에도 장점이 있고 실행이 가능하겠지만 중요한 것은 영업사원 스스로가 책임을 지도록 하는 것이다. 그들의 아이디어를 인정하고 고려한 다음에 "그런데 지금 당장 자네의 권한 범위 내에서 할 수 있는 일은 무엇인가?"라는 질문을 하도록 해야 한다.

훌륭한 코칭이 가져오는 성과 중 하나는 코칭을 받는 사람의 내면이 긍정적으로 변한다는 것이다. 굳이 영업이 아니라 인생의 모든 측면에서 성공을 거두는 사람들은 내면적으로 성숙하는 큰 변화를 겪는다. 이들은 이러한 변화를 통해 자신이 무엇인가를 해낼 수 있다고 확신하며, 자신이 하는 일이 성공에 큰 기여를 한다고 믿는다. 그에 반해 부정적인 사람들은 자신이 나쁜 일에 휘말린다고 생각한다. 이들은 자신의 일이 실패하는 이유를 '운이 나빠서', '인맥이 부족해서' 등 외부 환경 탓으로 돌린다.

일단 해결책이 제시되면 영업 관리자는 다음 단계의 일들을 지지하기 위해 시범을 보이고, 영업사원을 훈련시켜야 한다. 예를 들어, 특정 상황과 관련된 역할 연기를 하거나, 새로운 아이디어를 위한 브레인스토밍을 하거나, 전략을 검토하거나, 다양한 방식으로 지지를 표현해야 한다.

세일즈 코칭에서 중요한 것은 점진적인 성장이다. 즉, 큰 성과를 내기 위해서 작은 단계들을 밟아 가는 것이다. 여기서 핵심은 코칭을 받는 사람이 실천할 수 있는 한두 가지 구체적이고 합의된 실천 계획으로 코칭 세션을 마무리하는 것이다.

사후 점검과 지속적 코칭

사후 점검을 위해서 구체적인 세부 계획을 세우는 것도 중요하다. 측정과 관찰이 가능한 실천 계획을 세우고, 그것을 실행하기 위한 세부 계획을 짜지 않으면 모니터링을 하기가 무척 어려워진다. 일단 실천 계획이 실행되기 시작하면 관리자는 영업사원에게 이에 대한 요약을 요청해야 한다.

마무리의 최종 단계는 관리자가 영업사원에게 진심이 담긴 격려의 말로 긍정적인 기운을 불어넣는 것이다. "자네가 잘할 거라고 믿네."와 같이 관리자의 진심 어린 말은 영업사원에게 큰 의미를 부여

한다. 그리고 적절한 경우에 관리자는 영업사원에게 피드백에 대한 요청하는 것이 좋다.

사후 점검은 코칭의 효과를 유지하는 데 도움을 줄 뿐만 아니라 책임을 지는 분위기를 형성한다. 더불어 사후 점검은 영업 관리자의 헌신적인 노력을 대변한다. 사후 점검을 제대로 하려면 한정된 시간 내에 합의된 실천 계획을 재검토해야 한다. 가령 '그 직원이 실행 계획을 잘 실천했는가?', '그렇다면 다음에 그 직원이 해야 할 일은 무엇인가?'가 그것이다.

관리자는 약속된 일정에 따라 코칭 대상자였던 직원에게 실행 계획을 잘 지켜나갈 것을 독려하고, 제때에 사후 점검을 해야 한다. 사후 점검은 집중과 훈련의 일부분일 뿐만 아니라 역할 모델링을 구성하는 데 있어서 중요한 요소다. 영업사원은 관리자가 사후 점검을 할 것이며, 자신의 실행 계획의 수행 여부를 사후 점검할 것으로 예상하고, 관리자가 절대 손을 놓고 지켜볼 일이 없을 것이라고 믿고 있을 때, 더욱 착실하게 업무를 수행하게 된다.

사후점검은 첫 번째 코칭 세션이 끝날 때 다음 세션 일정을 확정함으로써 그 효과를 발휘한다. 앞서 '코칭의 두 가지 중요한 속성'에서 언급한 바와 같이 코칭의 효과는 단 한 번의 코칭으로 나타나는 것이 아니라 지속적인 강화에 의해서 나타난다. 따라서 영업사원이 특정 영역에서 서서히 기술들을 완성해 가는 과정에서 관리자가 세심하게 관찰한 것에 대해 피드백을 통해 지속적으로 강화하는 사후 관리 과정이 매우 중요하다.

파이프라인 코칭

영업 관리에 있어서 파이프라인 관리란 영업 조직이 다양한 고객 접점을 통해 수집한 영업 기회를 사전에 정의한 영업단계에 따라 체계적이고 전략적으로 관리하여 매출 성공률을 높이는 것을 의미한다. 이렇게 하도록 파이프라인 관리 체제를 도입하는 것은 고객의 구매 프로세스에 따라 자사의 영업 조직이 움직이도록 내부 프로세스를 만들고, 파이프라인을 기반으로 영업 회의를 진행하며 파이프라인결과에 따라 보상도 결정한다. 또한 파이프라인 정보를 바탕으로 매출도 예측한다.

파이프라인 코칭이란 위에서 언급한 파이프라인을 통해 매출목표 대비 현재의 실적, 파이프라인의 각 단계, 파이프라인의 모양에 따라 회사가 목표한 수준에 따라 영업 관리자가 영업사원을 코칭 하는 것을 말한다.

무엇인가를 한쪽 끝에서 다른 쪽 끝으로 전달하는 기능을 흔히 '경로'라고 한다. 영업에서 경로란 영업 기회를 수주로 전환시키는 과정을 의미한다. 대개는 한쪽 끝에 있는 영업 기회 수가 수주로 전환되어 빠져나오는 수보다 훨씬 많기 때문에 소위 깔때기 모양, 〈**그림 14-1**〉을 띠게 된다. 따라서 깔때기 모양과 길이는 곧 수익성을 나타낸다고 볼 수 있으며, CRM을 통해 영업자동화^{SFA} 시스템을 구축하고 있는 회사들은 이것을 '파이프라인^{pipeline}'이라고 부르며 체계적으로 관리한다.

이 깔때기 모양에 큰 영향을 미치는 4대 변수가 있는데, 투입되는 영업 기회의 '질', 투입되는 '건수', 영업 단계의 '전환율', 영업 기회에서 수주로 전환되는 '승률'이다. 질과 건수는 얼마나 많은 양질의 영업 기회들이 발굴되고 있는가를 말하고, 전환율은 영업 기회들이 다음 단계로 원활하게 진전되는가를 의미하는데, 판매되기까지의 속도라고 할 수 있다. 속도가 빠르면 그만큼 빨리 돈을 번다는 것이다. 승률은 말 그대로 계약률이다. 입수되는 정보와 영업사원의 활동도 많은데 계약률이 낮다면 큰 문제다. 이

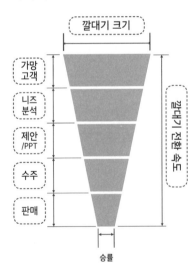

〈그림 14-1〉 깔때기 모양의 영업경로

런 현상은 영업 기회 발굴에만 초점을 맞추는 경우에 흔히 발생하는데, 반드시 그 원인을 분석하고 시정하도록 하는 코칭이 필요하다.

고객의 유형을 규정하지 않고 사업을 운영하는 경우가 흔히 있다. 이는 경로를 명확히 하지 않은 것으로 시간과 자원을 크게 낭비하게 된다. 아무 고객이나 목표로 삼는 것은 그것 자체가 결국 목표에 부합하는 고객을 확보할 수 없다는 것을 의미하기 때문에 미래에 큰 발전을 이루기 어렵다. 누구에게나 제품을 판매한다는 것 자체가 누구나 팔 수 있다는 것을 의미하기 때문에 특정 대상에게 판매했을 때보다 많은 이익을 실현하지 못한다. 대상을 명확히 하고 고객의 발전 가능성을 파악하는 것이 중요하다.

경로의 끝, 즉 영업 기회가 수주로 전환될 수 있는 수단을 마련하는 것을 목표로 시작하는 것이 좋다. 달성하고 싶은 결과와 그 결과를 이루는 데 필요한 고객을 토대로 영업 경로를 관리해야 한다. 다음의 질문에 답해보기 바란다.

- 당신 회사의 이상적인 고객 믹스(customer mix)는 어떤 모습인가?
- 고객이 어디에 존재하는가?
- 새로운 분야에 영업 기회가 있는가?
- 핵심 고객과 기타 고객 사이에서 어떻게 균형을 맞추고 있는가?
- 파레토의 법칙(Pareto's Law, 80:20 법칙)이 적용되고 있는가?
- 핵심 고객에 대한 평균 지출 비용은 얼마인가?
- 그 외 고객에 대한 평균 지출은 얼마인가?

- 고객이 당신에게 구매하는 이유는 무엇인가?

- 무엇 때문에 고객은 당신에게 계속 구매하는가?

- 고객과의 관계가 얼마나 확고한가?

위 질문에 답하는 과정에서 기억할 점은 영업 기회가 수주로 전환되기까지 영업 경로를 거치면서 이상적인 고객의 상태에 대해 생각하는 것이다.

파이프라인 코칭으로 미래 매출을 일으켜라

영업 혁신의 가장 중요한 이슈는 영업 조직에 파이프라인 관리 문화를 정착시키는 것이다. 이를 위해서는 무엇보다 CEO가 최고의 코치가 되어야 한다.

파이프라인 관리는 정보의 흐름을 보면서 코칭을 전개하는 것이다. 주기적으로 변화하는 파이프라인을 보면서 CEO 관점에서 코칭을 해야 한다. 파이프라인은 매출이 끝난 것이 아니라 진행형이기 때문에 결과에 대한 질책보다는 미래를 준비하는 사전 전략 회의로서의 코칭이 필요하다. 파이프라인이 스트레스 도구로 작용할 경우에는 보고를 위해 정보가 왜곡되는 현상이 발생한다.

영업사원들로부터 고객의 소리를 듣고 코칭 하는 문화를 만들어가야 한다. 물론 영업 활동이 부진했거나 파이프라인 모양에 문제가 있다면 정확하게 피드백하는 것이 중요하다. 영업 기회 수가 부진하다면 그 원인에 대해 설명을 들어야 하고 회사 차원에서 무엇을 해야 할지를 고민해야 한다. 영업 조직이 느슨해서 생긴 문제라면 경각심을 갖게 해야 한다. 영업자동화시스템SFA을 운영한다면 데이터로 영업 생산성 정보에 관한 리포트를 보면서 코칭 할 수 있어야 한다.

코칭은 파이프라인의 성공 여부에 매우 중요한 역할을 한다. 파이프라인을 접해보면 코칭이 없을 경우 태생적으로 한계가 있음을 알 수 있다. 그 이유는 파이프라인 정보를 입력하거나 관리해야 할 사람이 다름 아닌 영업사원인 경우가 대부분이고 영업 기회 정보가 입수되면서 파이프라인이 계속 변화하는데, 파이프라인에 대해 코칭하지 않으면 엉망이 되어버리기 때문이다. 코칭은 영업 기회에 대한 모니터링, 확인, 상담, 그리고 전략 회의 등을 아우르는 것이다. 또 영업 관리자가 영업사원을 대상으로 파이프라인 코칭을 하지 않으면 영업사원들은 '감'에 의존하는 영업을 할 수밖에 없다.

영업사원이 입력한 정보를 믿지 못하겠다는 영업 관리자들이 많다. 그러나 평상시 코칭과 가이드를 하지 않고 이것을 바란다는 것은 앞뒤가 맞지 않는 말이다. 코칭은 영업 관리자와 영업사원 간의 대화 창구이며, 고객에 대한 전략적 영업을 위한 작전 시간이자, 파이프라인의 품질을 높이는 최고의 수단이다.

효과적인 파이프라인 코칭을 위한 3가지 원칙

영업 관리자가 파이프라인 코칭의 효과를 높이기 위해서는 지켜야 할 몇 가지 룰이 있다.

첫째는 일대일로 코칭 해야 한다는 것이다. 조직 전체가 참여하는 파이프라인 회의는 일대일로 할 수 없으나, 관리자는 이와 별도로 정기적으로 시간을 정해 영업사원과 일대일 코칭 시간을 가져야 한다. 그래야만 문제의 본질을 파악하여 해결책을 마련할 수 있다.

둘째는 사실 기반의 코칭이다. 실적이 좋지 않으면 이성적 판단이 흐려져서 코칭 방법을 잊어버리고 영업사원을 꾸짖는 일이 흔히 생긴다. 이렇게 되면 코칭이 아니라 영업사원들에게 악몽의 시간이 된다. 코칭은 감정적으로 진행하는 것이 아니라 파이프라인의 '사실'을 기반으로 진행해야 한다. 영업은 잘될 때도 있고 안 될 때도 있다. 파이프라인도 계속해서 바뀌기 때문에 언제나 완벽한 상태로 존재하기 어렵다. 그래서 관리자들은 파이프라인이 보여주는 정보를 보면서 객관적인 사실에 따라서 판단하고, 그것을 기반으로 코칭 해야 한다.

셋째는 의심을 전제로 파이프라인 정보를 판단하지 말라는 것이다. 신뢰가 무너진 상태에서는 정상적인 진행을 기대할 수 없다. 믿음을 가지고 코칭을 통해 목표 실적을 달성할 수 있게 해야 한다. 물론 확인은 중요하다. 영업 관리자는 정보를 확인하여 만약 영업사원이 입력한 정보가 틀렸을 때에는 정보를 정확히 업데이트할 수 있게 코칭 해야 한다. 이 프로세스가 파이프라인 전체 정보의 품질을 높인다.

파이프라인 코칭은 영업사원과 관리자가 상호 신뢰를 바탕으로 커뮤니케이션해나가는 성과 향상 프로그램이자 상호 지원 시스템이라고 할 수 있다. 영업 관리자는 영업사원이 제공하는 정보를 통해 현상을 진단하고, 영업사원은 관리자의 코칭을 통해 성과를 만들어 내는 것이다. 모든 영업 조직에서 적극적으로 활용할 필요가 있다.

영업 활동 경로의 전환율을 높이려면

팀의 영업 경로는 관리의 중점 사항이나 조직, 영업의 특성에 따라 가망 고객-니즈 발견-가치 제안-수주, 또는 영업 기회-제안-PT-수주 등의 단계로 세분화해서 관리할 수 있다. 여기서 다음 단계로 이동하는 정도를 나타내는 영업 활동 경로의 전환율을 주의 깊게 살펴야 한다. 전환율이 낮다는 것은 영업 단계가 진전되지 않거나 기회를 방치하고 있다는 뜻이며, 결과적으로 매출 저하를 비롯한 여러 가지 문제를 일으키게 된다. 그런데도 이를 모르고 있는 경우가 적지 않다.

영업 관리자가 우선적으로 할 일은 영업 경로를 분석한 결과에 근거하여 필요한 판매 실적을 달성하려면 얼마나 많은 영업 기회가 창출되어야 하는지를 파악하는 것이다. 그리고 영업사원들이 자신의 경로를 최대한 유지하기 위한 영업 기회를 창출해내도록 훈련시키는 것이다. 어떤 가치를 어떻게 제안할지를 말로 표현해보면서 최선의 방법을 찾게 하고, 필요하다면 직접적으로 판촉 활동에 변화를 주는 등의 노력과 지원을 해주어야 한다.

영업은 혼자 하는 것이 아니다. 주변의 도움이 필요하다. 영업 경로상의 문제를 해결하는 것 역시 자력으로 하기보다 다른 사람의 협조를 얻어 함께 다양한 전략적 대안들을 모색하는 것이 백배 효과적이다. 사원도 그렇고 관리자도 그렇다. 그 속에서 영업 기회도 확대되는 법이다.

파이프라인 회의

파이프라인이란 영업사원들이 다양한 고객 접점을 통해 획득한 모든 영업 기회를 사전에 정의한 영업 단계에 따라 체계적이고 전략적으로 관리하여 매출 성공률을 높이는 것을 말한다. 따라서 파이프라인 관리체계를 도입하는 기업은 고객의 구매 프로세스에 따라 자사의 영업프로세스를 만들고 파이프라인을 기반으로 영업 회의를 진행한다.

파이프라인은 파이프라인을 운영하게 해주는 소프트웨어만 도입해서 되는 것은 아니다. 파이프라인을 도입한다는 것은 고객 구매프로세스 설계에서 시작하여, 이 프로세스를 실제 영업에 적용하고, 파이프라인 정보를 바탕으로 영업사원들을 코칭 하며, 파이프라인을 통해 매출을 늘리는 것을 의미한다. 따라서 이러한 과정은 영업 관리 방식에 혁신을 가져오고, 영업 생산성을 높이는 비즈니스 혁신이라할 수 있다.

이러한 파이프라인 관리는 영업회의에 혁신을 가져온다. 파이프라인 회의 방식은 이미 끝난 실적과 결과에만 치중하기보다는, 미리

고객의 구매 프로세스와 니즈에 맞춰서 사전에 영업사원들이 고객의 리듬에 따라 움직이게 함으로써 더 많은 영업기회를 확보할 수 있도록 해준다.

파이프라인 회의는 실적이 발생하기 전 영업기회의 진행현황과 성과예측에 중점을 두고 있다. 파이프라인 관리는 파이프라인 정보에 기반을 둔 정기적인 회의를 조직 내부에 뿌리내리지 못하면 반쪽밖에 성공하지 못한다. 그 이유는 파이프라인 데이터의 품질체크, 현재 진행 중인 파이프라인의 건강도 체크 및 영업 기회에 대한 영업사원들의 코칭 등 모든 활동을 파이프라인 회의를 통해서 진행하기 때문이다.

이 회의를 통해서 영업 관리자는 영업사원 개인의 그리고 팀의 목표대비 부족한 부분을 어떻게 채울 것인가 하는 실적을 관리한다. 파이프라인 회의는 영업사원과 영업 관리자가 먼저 시작하고 임원, 경영진까지 반복적으로 진행되기도 한다.

성공적인 파이프라인 회의를 이끄는 좋은 방법은 첫째, 회의가 규칙적으로 반복 되어야 하며, 둘째, 동일한 정보를 공유해서 이 정보를 바탕으로 코칭을 해야 하며, 셋째, 영업현장 있는 영업사원에서 최고 경영자까지 계단식으로 상향 진행한다는 것이다.

규칙적으로 진행한다

파이프라인 회의는 주기가 중요하다. 그 이유는 영업 프로세스가 반복되기 때문이다. 즉, 영업 기회를 발굴하고, 제안하고, 또 수주하는 프로세스가 계속 일어나고 관리 되어야 하기 때문에 이를 효율적으로 관리하기 위해서, 규칙적으로 파이프라인 회의를 진행해야 한다. 이 과정을 통해서 영업사원들도 파이프라인 회의가 일회성 이벤트가 아니라 하나의 영업문화로 생각하게 된다.

파이프라인 회의는 주간, 월간, 분기별로 진행하는 것이 바람직하다.

동일한 데이터와 동일한 포맷으로 진행한다

파이프라인은 영업사원 누군가에 의해서 항상 정보가 입력된다. 따라서 특정 시점에 추출한 정보를 바탕으로 작성한 동일한 리포트로 회의를 진행해야 코칭이 가능하고 효과적이다. 또한 리포트는 많지 않도록 해야 하고 회의 전에 미리 정해져 있어야 한다.

조직 전체가 계단식으로 상향 전개한다

주간 파이프라인 회의가 금요일이라면 매주 영업 팀장과 영업사원 간에 회의가 진행될 것이다. 그러나 월간 회의는 더 상급자가 동일한 방식으로 진행하고 전체적으로 규칙과 일관성을 유지시켜야 한다.

영업사원은 매일 파이프라인을 보며 영업활동을 계획하고 정보를 업데이트하는 것이 이미 생활화 되어 있어야 한다. 그리고 정해진 주간 파이프라인 회의 시점이 오면, 일주일 동안의 활동을 정리해서 회의에 참가한다. 회의의 진행방식은 앞에서 설명한 주간, 월간회의 진행방식과 크게 차이 나지 않는다.

정기적인 파이프라인 회의를 통해 파이프라인의 정보를 지속적으로 업데이트할 수 있다. 그러나 회의를 정기적으로 하지 않으면 데이터의 품질이 저하될 것이며, 영업 관리자들은 데이터를 신뢰하지 못하게 된다. 심지어는 저질의 데이터로 인해 파이프라인의 필요성까지 거론하는 상황에 이를 수 있으므로, 파이프라인 회의는 반드시 정기적으로 해야 한다.

정기적인 파이프라인 회의는 고객의 니즈와 변화에 민첩하게 대응할 수 있게 해주며, 영업기회와 거래의 진행속도 및 상황, 그리고 계약 성공률에 대해 정기적으로 영업사원들에게 피드백을 제공하며, 이를 통해 강한 책임감을 느끼게 해준다.

파이프라인 도입의 저항요인

파이프라인에 대한 영업사원의 저항은 단순히 설득이나 교육 등을 통해 해결될 수 있는 문제가 아니라 상당히 근원적인 치유책이 찾아져야 한다. 이를 위해서는 영업사원이 파이프라인 관리에 저항하는 이유가 무엇인지에 대한 면밀한 검토가 필요하다.

파이프라인을 통한 세일즈 코칭이 활성화되기 위해서는 많은 변화가 요구된다. 그런데 그 변화를 수용하여야 하는 주체는 영업사원이기 때문에 영업사원들이 이러한 변화에 왜 저항하는가에 대한 이해가 선행되어야 한다. 변화에 대한 저항의 강도는 변화로부터 초래된 위협의 정도와 비례한다. 즉, 위협이 크다고 생각할수록 저항은 심해진다. 파이프라인 시스템 도입이라는 변화로 초래되는 영업사원에 대한 위협 요인으로 권력의 상실, 간섭에 대한 두려움, 시간과 노력의 낭비 등을 들 수 있다.

권력의 상실

영업사원이 파이프라인 시스템의 도입으로 인해 느끼는 가장 큰 위협은 '권력의 상실loss of power'이다. 영업사원들의 입장에서는 자신들이 보유하고 있는 고객정보가 바로 권력의 원천이 된다. 영업사원의 입장에서는 자신이 보유하고 있는 고객정보는 자신이 회사나 영업 관리자를 상대로 자신을 내세울 수 있는 기반이고, 자신을 다른 영업사원들과 차별화시킬 수 있는 원천이며, 더 나아가 자신이 회사를 떠났을 때에도 자신을 지켜줄 수 있는 자산이 된다. 따라서 이를 시스템에 입력하여 회사와 공유하는 순간, 자신의 권력은 대폭 줄어들 수밖에 없다고 생각하기 때문에 영업사원들은 파이프라인 시스템의 도입에 저항하게 된다.

즉, 영업사원들은 관리시스템이 아무리 유용하고, 아무리 사용하기에 편하다고 할지라도 자신이 가지고 있는 고객정보를 회사와 공유하게 되면 자신의 가치는 급격히 떨어질 수 있다는 두려움을 갖고 있기 때문에 저항하게 된다. 그래서 소수의 스타급 영업사원에 대한 의존도가 높은 업종에서는 성공적인 파이프라인시스템의 도입은 거의 기대하기 힘들다. 이들 스타급 영업사원은 자신이 관리하는 고객들의 정보를 회사와 공유하지 않으며, 다른 회사로 자리를 옮길 때는 자신이 관리하던 고객들도 같이 가져간다. 회사는 파이프라인시스템의 도입으로 인해 이러한 현상이 발생하는 것을 원치 않기 때문에 시스템의 도입을 꺼리게 된다.

간섭에 대한 두려움

파이프라인 시스템은 영업사원의 생산성 향상에 기여하는 기능과 함께 영업사원에 대한 관리를 효율적으로 수행하는 데 필요한 기능을 동시에 가지고 있다. 영업 관리자는 파이프라인시스템을 활용하여 영업사원이 시간을 어떻게 활용하고 있는지를 정확하게 파악할 수 있고, 영업사원의 활동을 보다 효율적으로 코칭할 수 있게 된다. 이러한 관리기능 때문에 영업사원들은 시스템의 도입으로 인하여 영업 관리자가 자신의 영업활동의 세세한 부분들을 매우 신속하게 또한 매우 쉽게 파악할 수 있게 된다는 두려움을 갖게 된다.

즉, 파이프라인관리시스템 도입 이전까지는 비교적 독립적이고 자유롭게 영업활동을 하여 왔는데, 시스템의 도입으로 인하여 회사나 영업 관리자의 간섭이 심해질 것이라는 우려를 가지고 있다. 영업 현장에서 일어나는 문제에 대해서 파이프라인시스템의 도입 이전까지는 영업사원 스스로가 주도적으로 그러한 문제의 본질을 파악하고 해결책을 만들어 나갔는데, 시스템이 도입됨으로 인하여 업무 수행 과정에서 발생하는 모든 문제에 대해서 영업 관리자가 일일이 간섭하고 지시하는 상황으로 바뀌는 것을 원하지 않는 것이다.

시간과 노력의 낭비

영업사원이 파이프라인 시스템의 도입에 저항하는 또 다른 요인으로 시스템의 도입으로 인해서 자신들의 시간과 노력이 낭비된다는 인식을 가지고 있다는 점을 들 수 있다. 파이프라인시스템을 활용하기 위해서는 이를 학습하기 위한 시간과 노력을 기울여야 하고, 또한 고객 접촉정보를 비롯한 다양한 정보를 입력하는데도 시간과 노력이 소요된다. 영업사원들의 입장에서는 시스템의 도입으로 인하여 영업활동 시간이 증가하는 것이 아니라 요구하는 업무가 증가하여 영업활동에 오히려 방해가 될 수 있다는 인식을 가질 수 있다.

파이프라인관리시스템에 대한 저항은 영업사원의 경력 및 연령이 높아질수록 심한 것으로 알려져 있다. 경력이 많은 영업사원, 그중에서도 특히 영업실적이 우수한 베테랑 영업사원은 시스템에 대한 가치를 상대적으로 덜 느낀다. 이들은 나름대로 체득한 영업 기술을 활용하여 성공적인 영업성과를 올려왔고, 또한 자신의 노하우에 대해 상당히 자부하고 있기 때문에 자신이 가지고 있는 정보를 회사와 공유하면서까지 시스템이 요구하는 방식대로 자신의 영업 형태를 바꿀 필요는 없다고 생각한다. 또한 나이가 많은 영업사원의 경우에는 파이프라인에 대해 익숙해지기 위해서는 많은 노력이 필요한데 영업사원으로서의 경력이 많이 남아있지 않기 때문에 구태여 그렇게 하여야 할 필요를 상대적으로 덜 느낀다. 따라서 연령이 많은 베테랑 영업사원일수록 시스템에 대한 저항은 심해질 수 있다.

저항에 대한 해결방안

파이프라인관리시스템 도입에 대한 저항을 최소화하기 위해서 쉽고 단순한 시스템의 구축, 영업지원 중심 시스템의 구축, 영업사원의 참여에 의한 시스템의 구축 등 다양한 방안이 검토될 수 있다.

쉽고 단순한 시스템

먼저 시스템은 사용하기 쉽고 단순하게 만들어져야 한다. 과다한 기능을 가진 시스템을 만들어 놓으면 이를 정상적으로 유지하기 위해서는 영업사원이 입력하여야 하는 데이터가 증가하게 되고 이는 곧 영업사원의 부담 증가로 이어진다. 쉽고 단순한 시스템을 만들기 위해서는 무엇보다 선택과 집중의 원칙에 입각하여 가장 필요한 기능을 선별하고 이를 중심으로 시스템을 구현하는 것이 중요하다.

즉, 용도가 불확실하거나 반드시 필요하지는 않은 정보를 산출하는 데 사용되는 기능은 과감히 포기하고, 꼭 필요한 기능만을 포함시키는 것이 바람직하다. 또한 회사의 규모가 큰 경우에는 제품 분야별로 여러 개의 사업부가 존재하게 되는데, 이러한 경우에 여러 사업부에 공통적으로 적용되는 시스템을 구축하는 것은 바람직하지 않다. 왜냐하면 모든 사업부에 적용되는 시스템을 구현하려면 여러 부서의 다양한 요구 사항을 반영하여야 하기 때문에 시스템은 자연히 복잡해지는데, 영업사원의 입장에서는 이러한 시스템이 사용하기도 힘들 뿐만 아니라, 자신의 영업활동이 타 부서의 구성원에게 그대로 노출되는 데 대해 부담을 가질 수 있기 때문이다.

영업지원 중심의 시스템

파이프라인관리시스템은 영업지원의 기능과 영업 관리의 기능을 동시에 가지고 있다. 영업 관리자와 영업사원 간에는 시스템에 대한 기대에 있어서 상당한 차이가 있다. 영업 관리자는 영업지원 기능과 함께 관리기능도 활발하게 수행해 주기를 기대하는 반면, 영업사원은 영업지원 기능을 극대화하고 관리기능은 하지 않거나 최소화시켜 주기를 원한다. 그런데 시스템의 도입을 결정하고 이를 추진하는 주체는 영업사원이 아니라 관리자의 입장에 있는 경영층이기 때문에 의식적인 노력을 하지 않으면 관리기능이 강한 시스템이 만들어지기가 쉽다. 이렇게 되면 영업사원은 시스템에 대해 많은 거부감을 갖게 되고, 따라서 활용도도 당연히 떨어지게 된다. 이러한 일이 발행하지 않게 하기 위해서는 시스템을 통해 관리해야 할 부분을 최소화하고 영업지원에 초점을 맞춘 시스템을 구축하여야 한다. 예를 들어 영업사원의 활동을 일별로 관리하는 것을 지양하고, 영업사원의 활동고객방문 회수 등이 정상적인 범위 내에 있으면, 이를 주 단위 혹은 월 단위로 모니터링 하는 정도의 관리만을 하는 방향으로 시스템을 운영하는 것이 바람직하다. 이왕 시스템을 구축하는데 이런저런 관리기능을 모두 포함시키는 것이 바람직하지 않느냐는 반론도 있을 수 있지만, 파이프라인 관리의 주목적은 영업지원에 있고, 또한 영업사원이 사용하지 않는 시스템은 무용지물일 수밖에 없다는 생각을 기반으로 시스템을 구축하여야 한다.

영업사원의 참여에 의한 시스템 구축

영업사원들의 저항을 줄이기 위해서는 시스템의 구축 초기 단계부터 영업사원들을 적극적으로 참여시키는 것이 중요하다. 특히 영업사원들 가운데에서도 리더 격인 베테랑 영업사원을 참여시키는 것이 대단히 중요하다. 영업사원들을 시스템의 구축에 적극적으로 참여시켜야 하는 이유는 두 가지로 요약될 수 있다. 첫째는 영업사원들의 적극적인 참여를 통해서 영업사원들의 니즈에 부응하는 현실적인 시스템이 구축될 수 있다는 점이다.

고객정보의 오너십에 대한 교육

파이프라인시스템 사용이 활성화되기 위해서는 영업 관리자가 영업사원에게 양질의 다양한 정보를 제공할 수 있어야 하고, 이를 위해서는 영업사원이 고객에 대한 다양한 정보를 정확하게 입력하여야 한다. 이를 위해서는 영업사원이 앞에서 언급한 '권력의 상실'이라는 인식을 갖지 않도록 하는 것이 중요하다. 이 문제의 해결을 위해서는 고객정보의 오너십ownership에 대한 회사의 명확한 입장 정리가 선행되어야 한다. 즉, 영업사원의 고객정보에 대한 오너십을 인정할 것인가 혹은 인정하지 않을 것인가에 대한 입장을 정하는 것이 우선되어야 하고, 이에 따라 영업사원의 공감대를 형성할 수 있는 교육이 이루어져야 한다.

먼저 영업사원의 고객정보에 대한 오너십을 인정하지 않는 경우에는 고객정보는 회사의 소유라는 입장을 명확히 하고, 이의 근거와 타당성에 대한 교육이 이루어져야 한다. 영업사원은 고객정보 오너십에 대한 뿌리 깊은 애착을 가지고 있기 때문에 이러한 인식을 단기간에 불식시키기는 매우 어렵다. 어떤 기업의 경우에는 이 문제를 해결하기 위해 영업사원을 선발할 때 영업사원으로서의 경력을 전혀 갖고 있지 않은 사람들을 선발하고, 이들을 대상으로 입사 시부터 고객정보는 회사의 소유라는 것을 교육과 시스템을 통해 명확히 하는 예도 있다. 영업사원의 고객정보 오너십을 인정하지 않는 입장을 취할 수 있는 기업은 신생기업이거나 규모가 크지 않아서 영업사원에 대한 교육이 상대적으로 용이하거나, 혹은 기업의 명성과 능력이 출중해서 회사가 영업사원에게 주는 혜택이 다른 경쟁사에 비해 매우 큰 경우에 국한된다. 그렇지 않은 기업의 경우에는 단기간에 고객정보의 오너십에 대한 인식을 바꾸는 것은 거의 불가능하다.

두 번째로 영업사원의 고객정보에 대한 오너십을 인정하는 경우에는 회사는 시스템과 제도를 통해 최대한 이를 보호해주는 방안을 검토하여야 한다. 영업사원은 자신이 담당하고 있는 고객의 정보가 다른 영업사원에게 노출될 수 있다는 점을 우려한다. 따라서 회사는 다른 영업사원에게 해당 영업사원의 고객정보가 노출되지 않도록 세심하게 배려하여야 한다. 즉, 해당 영업사원이 담당하는 고객정보에는 다른 영업사원이 접근하지 못하도록 하는 시스템적인 조치가 필요하다. 또한 영업 관리자에 의한 고객정보의 활용도 명시되어 있는 제한된 목적으로만 사용하도록 할 필요가 있다. 예를 들어 통계분석 자료의 산출, 전략의 수립 등 제한된 목적으로만 고객정보가 사용

되게 함으로써 영업사원이 덜 불안한 마음으로 고객정보를 입력할
수 있도록 하는 것이 중요하다. 회사의 방침이 정해지면 영업사원과
영업 관리자를 대상으로 이에 대한 교육이 이루어지고, 이를 통해 고
객정보의 오너십에 대한 전사적인 공감대를 형성시켜나가야 한다.

영업활동 과정이 중시되는 보상체계

매출액과 같은 영업의 최종적인 결과만을 중시하는 보상체계하에
서는 시스템의 활용이 활성화되기 어렵다. 파이프라인 관리시스템
의 기본적인 취지는 영업의 각 단계에서 이루어져야 하는 영업사원
의 활동을 보다 효율적이고 효과적으로 코칭 하는 것인데, 평가 기준
이 매출액과 같은 최종 결과만으로 구성되어 있으면 영업사원의 입
장에서는 시스템을 활용하여 각 영업 프로세스상에서의 활동을 보
다 충실하게 수행하기보다는 자신이 가장 잘할 수 있는 익숙한 방법
으로 매출액을 올리는 데 매진하려 할 것이기 때문이다. 즉, 지금 당
장의 매출도 중요하지만 미래의 매출에 기여할 수 있는 활동을 동시
에 중시하는 보상체계가 만들어져야 파이프라인시스템 사용의 활성
화가 이루어질 수 있다. 이와 함께 평가 기준에 시스템 활용도에 대
한 지표주요기능 사용 횟수, 정보 입력 횟수 및 입력 정보 정확도 등를 포함시킴으로써 영
업사원에게 시스템의 활용이 영업 활동의 일부이며, 회사가 파이프
라인관리 시스템의 활용에 대한 강한 의지를 가지고 있다는 인식을
지속적으로 심어줄 필요가 있다.

chapter
15

영업 코칭이 답이다

밀기 vs 당기기 동기부여 모델

필자는 한 영업 세미나에서 참가자들에게 "영업성과 향상을 위해서 여러분들의 관리자가 가장 많이 하는 활동은 무엇인가요?"라고 질문을 던졌다. 그러자 한 참가자가 단 1초도 망설이지도 않고 "푸시입니다!"라고 답해서 사람들이 한바탕 웃었던 기억이 난다.

영업 현장에서 '푸시'는 상상을 넘어선다. 영업사원들에게 목표 달성과 책임을 강조하며 다양한 방법을 동원해서 높은 성과를 올리라고 재촉하는 모습을 어렵지 않게 접할 수 있다. 이러한 운영 방식은 관리자가 원하는 목표를 달성하기보다는 영업사원들로 하여금 다양한 편법의 유혹에 빠지게 한다.

왜 영업 관리자들은 훌륭한 코치가 되어 영업사원들이 잠재력을 발휘하도록 도울 수 있음에도 그렇게 하지 않는 것일까? 많은 경영진들이 정작 이 문제에 대해 제대로 인식하고 있지 못하는 것 같다. 다시 말해, 영업 현장의 진짜 문제가 무엇인지 경영진들이 제대로 알지 못한다는 말이다.

경영진들은 전략적인 목표를 달성하지 못하는 이유를 유능한 영업사원을 뽑기 어려운 상황, 장기 불황, 높아진 업무 비용, 자원 부족, 업무과다 등의 탓으로 돌린다. 이 중 몇몇은 그럴듯한 이유가 되지만, 목표 달성이 어려운 보다 근본적인 원인은 관리자들이 영업사원들을 동기부여 하는 데는 다양한 방법이 있다. 그중 하나가 효과적인 업무의 위임이다. 관리자가 자신의 업무를 위임한다는 것은 부하직원의 능력에 대한 신뢰와 존중을 의미하기 때문에, 동기를 부여하는 한 가지 방법이 될 수 있다. 또한 관리자들은 성과에 대한 인센티브나 목표 설정, 칭찬이나 인정, 심지어는 압박 요법을 잘만 활용하면 영업사원들에게 동기를 부여할 수 있다.

영업 관리자로서 당신은 영업사원들에 동기부여를 하는 데 얼마나 많은 시간을 투자하는가? 관리자라면 누구나 매달 영업사원들이 목표를 달성할 수 있도록 동기부여를 할 것이다. 이는 마치 오르막길을 계속 주행하는 것과 같다. 만약 관리자가 영업사원들에게 동기부여 하는 일을 멈춘다면, 어떤 일이 일어날지 생각해 보라. 영업사원들은 에너지가 서서히 고갈되어 결국은 멈추거나 뒷걸음질을 치고 말 것이다. 사람은 자신에게 변화를 가져오던 외부의 자극이 없어질 때 예전의 습관으로 돌아가는 경향이 있다. 마찬가지로 영업사원들도 지속적으로 동기가 부여되지 않는다면 이전의 나쁜 행동을 다시 답습하기 쉽다.

영업 관리자라면 누구나 나름의 동기부여 방법을 활용하겠지만, 쉬지 않고 영업사원들에게 동기를 부여하기란 대단히 어려운 일이다. 전통적인 영업 관리와 코칭의 가장 큰 차이점은 영업사원을 동기부여 하는 방법에 대한 철학이 다르다는 것이다. 전통적인 영업 관리는 영업사원들의 전문적인 성장을 지원하는 데 있어서 이율배반적인 부분이 있을 수 있다. 즉, 힘이 너무 들어가면 오히려 역효과를 낳을 수 있다. 전통적인 영업 관리 방식은 영업사원들의 성장을 지원하고 있다고 생각하지만 실제로는 성장을 가로막고 있다.

이제부터는 영업사원들을 동기부여 하는 과정에서 지치지 않고 사용할 수 있는 몇 가지 방법을 공유할 것이다. 필자는 영업 관리자들을 대상으로 한 세미나에서 처음 몇 분간 영업팀을 담당하는 데 있어서 관리자들의 도전과 걱정에 관해 질문한다. 그들의 걱정은 대부분 영업사원들을 긍정적인 방법으로 동기부여 해서 생산성을 높이는 것과 관련이 있다.

그렇다면 이것을 어떻게 하면 잘할 수 있을까? 동기를 부여하는데는 두 가지 철학이 담겨 있다. 하나는 끌어당기는pull 방법이고, 다른 하나는 밀어내는push 방법이다. 당기는 방법은 사람들에게 권한을 주고, 밀어내는 방법은 사람들의 능력과 에너지를 빼앗는다.

관리자들은 성과에만 너무 연연하기 때문에 영업사원들에게 실적을 강요하거나 재촉하는 방식으로 동기를 부여하려 한다. 이처럼 밀어내기 방식은 영업사원들에게 주어진 목표를 책임지도록 재촉하거나 압박하는 방법이다. 반면, 사람들에게 동기를 부여하기 위한 끌어당기기 모델에는 지지, 지원, 코칭 등이 있다. 이 방법은 영업사원 개개인의 비전과 목표를 활용하여 성취 욕구와 실행 의지를 북돋워서 성과를 낼 수 있도록 지원한다.

이 두 가지 동기부여 방법의 가장 큰 차이점은 당기는 방식은 시간이 흐르면 노력을 덜 해도 훨씬 효과가 큰 데 반해, 전통적인 밀어내는 방식은 많은 노력을 필요로 하는데도 불구하고 효과는 일시적이라는 것이다. 영업 관리자는 영업사원이 외부로부터가 아니라 스스로 동기가 부여될 수 있도록 하는 것을 목표로 해야 한다. 그러기 위해서는 영업사원들에게 어떤 방식으로 동기부여를 받고 싶은지 물어야 한다. 그래야 제대로 동기가 부여된 영업팀을 구축할 수 있다.

무엇에 동기부여 되는지 귀를 기울여라

진정으로 훌륭한 관리자라면 영업사원 저마다의 개성과 차이점을 인정하고, 개인에게 적합한 방법을 적용해야 한다. 그러나 불행히도 현실에서는 대부분의 영업 관리자들이 영업사원의 개성과 차이점을 존중하거나 그들에게 적절한 동기를 부여하지 않는다. 필자의 주장을 오해하지 마라. 총괄적이고 일관된 관리 시스템이 중요하다는 것에는 필자도 이견이 없다. 필자 역시 최고의 영업 역량을 키우고, 최고 성과자들의 영업 방식을 다른 영업사원들에게도 확대시키는 것이 효율적이라고 믿는다. 그러면 어떤 관리자들은 "통일된 영업 방식을 반복적으로 따르다 보면 누구나 성공할 수 있지 않을까요?"라고 물을 것이다. 필자는 물론 어떻게 인재를 채용하고, 채용한 이들을 잘 적응시키고, 성장시키며, 동기부여 하는지에 대한 코칭이나 경영 시스템 역시 이와 비슷하다고 생각한다. 그러나 많은 관리자들은 이처럼 정해진 시스템을 직원들의 개인적인 성향과 형식에 따라 보완하려고 하지 않는다. 이럴 때 시스템이 무의미해지고 결국 붕괴하는 것이다. 결론적으로 영업 관리자들은 영업사원들 고유의 특성을 인정하지 않기 때문에 실적만을 재촉하게 되는 것이다.

많은 관리자들은 대부분의 영업사원들이 보수에 의해 동기가 부여된다고 생각한다. 그러나 항상 그런 것은 아니다. 사실상 받지 못할 보상이 눈앞에 있다면 그것은 오히려 방해가 될 수도 있다. 마티즈 리서치에 따르면, "회사가 진심으로 자신들의 이야기에 귀를 기울이고, 배려해 준다는 직원들의 인식은 그들이 받는 보수보다 9배 정도 더 중요하다."고 한다.

모든 것은 돈에 관련된 문제만이 아니라는 것이다. 관리자들은 영업사원들에게 신뢰, 성실성, 동기부여 그리고 책임감 등을 요구한다. 이러한 요소들은 영업 관리자가 코칭을 통해 영업사원들을 상품이 아닌 저마다 개성 있는 한 개인으로 인정할 때만 얻을 수 있는 것들이다.

어떻게 코칭 받고 싶은지 물어라

영업사원들의 내적 동기를 어떻게 하면 알 수 있을까? 그들에게 질문하면 된다. 관리자들은 영업사원들이 가장 중요시하는 가치가 무엇인지, 무엇을 달성하고 성취하고자 하는지 등 질문을 통해 그들의 내적 동기를 파악해야 한다. 이를 위해서 다음과 같은 질문들을 해 보라.

- 당신이 지금 하고 있는 것을 원하지 않는다면, 무엇을 하고 싶은가요?(어떻게 하면 매일매일 출근길이 즐거울 것 같나요?)
- 당신이 강화하고, 증진하고, 발전시키고 싶은 분야는 무엇인가요?
- 당신의 인생이나 직업에서 가장 중요한 것은 무엇인가요?(당신에게 있어서 성공적인 직업 및 인생이란 무엇인가요?)
- 당신에게 가장 큰 만족감과 성취감을 안겨 주는 세 가지 목표는 무엇인가요? 이러한 목표를 성취하기 위한 구체적인 실천 방안이 있나요? 이러한 목표에 도달하는 데 있어서 방해되는 요인이 있나요?
- 당신이 이러한 목표를 달성하는 데 있어서 어떻게 지원을 받기를 바라나요?
- 당신이 원하는 목표를 달성하는 데 있어서 어떻게 책임을 묻는 것이 도움될까요?
- 부정적이거나 너무 세세하게 관리하지 않으면서도 당신이 책임감을 느낄 수 있도록 할 만한 방법으로는 무엇이 있을까요?
- 당신이 전념하기로 약속했던 일들을 지키지 않았을 때 어떻게 접근하기를 원하나요? 다른 사람들이 어떻게 돕기를 바라나요? 오해 없이 열린 마음으로 대화를 시도하는 방법에는 무엇이 있을까요?

이러한 질문들은 영업사원들의 내적 동기와 믿음, 가치관을 파악하는 데 도움이 된다. 또한 상호 간의 기대 사항을 명확히 함으로써 최적의 동기부여 방법을 발견하게 해 주고 관리자의 섣부른 추측이나 판단으로 인해 에너지를 낭비하는 것을 미연에 방지하게 해 준다.

영업사원들에게 영업 성과와 관련해 지속적으로 압박을 가하거나 강요한다면, 장기적으로는 내성이 생겨 반응하지 않거나 강요에 의해서만 움직이는 수동적인 사람으로 전락할 수도 있다. 이것이 바로 영업사원이 직접 원하는 것을 설명하고 스스로 동기부여 해야 하는 이유다. 이렇게 하는 것이 관리자의 입장에서도 스스로를 지치지 않게 하는 방법이다. 영업사원들에게 성과를 재촉하는 것은 궁극적으로 영업 관리자 자신을 지치게 하는 일이다.

'결핍'보다는 '풍요'를 소통하라

성과에 대한 두려움과 부담감을 통해 동기부여를 하는 것은 영업사원들로 하여금 성과에 대한 회피를 초래하는 것일 뿐 그들이 책임감을 가지고 정말 하고 싶도록 하는 것에 초점을 맞추는 것이 아니다. 만약 사람들이 처벌이나 실직에 대한 공포에 사로잡힌다면, 그들의 태도와 성과에 어떠한 영향을 미칠 것 같은가?

그런 사람들로 구성된 팀의 의욕은 어떨 것 같은가? 그리고 고객들에게 어떠한 영향을 미칠 것 같은가? 영업사원의 마음이 두려움과 걱정으로 가득하다면 제대로 동기부여를 하기란 매우 어렵다.

영업 관리자는 영업 조직에서 일어나는 모든 의사소통과 문제점에 관한 총괄적인 책임을 진 사람이다. 반대로 의욕적이고 동기를 유발하는 문화에 대해서도 책임을 진다. 결국 기업문화는 이러한 의사소통 방식에 큰 영향을 받게 된다. 따라서 당신은 자신의 의사소통 방식이 영업사원에게 동기를 유발하는지 아니면 저하시키는지 자문해 보아야 한다. 그리고 현존하지 않는 것이나 부정적 가능성, 결과에 집중하는 대신 현재의 강점이나 미래의 가능성, 잠재력 등 긍정적인 것에 대해서도 소통해야 한다.

예를 들면, "이번 분기에 어느 정도 실적을 내지 않으면, 인사에 불이익이 있을 거야" 혹은 "이 프로젝트를 시간 내에 끝내지 못한다면, 여름휴가를 가는 데 문제가 생길 거야"와 같은 말들은 내적 두려움을 바탕으로 한 위협이라고 할 수 있다. 이것들은 결과 지향적인 성질의 것으로, 현존하지 않거나 자신들이 기대하지도 않는 상황에 초점을 맞춘 말들이다.

그렇다면 "만약 당신이 이번 달에 어느 정도 실적을 낸다면, 특별 시상금을 받을 자격이 됩니다."나 "이 프로젝트가 끝나면 휴가 계획을 짜는 일만 남았어. 물론 휴가비도 나오겠지"와 같은 말은 어떨까? 이러한 대화는 미래에 실현 가능한 일에서 비롯되는 기쁨이나 보상에 초점을 맞춘 대화다. 하지만 무엇보다 당신이 반드시 기억해야 할 것이 있다면 바로 이것이다. "당신이 생각한 대로 결과는 이루어질 것이다."

조건 없이 인정과 감사를 표시하라

사람들이 대부분의 커리어에서 원하는 것은 무엇일까? 통계에 따르면, 사람들은 그들이 더 나은 성과를 낼 수 있도록 돕는 긍정적인 강화와 인정을 원한다고 한다. 오늘날 직업 세계에서 사람들의 가장 큰 고민거리는, '지금 내가 가치 있는 일을 하고 있는가?', '지금 하는 이 일을 미래에도 계속해서 할 수 있는가?'에 관한 것이다.

만약 당신이 영업 관리자라면, 당신은 자기 존재의 당위성을 증명하기 위해서라도 팀원들이 계속해서 자신의 관리하에서 열심히 일하며 좋은 성과를 내주기를 바랄 것이다. 그러나 많은 관리자들이 팀원들의 가치를 인식하지 못하고, 그들의 걱정을 달래 주지 못하고 있다. 대신에 그들은 팀의 문제에 대한 솔루션이나 지속 가능한 성장보다는 안 좋은 성과나 문제 그 자체에 집중한다. 이러한 관리자들은 하나의 문제에 대한 불을 끄면, 계속해서 또 다음 문제에 대한 불을 끄려 할 뿐이다.

칭찬이나 인정의 부산물은 직원들의 의욕을 높여 그에 걸맞은 조직 문화를 만드는 데 있다. 자신에게 질문해 보라. 당신은 매일 인정을 받고 있는가? 당신이 꾸준하게 긍정적이고 진심 어린 칭찬을 받아 보지 않았다면, 그것이 얼마나 중요하고 효과적인지 모를 가능성이 높다. 결국 우리는 전례로부터 배우는 법이다. 그리고 스스로에게 물어보라. 당신은 얼마나 자주, 진정성 있게 사람들을 인정해 주고 칭찬하는가? 당신은 왜 직원들을 충분히 칭찬하지 않는가? 당신은 왜 직원들을 인정하는 데 있어서 그토록 야박한가? 당신은 무엇이 두려운 것인가?

어느 날 당신이 사무실에 있고, 영업사원이 막 외근에서 돌아왔을 때, "○○○ 씨가 이번 프로젝트에 많은 시간과 열정을 쏟아서 아주 멋진 결과를 창출해 내고 있어요. 정말 진심으로 일하는 것이 느껴집니다. 정말 좋습니다!"라며 칭찬과 인정의 세례를 쏟아 부었다고 하자. 이것은 물론 과장된 면이 있지만, 그만큼 기존의 기업문화는 서로를 칭찬하고 인정하는 데 취약하다. 일반적으로 사람들이 남들을 인정하지 못하는 몇 가지 이유는 다음과 같다.

- 어떻게 인정할지 모르거나 꺼리는 경향이 있다.

- 칭찬을 많이 하거나 인정해 주면, 그들이 교만하거나 게을러질 것이라고 생각한다.

- 정말로 중요한 것을 그저 간과하고 있다.

- 진실성이 느껴지지 않을까 봐 아예 시도조차 하지 않는다.

강력하고 동기부여적이며 긍정적인 강화와 인정을 사용하는 기법의 핵심은 진정성 있게, 측정 가능하게 그리고 무조건적으로 하는 것이다. 하지만 너무 일반적이고 가벼운 "훌륭해요!", "잘했어요!"와 같은 말은 자제하는 것이 좋다. 당사자들에게는 이러한 말들이 조건적이고, 진실성이 없으며, 술수에 불과하다고 여겨져서 역효과를 낳을 수도 있다.

대신에 팀원들이 해낸 일의 어떠한 부분이 왜 좋은지 구체적으로 언급하도록 해야 한다. 진솔하고, 구체적이며, 측정 가능한 인정을 하라. 팀원들의 행동, 활동, 변화, 마음가짐, 기술을 강화하는 것은 그들의 성공과 성과에 깊은 영향을 미친다. 팀원들의 태도와 행동을 구체적으로 인정하고 칭찬하면, 그들이 앞으로도 어떻게 해야 하는지 이해할 수 있다. 그렇게 했을 때 관리자는 궁극적으로 팀원들이 행하고 있는 가장 모범적인 수행을 강화하게 된다. 다음에 몇 가지 예시를 소개하겠다.

- "지난주에 영업을 성사시킨 고객에게 매우 효율적으로 사후 관리를 하고 있군요. 인내심 있게 구체적이고 단계적으로 영업 시스템을 존중하는 태도가 변덕스러운 고객들을 행복한 고객들로 변화시켰어요. ○○○ 씨의 이러한 점이 무척 자랑스럽습니다."
- "다른 산적한 일들이 있음에도 마감 기한을 잘 지키고, 제안서를 시간 안에 작성해 줘서 고맙게 생각해요. 이는 ○○○ 씨가 엄청난 업무량에도 큰 책임감을 갖고 일 처리를 유능하게 하고 있다는 것을 증명해 줍니다."
- "나는 ○○○ 씨가 새로운 프로젝트를 훌륭하게 해낼 줄 알았어요! 이 어려운 프로젝트를 다른 사람들에게 떠넘길 수도 있었을 텐데, 전문가의 모습을 확실히 보여 줬군요. ○○○ 씨의 열정과 집중력에 진심으로 존경의 마음을 전하고 싶어요."

만약 영업사원들의 노력에 대한 칭찬과 감사의 마음에 진정성이 있다면, 당신은 팀원들에게 업무에 대한 동기를 더욱 강화하고, 그들에게 안정감을 부여하는 데 뛰어난 능력이 있는 것이다. 만약 당신이 팀원들을 인정하지 않는다면, 그들이 스스로 얼마나 잘하고 있는지 어떻게 알겠는가?

필자는 아직까지 영업사원들이 관리자로부터 너무 많은 칭찬과 인정을 받은 이유로 회사를 떠났다는 것을 들어 본 적이 없다. 팀원들에 대한 관리자의 인정과 칭찬, 감사의 표현 등은 그들로 하여금 자신들의 어떤 행동이 강화되어야 하는지를 알게 해 주고, 스스로에게 더욱 더 동기를 부여함으로써 효과적인 솔루션과 성과를 창출 능력을 길러 줄 것이다.

실수했을 때, 만회할 수 있도록 도와줘라

영업 관리자들은 영업사원들이 종종 하는 실수를 만회할 수 있도록 그들을 도와야 한다. 이러한 원칙은 영업사원의 생산성과 태도에 큰 영향을 미친다. 필자는 10년 넘게 전문 코치를 해 오면서 고객이 잘못되도록 놔둔 적이 없다. 우습게 들릴지 모르겠지만, 코치가 어떻게 사람들을 잘못되게 그냥 내버려 두겠는가? 그러나 관리자들은 종종 자신의 역할을 망각한다. 그들은 가끔씩 다음과 같이 영업사원에 대해 이해와 배려 없는 말을 툭툭 내뱉는다.

- "○○○ 씨가 틀렸어요. 그렇게 하는 것은 옳지 않아요."
- "내가 말한 방식대로 왜 일을 처리하지 않았지? 그 고객이 ○○○ 씨에게 구매하기를 원했는데 이런 식으로 대응하면 안 되지."
- "이건 우리가 제안한 방법이 아닌데?"
- "그건 완전히 틀려 버렸어요. 어떻게 할 수가 없는 상황이네요."

결국 이러한 방식의 의사소통은 영업사원들의 동기를 저하하는 원인이 되며, 방어적인 태도를 더욱 강화할 뿐이다. 다음은 우리가 평소에 잘 인식하지 못하는 의사소통 오류의 예다. 이것은 일상적인 대화에서는 포착하기가 어렵다. 관리자로서 당신도 이러한 오류를 범하고 있는 것은 아닌지 한번 생각해 보라.

- 비교 발언 : "지난번보다는 훨씬 나아 보이는군!", "지난주보다는 한결 성과가 좋군."

- 비난 발언 : "당신이 업무의 사소한 부분까지 관심을 기울였다면, 이런 상황은 없었을 겁니다."

- 과거에 초점 맞추기 : "지난번 ○○○사를 통해 줄을 댄 경험을 기억하나? 많은 시간을 투자했지만 결과는 좋지 못했어. 이런 실수를 또다시 반복해서는 안 되네."

- 부정적인 목적 : "파이프라인에 있는 20개의 잠재 고객에 대한 진행 상황은 어떻게 돼 가나?"

- 부정적이고, 문제 중심적인 질문들 : "왜 제대로 하지 않았나?", "이 프로젝트를 완료하는 데 너무 오랜 시간이 걸리는 것 아닌가?", "이번 달 영업 목표를 달성하는 데 있어서 방해 요소가 무엇인가?"

- '항상', '한 번도'를 포함한 발언 : "○○○ 씨는 정해진 마감일까지 입금을 한 적이 한 번도 없어.", "왜 항상 미팅이나 출근 시간에 늦나?", "왜 항상 전화하는 데 어려움을 겪나?"

- 부정적 응답 : "축하해! 계약이 성사됐네. 하지만 영업 수익이 떨어져서 보너스를 모두 받지는 못할 거야.", "이번 분기에 할당 목표를 달성한 것 축하합니다. 그런데 보너스는 받기 힘들 겁니다. 지난달 컴플레인 건 때문에 말입니다."

- 빈정거림 : "축하합니다! 계약 해지율이 가장 높은 직원으로 뽑히셨네요!"

이렇게 건실하지 못한 의사소통 전략은 상대방의 귀뿐 아니라 마음까지 닫게 한다. 심지어 듣는 사람 입장에서는 인신공격으로 느껴질 수도 있다. 이는 결국 영업사원들이 관리자의 기대에 부응하지 못한데 대한 여러 가지 변명들을 만들어 내도록 강요하는 것이나 마찬가지이다. 그렇다면 관리자들은 왜 하필 이러한 태도로 의사소통할까? 사람들은 남의 잘못을 지적할 때, 자신이 옳다고 믿는 경향이 있다. 하물며 다른 이들의 잘못을 지적함으로써 힘을 얻는 사람들도 있다.

가끔씩 우리는 무언가에 너무 집중하여, 예를 들면 자신은 항상 옳고 싶다는 욕구 때문에 새롭고 더 큰 가능성을 창출할 기회를 외면하고 만다. 동일한 목표를 달성하고자 하는 팀원들로 구성된 팀이라면, '누가 옳은가'가 아닌 '옳은 것들 중에서 중요한 것'에 초점을 맞추어야 한다.

생각해 보라. 우리는 모두가 동일한 최종 목표를 이루기 위해 함께 일한다는 사실을 종종 잊어버리지는 않는가? 영업사원들이 잘못됐다고 생각하는 대신, 그들의 관점을 이해하고 존중하며, 어떻게 하면 그들을 옳은 방향으로 이끌 수 있을지에 초점을 맞추고 의사소통하라. 그렇다면 영업사원들이 하는 최선의 방식이 기대나 기준에 맞지 않을 때는 어떻게 해야 할까? 다음과 같은 방식으로 개선할 수 있다.

예를 들면, 회사에서는 지출품의서나 영업 주간보고서를 작성하는데 옳은 방법과 옳지 않은 방법이 있을 것이다. 직원이 이 양식을 잘못 작성했을 때, 관리자는 "틀렸군요!" 혹은 "잘못된 방법으로 작성되었군요"라고 말하는 대신 그들이 작성한 양식에 관해 질문하면서 올바른 방법을 제시하는 것이 좋다. 만약 관리자가 영업사원이 잘못 작성한 양식에 초점을 맞춰서 비난하고, 강압적인 태도를 취한다면 결국 그들은 더욱 방어적인 자세로 관리자와 대립할 것이기 때문이다. 다음은 누군가의 잘못을 지적하는 대신에 그 사람의 성장 잠재력을 일깨워 줄 몇 가지 질문들이다. 이러한 질문들은 감정적으로 반응하거나 틀렸다고 말하지 않고도 상대방의 태도를 바꿀 수 있도록 도와줄 것이다.

- 그 밖에 가능한 방법들로는 무엇이 있을까요?
- ○○○ 씨가 생각하고 있는 것을 공유해 주실 수 있나요?
- -또 다른 접근법과 솔루션이 있을까요?
- 고려해야 할 만한 또 다른 사실들이 있나요?
- 제가 어떻게 도와드리는 것이 도움이 될까요?
- 왜 그렇게 보고, 느끼는지 공유해 주실 수 있나요?
- 또 어떤 점이 사실인가요?
- ○○○ 씨가 한 말이 잘 이해가 되지 않는군요. 더 이야기해 주실 수 있나요?

영업사원들의 발언이나 태도에 대해 일일이 반응하기보다는, 이러한 질문들을 사용하면 당신은 정말 말하고 싶은 것을 효과적으로 전달하고, 그들의 진정한 동기부여 요인이나 정보의 근원을 탐색하는 데 훨씬 용이할 것이다.

전문가/상사 모델 · 지시를 통한 코칭

영업 관리자는 자신이 배운 대로 영업사원을 관리한다. 가장 일반적인 관리 형태는 전문가/상사boss 모델이다. 기본적으로 지시적인 태도를 바탕으로 하는 이 모델은 다음과 같은 가정을 바탕으로 한다.

- 관리자는 최우선 문제나 장애물을 파악할 수 있는 유일한 인물이며, 문제나 장애물의 원인과 정도를 판단할 수 있고, 그것을 바로잡을 수 있는 지식과 기술을 보유하고 있다.
- 관리자는 전문가 역할을 함으로써 코칭을 받는 사람이 변화하고 개선되도록 가장 잘 지원할 수 있다.

말할 필요도 없이 이들 가정에는 중대한 문제가 있다. 우선 첫 번째 가정의 경우, 관리자가 오판했을 때는 어떻게 될 것인가? 관리자가 문제를 확대 혹은 축소한다면 어떻게 될 것인가? 관리자가 잘못된 문제를 해결하려고 한다면 어떻게 할 것인가? 관리자가 전문지식과 노하우가 부족하다면 어떻게 할 것인가? 두 번째 가정 역시 문제가 많다. 즉, 다른 사람에게 무엇을 해야 할지를 알려 주는 것이 문제의 개선을 지원하는 최선의 방식인가 하는 것이다.

한때 영업사원들의 교육과 훈련을 담당하고 있는 고객과 일한 적이 있다. 그에게 코칭에 관해 물었더니, 이미 회사에서 코칭 훈련을 받았다고 답했다. 나중에 이와 관련된 논의에서 그의 회사가 '지시적 코칭' 모델을 사용했다는 사실이 드러났다. 그렇다면 지시적 코칭이란 무엇일까? 그것은 관리자가 직원들에게 할 일을 지시해 주는 코칭 접근법이다. 직원들이 이 코칭법에 대해 느끼는 감정 및 직원들의 발전 방식 등에 관해 필자와 짧게 논의한 후에 결국 그는 이 코칭 방식을 바꿀 필요성을 느꼈다고 말했다.

전문가/상사 모델은 잘 드러나지는 않지만 많은 조직 내에 존재하고 있다. 이 모델은 대부분의 사람들이 알고 있으며, 많은 이들이 경험하는 전형적인 관리자 모델이기도 하다. 이 모델에서는 영업사원들이 관리자 또는 상사에게 질문을 한다. 문제는 이 과정에서 관리를 받는 영업사원이 스스로 문제를 해결하도록 도움받을 기회를 놓치게 된다는 것이다. 이러한 문제점을 보완하는 데 필요한 상사의 단한 가지 질문은 바로 "자네 생각은 어떤가?"다. 물론 '즉각적인 코칭'을 제공하고, 답을 바로 알려 줘야 할 때도 있다. 하지만 이것이 코칭의 전형적인 방식이 되어서는 안 된다. 상사에게 즉시 물어보고 곧바로 답을 구하는 습관 때문에 놓치게 되는 현장 코칭 기회가 너무나도 많기 때문이다.

이 모델이 얼마나 일반적인지 알고 싶다면, 지금 이 순간 "○○○고객이 전화를 했는데요, 어떤 가격 정책을 제시해야 할까요?" 혹은 "고객에게 뭐라고 말해야 할까요?"와 같은 질문을 상사에게 하고 있는 수천 명의 영업사원들을 떠올려 보면 된다. 이 중에서 직원에게해야 할 일을 바로 말하는 대신 의견을 물어보는 상사는 몇 명이나될까?

코치/자원 모델 · 질문하기를 통한 코칭

전문가/상사 모델의 대안이 바로 코치/자원 모델이다. 이 모델에서는 관리자가 전문가인 상사가 아니라 자원으로서 기능한다. 그렇다고 해서 이 모델에서 영업 관리자가 방향을 제시하지 않거나 가치를 부여하지 않는다는 말은 아니다. 관리자는 이와 같은 기능을 할 수 있고, 또 해야만 한다. 그러나 관리자는 단순히 지식이나 정보의 원천이 되기보다는 직원들이 스스로 문제를 해결하고, 궁극적으로 스스로 코치를 하도록 돕기 위해서 지식과 기술을 도구로 활용한다. 이와 같은 과정은 영업사원이 문제를 해결하는 것뿐 아니라, 목표를 달성하는 데 방해가 되는 장애 요소까지 극복할 수 있도록 돕는다.

오늘날과 같이 복잡한 환경에서 항상 모든 답을 알고 있는 관리자는 거의 없다. 이러한 이유로 코치/자원 모델이 더욱더 의미가 있는 것이다. 이 모델은 팀과 그 밖의 자원을 활용하도록 영업사원들을 훈련시킬 뿐만 아니라, 충분히 훈련된 사람들에게는 자신의 실적에 대해 책임을 지도록 한다.

실적이 매우 좋은 나머지 관리자가 어떻게 코치해야 할지 모르는 영업사원이 있으면, 다음에는 어떤 일을 하고 싶은지 물어보라. 코치는 "이 사안과 관련하여 누구누구와 이야기를 해 봤나?"와 같은 질문을 함으로써 경험이 풍부한 이들을 활용할 수도 있다. 영업사원들이 편안한 마음으로 자원을 활용할 수 있는 문화를 만드는 것은 창의적 사고, 새로운 아이디어의 창출 및 팀과 직원들의 성장에 있어서 절대적 인자다.

참고 문헌

- 김상범(2017), 영업관리, 세일즈 MBA, 푸른영토.

- 김상범(2018), 영업, 전략으로 혁신하라, 호이테북스.

- 김상범(2015), 영업 코칭이 답이다. 호이테북스.

- 박세정(2017), 파이프라인을 구축하라 : 책과나무.

- 박찬욱(2005), 한국적 CRM 실천방안, 시그마인사이트.

- 박찬욱(1995), "급여체계, 보상성향 및 지각된 업무챌린지가 판매사원의 동기부여에 미치는 영향에 관한 연구 : 변수간 상호작용을 중심으로", 마케팅연구 10(1) : 51-63.

- 박찬욱(2017), 고객관계 구축을 위한 영업관리(2판), 청람.

- 스키타 히로아키(2007), 홍성민 옮김, 보스턴컨설팅그룹의 영업테크닉, 비즈니스맵.

- 이마무라 히데아키(2007), 보스턴컨설팅그룹의 B2B마케팅, 비즈니스맵.

- 최용주 · 김상범(2014), 영업의 미래, 올림출판사.

- Andris A. Zoltner, Prabhakant Sinha and Sally E. Lorimer(2008), "Sales Force effectiveness : A Framework for Researchers and Practitioners", Journal of Personal Selling & Sales Management, 28(2), 115-131.

- Barrent Riddleberger(2004), Blueprint of a Sales Champion》, Ratzelburg.

- Barton A. Weitz, Kevin D. Bradford(1999), Personal selling and sales management: A relationship marketing perspective, Journal of the Academy of Marketing Science, 27(3), 241-254.

- Barrick, Murray R.; Mount, Michael K(1991), "The Big Five Personality Dimensions and Job Performance: A Meta-Analysis, Personnel Psychology; 44(1), 1-26.

- Benson Smith and Tony Rutigliano(2003), Discover Your Sales Strengths, Business Plus.

- Brent Adamson, Matthew Dixon and Nicholas Toman(2012), "The End of Solution Sales', Havad Business Review, 90(7-8) :60-68.

- Cron, William L. and P. Workman, Jr., Ove Jensen(2000), "Fundamental changes in marketing organization: The movement toward a customer-focused organization structure, "Journal of the Academy of Marketing Science, 28(4), 459-478.

- Donald C. Hambrick and James W. Fredrickson(2005), "Are You Sure You Have a Strategy?", Academy of Management Executive 19(4), 48-59.

- Elizabeth C. Thach(2002), "The Impact of Executive Coaching and 360-Degree Feedback on Leadership Effectiveness", Leadership and Organization Development Journal, 23(4), 205-214.

- Frank V. Cespedes(2014), Aligning Strategy and Sales, Harvard Business School Press,

- Gregory A. Rich(1998), "Selling and Sales Management in Action:The Constructs of Sales Coaching : Supervisory Feedback, Role Modeling and Trust', Journal of Personal Selling & Sales Management 181(Winter), 53-63.

- Greg W Marshall and Mark W. Johnston(2016), Sales Force Management: Leadership, Innovation, Technology 12th Edition, Routledge.

- Jeffrey M. Conte & Jeremy N. Gintoft(2005), Polychronicity, Big Five Personality Dimensions, and Sales Performance, Human Performance, 18(4), 427-444.

- Jerry D. Elmore(2005), The 5 Best Practice of Highly Effective Sales Managers, AuthorHouse.

- Linda Richardson(1996), Sales Coaching : Making the Great Leap from Sales Manager to Sales Manager to Sales Coaching, McGraw-Hill.

- Marcus Bukingham and Curt Coffman(2000), First, Break All the Rules, Simon & Schuster Sound Ideas.

- Matthew Dixon and Brent Adamson(2011), The Challenger Sales, Portfolio.

- Mark W. Johnston and Greg W. Marshall(2013), Sales Force Management Eleventh Edition. Routledge.

- Mark P. Leach and Annie H. Liu(2003), "Investigating Interrelationships among Sales Training Evaluation Methods"Journal Journal of Personal Selling & Sales Management, 23(4), 327-339.

- Neil Rackham and Ruff Richard(1991), Managing Major Sales, Harpercollins.

- Philip Delves Broughton(2013), The Art of the Sale, Penguin Group USA.

- Richard Boyatzis (1982), Competent manager : a model for effective performance. New York, John Wiley & Sons.

- Rosann L. Spiro, William J. Stanton, Gregory A. Rich, and William J. Stanton(2008), Management of a Sales Force, McGraw-Hill,

- Theodore Kinni(2004), How Strategic is Your Sales Strategy?, Harvard Business Update>9(2).

- Thomas N Ingram, Raymond W. LaForge, Charles H. Schwepker, Michael R Williams(2009), Sales Management: Analysis and Decision Making 8th Edition, Routledge.

- William L. Cron, Thomas E. DeCarlo, Sales Management: Concepts and Cases, 10th Edition, John Wiley & Sons.

- Zoltners, Andris A., and Sinha, Prabhakant and Zoltners, Greggor A(2001), The complete guide to accelerating sales force performance, AMACOM.

•

SALES MANAGEMENT
최고의 영업조직은 어떻게 만들어 지는가?

초판 1쇄 발행   2019년 01월 10일

지은이   김상범 · 이태헌

펴낸이   김왕기
주 간   맹한승
편집부   원선화, 김한솔
디자인   이민형

펴낸곳   **(주)푸른영토**
    주소   경기도 고양시 일산동구 장항동 865 코오롱레이크폴리스1차 A동 908호
    전화   (대표)031-925-2327, 070-7477-0386~9 팩스 | 031-925-2328
    등록번호   제2005-24호(2005년 4월 15일)
    홈페이지   www.blueterritory.com
    전자우편   blueterritorybook@gmail.com

ISBN 979-11-88292-75-2   03810

2019 ⓒ 김상범 · 이태헌

* 이 책은 저작권법에 따라 보호받는 저작물이므로 무단 전재와 복제를 금지합니다.
* 파본이나 잘못된 책은 구입하신 곳에서 바꾸어 드립니다.